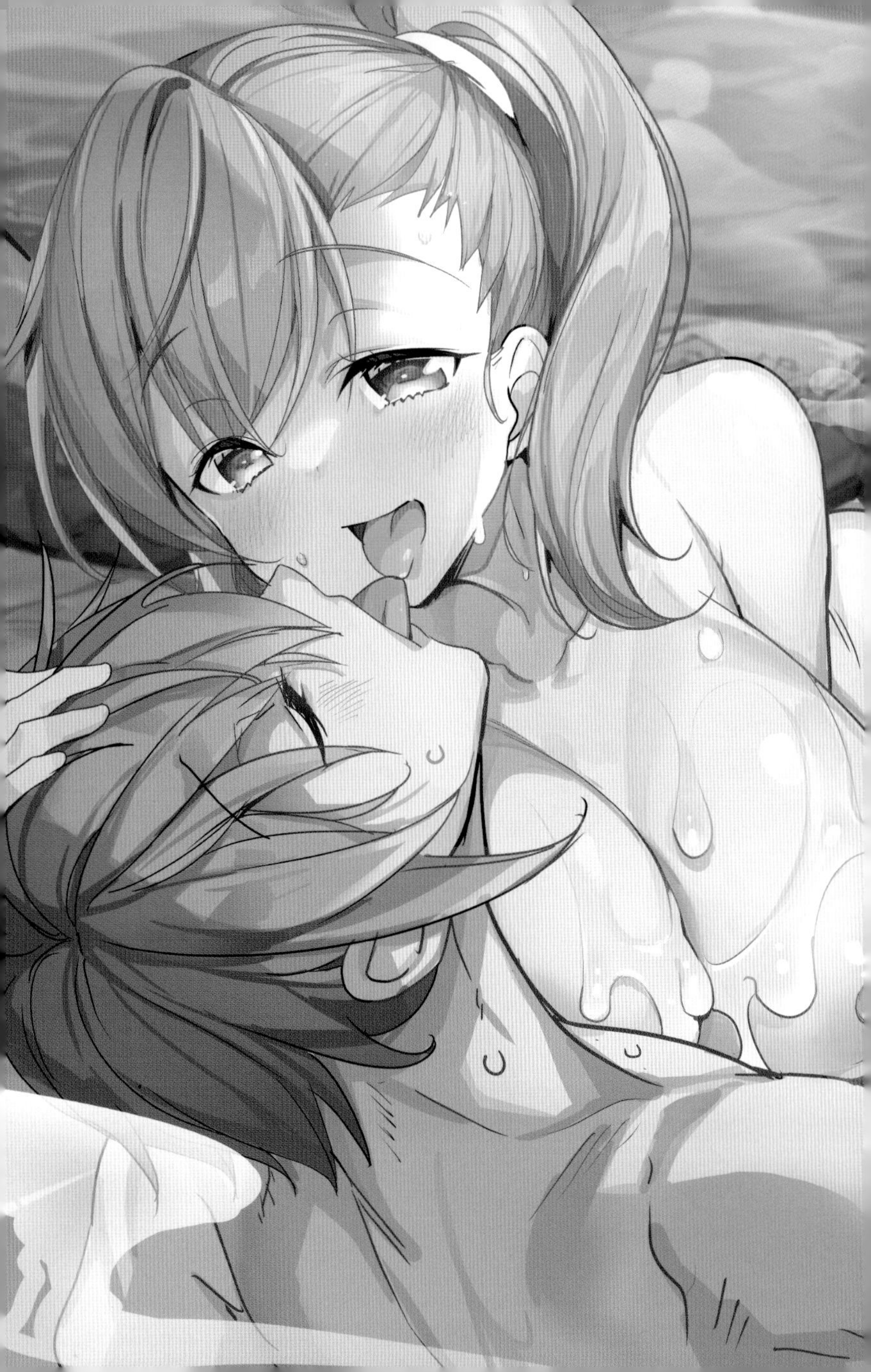

CHARACTER

【エマリーナ】

宿舎プリウォートのおかみ。
包容力のあるママ美女かと
思いきや？

【リリム】

バンドンの爆乳肉体労働者。
元気で勤勉、男とエッチに
興味津々！

【ルステラ】

元エリート正道院生。
仕事も奉仕も有能な
巨乳秘書と思いきや…？

【ジュリエ】

宝石商会の会長。
産石地を強引に買収する
悪徳商人と思いきや…？

【アリスト】

異世界転生して
貴族の息子になった青年。
女性への優しさで
超モテ中！

【ケイト】

ウィメの宮殿に
所属するメイド。
経理が得意で
アリストを補佐する。

【オヴィ】

服飾の才能がある院生。
商品開発ほかの
仕事を担当。

【アーリャ】

イル正道院の院長。
アリストの商品改良に
協力する。

左《さ》遷《せん》先は女性都市！ H

Heartiness

～辺境のお宿でいちゃラブハーレム～

著／一夜澄
イラスト／アジシオ

VN
Variant Novels
TAKESHOBO

CONTENTS

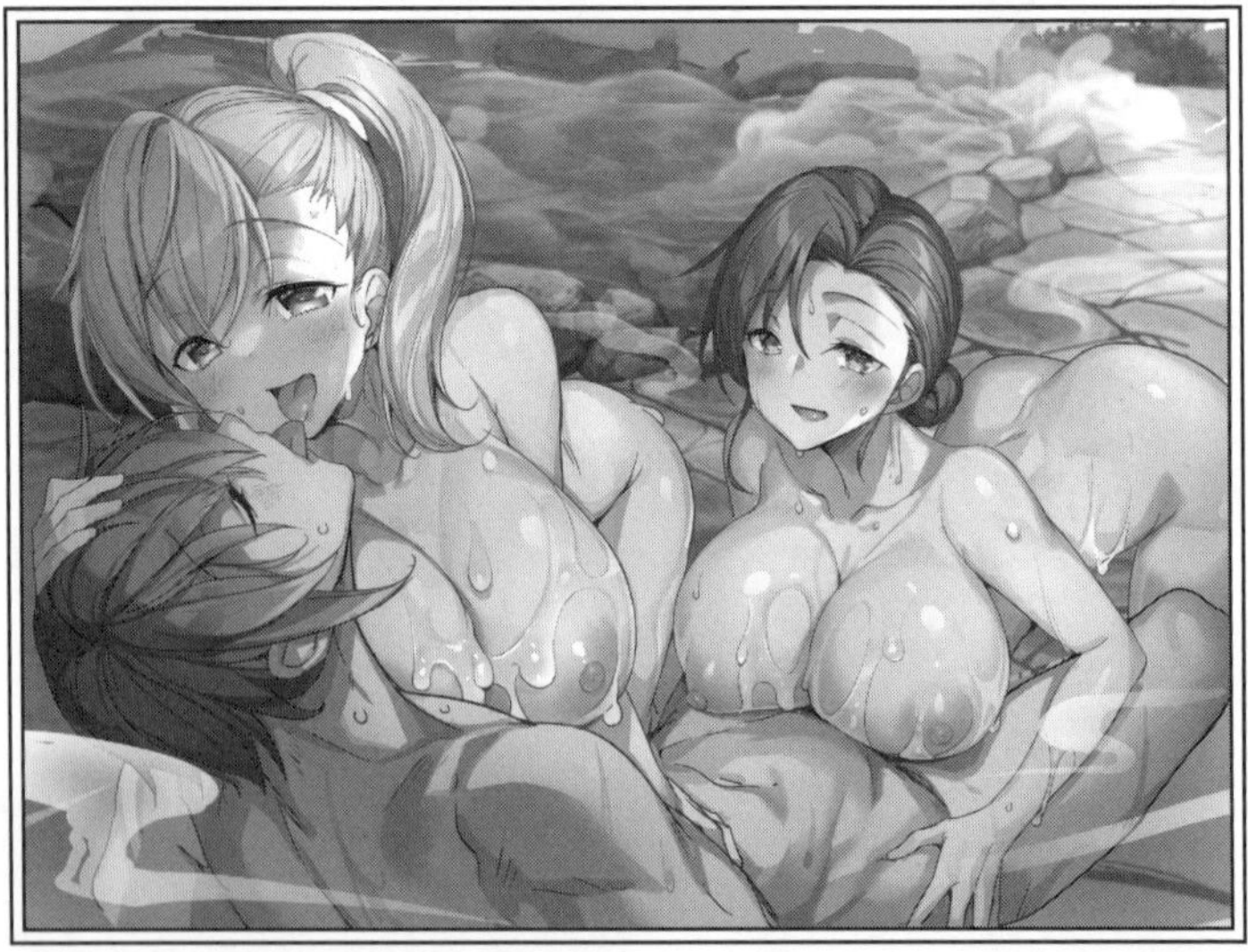

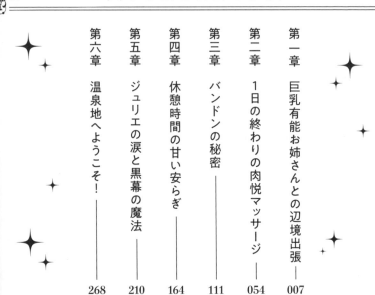

第一章　巨乳有能お姉さんとの辺境出張

秋と夏が混じり合う季節。

小雨を受け止める木造の部屋の中で、俺は一人の美少女と向き合っていた。

その美少女の手には、手のひらに収まる程度の大きさの緑色の石が握られている。

「ふぅん……」

金髪の長いツインテールにほんの少し幼さが残る顔立ち。

小柄な身長にあまり膨らみのない胸。

容姿は可愛らしい少女に見える彼女は、ワインレッドの瞳を細め、しばらくその石を観察する。

その後、勝ち気そうな双眸は俺へと向いた。

「それで、えっと……アリストだっけ？　君、ウチと取引したいって話だったけど」

少し奇抜なデザインの木製椅子に座る彼女の名はジュリエ。

『ジュリエ宝石商会』という宝石業者のトップを務める彼女に、俺は自分の意向を伝える。

「こちらの『飾り石』が欲しいんです。とても品質が良いし、肌荒れも起きにくいから――」

そこまで言ったところで、その先をジュリエ会長が継いだ。

「ぶらじゃー？　だったっけ。それに使いたいってことでしょ？」

俺が頷《うなず》くと、彼女は大袈裟に脚を組んでみせる。

普通ならそこに目が行くことはないのだけれど、俺の視線はどうしてもそこに引き寄せられてしまっていた。

（なんというか……全体的にイケナイ感じがすごい……）

首元から伸びた黒いレースの生地《きじ》が、未成熟な胸をかろうじて隠し。

腰から下には同じく黒のスケスケレースの前タレが彼女の脚先まで続いている。

乳首こそ装飾で隠れているが、身体付きに見合わない際どすぎるパンティは丸見えである。

（ど、どこに目をやったらいいいんだよぉ）

意外と肉付きが良い太ももを彩るスケスケのソックス。

肘までを覆うやたらと色気のあるグローブ。

そんな犯罪臭しかしない装束を身に着けた少女は改めて脚を組み直しながら、俺の顔を覗《のぞ》き込んできた。

「こんな山奥まで女と二人でやってくるなんて、噂に違わぬ奇人ぶりじゃん」

挑発的な表情を浮かべた彼女は続ける。

「そんなに女の下着なんかが大事？　なに、ヘンタイなの？」

ずばっと切り込まれ、俺は言葉に詰まる。

女性が圧倒的大多数で、男性がほとんどいない。

そして数少ない男性は首都という都市にこもり、女性との接触はおろか、話すことすら嫌う。それが俺が転生した不思議な異世界の実情なのだ。

（女性が好きで、エッチなことも大好き。そのうえ女性下着の話をする男がいれば……）

『奇人』とか『変態』と評されてしまうのも仕方ないだろう。

俺はちらちらと動いてしまう視線を叱咤《しった》し、彼女の赤い瞳を見つめた。

「ブラジャーは喜んでくれる女性も多いから、できたら生産を止めたくない。そのためにはここで扱《あつか》われている『飾り石』がどうしても欲しいんです」

俺の言葉に彼女は視線を鋭くする。

そして椅子に背を預けると、今度はその脚を机の上で組んだ。

（ぎょ、行儀悪っ!!）

際どいパンティを隠そうともせず、なんとも大胆な姿勢を取る彼女に俺は驚く。

というのも眼前の少女は、数年前まで首都の正道院で院長をしていたと聞いていたからだ。

（結構前に辞めたらしいけど、元院生だとしても流石《さすが》に破天荒《はてんこう》というか……）

しかしそんな様子を見ても、周囲にいる黒装束の女性達――ジュリエ宝石商会の従業員――は大した反応もなく黙ったまま。

つまりこれが彼女の通常営業ということなのかもしれない。

「通達しておいたと思うけど。わたしは君みたいに魔法を使えない男を男として扱う気はない。どこにでもいる、普通の女として扱う」

そう言いながら、ジュリエ会長は片手をあげる。

そして俺にその手のひらを見せつけるようにしながら、続けた。

「わたしは魔法を使える。だから君より地位は上。男の論理で言えば、そうでしょ?」

そう言った彼女の手が紅《あか》い光に包まれていく。

光の周囲の空間が陽炎《かげろう》が起きたかのようにゆらゆらと揺らめき、そこがとても高温になっていることが分かった。

彼女はひとしきりそれを俺に見せてから、その光を収める。

(あれが魔法……!)

俺はそれが彼女なりの威圧だとは知りつつも、少し感動してしまっていた。あるとは聞かされていたが、魔法というものを見たことがなかったからだ。

ファンタジーに憧れる男の子としては、それが見られたのはちょっと嬉しかった。

幸いなことにジュリエ会長は俺の不謹慎な高まりには気づかず、手にしていた石を突き出すようにして言う。

その石は俺が彼女の前で、原石から研磨したものだった。

「本当に取引したいって言うなら君はこの辺境に滞在して、他にも試験を受けてもらうことになるし、その間はわたしの指示に従ってもらうけど。それでもいいってわけ?」

「はい。大丈夫です」

元よりそのつもりだった俺が頷くと、彼女は軽く舌打ちをした。

「ったく……訳分かんないやつ」

そしてジュリエ会長は俺のそばに控えている女性に声をかける。

「ルステラ。こっちとしては全然信用できないんだけど」

応じたのはスラリとした体躯《たいく》を持つ女性。

片目にかかる白い髪と青い瞳が印象的な美女だ。

「そのための試験では？」

ルステラと呼ばれた彼女は、いつも通り淡々と応じる。

ジュリエ会長とルステラさんは面識があるらしい。

彼女の冷静な反応に諦めたのか、深くため息をつき机の上にあげた脚をおろす。

そうして緑の石を改めて手にとった。

「……とりあえず、最初の試験は合格。君の滞在を許可するわ」

ジュリエ会長がそう言って目配せすると、部下の女性達は木造小屋の外へと出ていく。

それを見送った後、彼女は不機嫌極まりない様子で言った。

「ようこそ、辺境の産石地《さんせきち》『バンドン』へ」

そうして、国内有数の技術を持つ宝石商会の会長は続けた。

「ジュリエ宝石商会としては、君みたいな変人は全然歓迎しないけど」

ため息混じりの冷たい視線を向けられ、俺は懐かしい気分になった。

前世でコンビニ店員としてエッチな本を棚に並べる仕事をしている際に、女学生から向けられたそれを思い出したからである。

（まさか異世界に来て、似たような視線を向けられることになるとは……）

なんともいえない哀愁を感じ、俺はつい苦笑してしまう。

そんな俺に、ジュリエ会長はもう一言付け加えた。

「しばらくわたしの部下ってことになるけど、丁寧な言葉遣いはいらないから。わたしのこともジュリエでいい」

「え……？　あ、はい……」

「だから！　それをやめろっつってんだけど？　なに？　君、もう追い出されたいの？」

ぎろりと光る赤の瞳。

それに気圧《けお》されつつ、俺は挨拶を返す。

「いっ!?　ああ、いや……うん、わかった」

そんな俺にジュリエはゆるゆると首を振り、外を指さした。

彼女の指の先には紅葉を始めた木々。

会話をしている間に雨は止《や》んだらしく、雲の間から入った陽《ひ》がその間から漏《も》れている。

「ここはあくまで窓口。バンドンの本拠地まではもう少しあるから、さっさと馬車に乗って」

元コウイチだった俺が異世界で初めて迎える秋。

それはこうして始まったのだ。

発端は少し前のこと。

イル正道院の一室へやってきた、ルステラさんの言葉が始まりだった。

「この飾り石が原因で間違いないでしょう」

イル正道院が製造し発売しているニプルカバー。

ブラジャーが無かったこの世界に登場した新たな下着は現在大人気の商品だ。

特に『飾り石』と呼ばれる、綺麗だが宝石よりも安価な石をあしらったモデルの人気は凄《すさ》まじい。

しかしながらそのモデルには問題があった。

それはかゆみが起きたり、肌が赤くなってしまう女性がいたということだ。

そしてその原因を突き止めてくれたのが。

「こうした用途は今まであまり例がありませんが、飾り石そのものに肌が反応することがあるのは事実です」

産石《さんせき》協会と呼ばれる石の専門家が集まる組織、そのウィメ支部長を務めるルステラさんだった。

そんな彼女の調査結果を聞く場に俺と同席したのは、ケイトさんとアーリャさん、そしてルエッタさんにニュートさんだ。

そしてこの時、ケイトさんとアーリャさんの意見は一致していた。

「アリスト様。健康被害が出てしまうのは問題ですし、製造を中止するほかないのでは？」

「うむ。私もケイト殿と同意見だ。肌に影響がある女性は少数とはいえ、イル正道院としてそんな彼女らを無視した製品は出せない」

一方、ルエッタさんは製造中止以外の選択肢を探したいという意思を示す。

「石付きのニプルカバー自体は皆喜んでくれていますし、作っている側の皆も楽しそうにやっています。ボクとしては上手く工夫をして続けたいかなって……」

どちらの意見も一理あり、これはなかなかに判断が難しいところだ。

しかしその『上手い工夫』が見つかっていないことも、その時点では事実であった。

「難しいね……」

「どうしたものでしょうか……」

「うむむ……」

「いい方法、ないかなぁ……」

腕組みをする俺達。

そんな状況に対して、解決方法を示してくれたのがルステラさんであった。

「ジュリエ宝石商会へ頼む、という手があります」

しかし首をかしげたのは俺だけで、ほかの四人は揃って嫌そうな表情を浮かべていた。

「ジュリエ宝石商会……知ってはいます、けど……」

明らかに声のトーンを落とすルエッタさん。

ため息をついたのはアーリャさんだった。

「良い噂を一つも聞いたことがないな」

いまいちその流れに乗れない俺に、説明をしてくれたのはケイトさんだった。

「宝飾師《ほうしょくし》ジュリエ。ジュリエ宝石商会は、今最も売れる装飾品を作る女性として知られる彼女が率いる組織の名です」

宝飾師は宝石自体の研磨加工に加え、アクセサリーとしてのデザインまでも手掛けているらしい。

続いて説明をしてくれたのはニュートさんだった。

「魔法を活かした宝石加工の技術や、装飾品の美的感性においてジュリエ会長の右に出る者はいないと言われております」

「魔法を……っていうことは、そのジュリエっていう人は首都の女性？」

「ええ。元々は首都の本院にて院長をしていた女性です。ただある時から首都を出たようで、以降は首都の外で随分と著名な人物になりました」

首都は男性を目にしやすいため、この世界の女性達の憧れの場所だ。

だから俺にとって、そこから離れる女性がいるというのは驚きだった。

しかしそんな俺の疑問は、ルステラさんによってあっさり解消される。

「別に首都が暮らしにくいわけではありません。ただ全ての女性が『魔法交配《まほうこうはい》』の対象になり、多額の支援金を貰って暮らせるわけではないですから」

彼女も元は首都で暮らしていた女性、つまり魔法が使える数少ない女性の一人なのだ。

（っていうか俺、何も言ってないよね……!?）

彼女の読みの鋭さと、思ってることが大抵表れると評判の自分の顔がちょっと怖い。

そんな俺に、今度はアーリャさんが説明を続けてくれる。

「そこまでは特に問題はないのだ。院から出るのは自由だし、本院にも色々な考えの女性がいるのは普通のこと。商売を始めるのも決して悪いことではない」

しかしその表情は明るくはない。

「ジュリエという宝飾師は稼いだ金で、時々産石地を丸ごと買うらしい。それでそこの石を独占し、暴利を貪《むさぼ》るそうだ。おまけに大抵の業者とは、取引交渉すらしないことで有名なのだ」

産石地というのは異世界の鉱山のこと。

とはいえ石を掘るのではなく、石木《せきぼく》と呼ばれる特殊な木の根っこを掘り、その根にじゃがいものようにできる石を採取するのだという。

「それ以外にも色々嫌な噂があって……」

ジュリエ宝石商会の悪い話を継いだのはルエッタさんであった。

「買い上げた産石地の女性達にもかなり手厳しく当たるらしいんです。ジュリエ宝石商会が入った途端、どんどん人が辞めていくらしくって」

それに妙な話もあるんです、と彼女は続ける。

「宝石商会が入った産石地って数年以内に必ず閉鎖されちゃうんです。でも、何故《なぜ》かジュリエ宝石商会はずっとその土地も手放さないらしくて」

弱みを掴《つか》んでやろう、とその土地に侵入した者が帰ってこなかった。

あるいは帰ってきた途端、その地について口を開かなくなった。

そんな話がゴロゴロあるそうだ。

「魔法を使って女性に悪さしているとか、言葉が出せなくなる呪いをかけられたんじゃないかとか。もう皆気味悪がって、なるべく近づかないようにって」

「そうなんだ……」

絵に描いたような悪徳商会。

そんなイメージだが、それでも取引をしている業者はあるらしい。

というのも彼女らが持つ技術力と、品ぞろえの幅広さは他を寄せ付けないからだそうだ。

そしてそれこそが、今『ジュリエ宝石商会』の名が出た理由でもある。

「彼女らは半年ほど前にバンドンという場所へ拠点を移しました。ウィメからは少し離れた産石地です」

ルステラさんはそう言って、ポケットからいくつかの石を取り出した。

どれも美しい色合いを持っていて、綺麗に磨き上げられている。

「これらは全てそのバンドンから産出し、出荷されている飾り石の見本です。採石を担当するのはもともとバンドンにいた女性達で、ジュリエ宝石商会がその石の研磨を担当しています」

その仕上がりにケイトさんが目を白黒させた。

「これが、飾り石なんですか……!?」

彼女だけではない、アーリャさんとルエッタさんもその顔に驚愕《きょうがく》を浮かべる。

その飾り石は、倍以上の価格の宝石と比べても遜色ない輝きを持っていたからだ。

「なんと……！」

「ボク、これ宝石だって言われても気づかないと思う……」

声にこそ出さなかったものの、俺もその出来栄《できば》えには目を見張っていた。

しかしルステラさんの次の一言に、俺たちはさらに驚かされることになる。

「これらの石ですが、肌荒れは一切出ません」

「「「ええっ!?」」」

「一部の高級装飾品にも使われていて、首元や胸元でそうした問題が起きていないものなのです」

予算の関係上、高級な宝石をブラジャーの材料に使う選択肢はそもそも無かった。

だからこそ飾り石だけで探していたし、高級商品向けの石は完全に盲点であった。

「産石地を次々閉鎖しているのは事実ですが、彼女らがこれらの石を常に供給し続けているのもまた事実です」

つまり取引できれば、安定的に石付きのブラジャーを供給することができるだろう、という話だ。

「なるほど……」

俺が腕組みをすると、アーリャさんは眉をひそめる。

「いや、しかし……相手がな。取引をするのはどうかと思うのだが」

それにはケイトさんも同意した。

「価格もどれほどするのか分かりません。『強欲ジュリエ』と一部で呼ばれるほどの女性なのです」

なんともとんでもない異名がついている女性がいたものである。

ただ一方で、ルエッタさんは諦めきれない表情を浮かべていた。

「やっぱり、高いのかなぁ……」

彼女が残念そうな声を出した時、ルステラさんが取り出したのは一枚の紙だ。

「相手側の掲示額はこの額です」

彼女はこの事態を見越して、すでにジュリエ宝石商会とコンタクトを取っていたらしい。

流石オリビアが太鼓判を押して紹介してくれた女性だ。

俺はその手際の良さに驚きつつ、今度は掲示額にも驚いた。

「えっ……あ、あれ……？」

というのも、その額がとても常識的であったのである。

確かに今までのものよりは高い。

しかし先ほどの品質を見た上であれば、全くもって納得のできる金額だったのだ。

「ど、どういうことでしょう……」

イル正道院の経理を手伝うケイトさんも、その額に驚きを隠さない。

この反応から察するに、おそらく取引しても問題ない程度の上昇幅なのだろう。

噂との違いに戸惑う俺達に、ルステラさんは続けた。

「ただこの取引契約を結ぶために、相手側からは条件が出ています」

彼女は青い瞳を俺に向け、ゆっくりと言う。

「組織の『事実上』の責任者が、バンドンにてジュリエ宝石商会の課す複数の試験を乗り越えること。それができれば取引をしてもよいと」

イル正道院の商いの責任者はアーリャさんだ。

しかしルステラさんは俺を見つめ、わざわざ『事実上』と言ってきた。

それはつまり……。

「取引したければ、俺がその試験を受けろってこと……？」

「ええ。それが彼女から掲示された条件です」

にわかに騒がしくなる室内。

「あ、アリスト様を……っ!?」

「流石にそれは……！」

「アリスト殿、この件はお断りするべきだ。ブラジャーのために徒《いたず》らに厄介事に巻き込まれるべきではない」

アーリャさんの言葉に、ケイトさんが続ける。

「アリスト様。ジュリエ宝石商会が何をしてくるかわかりませんし、この契約は嘘《うそ》で、より酷《ひど》い契約を迫ってくるかもしれません」

そしてこの条件にばかりは、ルエッタさんも反対だった。

「う、うん……。しばらく生産を停止して、別の方法を考えたほうがいいと思います……」

確かに得体の知れない話だ。

一方で俺は、そこに悪意があるとは感じられなかった。

「もしこの状況で俺に悪さをするつもりなら、わざわざ条件やら試験やら言うかなぁ？　こんなこと言われたら、普通は怖いし面倒だしで行きたくなくなると思うんだけど……」

むしろ俺を遠ざける形になって、悪さどころの話ではないからだ。

「……確かに奇妙ですな」

ニュートさんは俺の言葉に頷くと、ルステラさんへと顔を向ける。

「ルステラ殿。産石地買収の件で産石協会へ苦情が寄せられたり、騒動になったりは？」

白髪の執事さんに対し、協会のウィメ支部長は首を横に振った。

「現在のところありません。泣き寝入りの可能性はありますが、商会は複数の産石地を閉鎖していますから、領主へ被害を訴え出るに十分な数の女性らが影響を受けているはずです」

しかし集団での訴えは起きていない。

「……試験、受けてみようかな」

俺がそう言うと、ルステラさんを除く女性陣はそろって声をあげた。

「「「えっ!?」」」

正気ですかと言わんばかりの表情が並び、さすがに俺も居心地の悪さを感じる。

しかし俺は、ジュリエ宝石商会が単純な悪徳組織だとは思えなかった。

むしろこの面倒な提案こそが、本当に取引をする用意があると示しているように感じたのだ。

「アーリャさんやルエッタさんも、こうして会う前に俺の色々な噂《うわさ》を聞いてたでしょ？」

「……ま、まぁ……確かに……」

「は、はい……」

やや気まずそうにする二人に、俺は苦笑する。

アーリャさんについて『氷の院長』と聞いていたことを思えば、おあいこだからだ。

そしてその言葉がいかに彼女の上辺《うわべ》だけを見たものだったのか、今の俺は良く知っている。

（本当のアーリャさんは、優しくて一生懸命で美しい女性だったからね！）

だからこそ俺は、ジュリエ宝石商会の噂もあえて忘れることにした。

「可能性があるなら行きたいな。首都から小規模の外遊をしなさいって命令も来ていたし」

辺境だというバンドンへ向かい、小規模外遊という義務を果たす。

そしてあわよくば試験に合格し、肌荒れのない飾り石の取引を取り付ける。

そんな二つの思いを胸に、かくして俺は秋の出張を決めたのである。


時は戻って現在。

俺は今『ジュリエ宝石商会』と書かれた茶色の馬車に乗り、美しい女性と一緒に揺られていた。

窓も大きく、揺れも少ない馬車。

ジュリエという女性が強欲かはともかく、宝石商会が潤っているのは嘘ではないようだ。

「小規模外遊の名目は満たせたかな」

俺は、無事最初の試験を通過し、バンドン入りを果たせたことにほっと息をつく。

それとほぼ時を同じくして、馬車は『バンドン森林』と呼ばれる緑の中へと入った。

「それは問題ないでしょう。先ほどの小屋だと微妙でしたが、これでバンドンという女性集落には入ることになりますので」

応じてくれたのは俺の対面に座る美女、ルステラさん。

口調も態度も事務的な彼女は、どこか社長秘書のような雰囲気だ。

服装も清潔なブラウス、タイトスカートとおおまかに言えばビジネススーツっぽいと言えなくもないだろう。

ただ、だからといって露出が少ないというのは誤りだ。

(お、おっぱいが……!)

最も問題なのはブラウス。

何故かそれは乳房の上半分を隠すのみで、美しく豊かな球体の下半分は完全に露出している。

加えてタイトスカートも明らかに短く、絶対領域を出すストッキングとそれを支えるガーターベルトも強烈だ。

(こんな女性と二人きりなんて……うぅ……)

俺は大きくなってしまった息子を誤魔化すために、さり気なく下腹部に腕を置くような形で座るしかなかった。

当のルステラさんにそれが気づかれていないのは幸いだ。

「私としては、そもそもの『小規模外遊』という命令のほうに問題があるとは思いますが」

そんな彼女は、今回俺が首都から受けた命令について怪訝《けげん》そうに言った。

俺はあまりそうは思わなかったので、首をかしげる。

「一応男性って特定の期間ごとに、女性の住んでる場所に顔を出さないといけないんじゃなかったっけ……？」

男性が少ないこの世界においては、女性に顔を見せることが男性のある種の義務になっている。

もちろんやりたがる男性は皆無みたいだけどね。

ただルステラさんいわく、そうだとしてもおかしいのだという。

「小規模外遊に使える予算が少なすぎです。しかも側近は執事でなく別の女性で賄《まかな》えというのも、少し横暴かと」

ルステラさんも元は首都で暮らしていた女性。

女性都市の人々より、男性達の決まりにも詳しいようだ。

「左遷された身だから、こういう意地悪も仕方ないのかもなぁ……」

ニュートさんの同行も許可されなかったが、それでも今回の旅に不満などない。

「でもルステラさんが一緒に来てくれたし、心強いよ」

代理の同行者が石に詳しく、ジュリエとも面識があり、スタイル抜群の美女なのだ。

「私が紹介した契約です。護衛としても魔法が使える人物のほうが良いでしょう。事実上二人で移動するしかない予算規模なのですし、二つの役割を兼ねられる私が適任です」

事務的に言うルステラさんに、俺は別件でのお礼も言うことにした。

「それと、ありがとう。ルステラさんのおかげでジュリエの試験に合格できた」

ジュリエが不機嫌極まりない様子で合格とした、さきほどの試験。

あれは『緑石』という安価な石を、彼女の前で研磨してみせる試験であった。

この試験に限っては、俺がバンドンへの訪問を連絡した際、事前に内容が通知された。

とはいえ俺に研磨の技術などあるはずもない。

困惑しきりだった俺に手を差し伸べてくれたのもまた、ルステラさんだった。

「確かに私が指導はしましたが、研磨したのは貴方《あなた》です。とはいえ、初級の研修生程度の技術であることは忘れないように」

彼女は俺を産石協会で学ぶ『研修生』という特別な扱いにし、バンドン出発までの一週間、みっちりと研磨技術の指導をしてくれたのである。

バンドンの入り口から離れた掘っ立て小屋が試験会場だというのには驚いたが、それでも落ち着いて研磨できたのは、ルステラ先生の教えのおかげだ。

「では揺れもない良い馬車ですし、出来栄えの確認をしておきましょうか」

と、美人な石の先生は手荷物の中を探りだす。

まもなく、ボストンバッグを幾分小さくしたようなサイズの洒落《しゃれ》た鞄《かばん》の中から、ルステラさんはビーカーのような容器を取り出した。

そして手早く茶色の液体を注ぐと、俺がジュリエに見せた石をそこに沈める。

「試験の際の研磨速度と手付きは悪くありませんでしたが」

ルステラさんが石と液体の入った容器を回すと、茶色の水はみるみるうちに透明になった。

それはつまり、液体の中に入っていた茶色の粒子が全て石に吸収されたことを意味する。

「アリスト研修生、この妙な癖は直りませんね」

軽くため息をつく美女は、少し目を細めながら続ける。

「石が粒子を吸い込むのは、削り方に無駄がある証拠です」

「ご、ごめんなさい」

実際、俺が磨いた石の見た目が美しくないのは事実である……。

無駄なく綺麗に磨くともっとキラキラと輝くのだが、丁寧にやっても何故かそうならない。どうも俺には特殊な磨き癖《ぐせ》があるらしい。

本来なら茶色のままであるべき確認用の水を、いつも透明にしてしまうのである。

「ここまで変わった仕上がりになるのは、ある意味一芸ではありますが。商品としては失格ですね」

「……はい」

とはいえ疑問であった。

商品として失格の磨き方しかできない俺が、何故試験をパスできたのだろう。

「一週間でこれだけ上達するのも一芸です。装飾品を手掛ける人間がそれを見抜かないはずはありません。ジュリエ会長は技量より熱意を買ったのでしょう」

「そ、そうなの……?」

「あなたが仕事の合間を縫って、毎日遅くまで練習をしていたのは私も知っています。ただ妙な癖のおかげで絶望的なまでに価値がなくなったというだけです」

持ち上げられたんだか、突き落とされたんだか分からない。

というか落とされたほうが大きい気がして、俺はがっくりと肩と視線を落とした。

しかしそのせいで、俺の視界には刺激的な光景が広がることになった。

（ルステラさんの、ぱ、パンツ……見えてる……っ！）

彼女はそのむっちりとした、男を誘ってやまない脚を組んでいる。

そのせいで元々短かすぎるスカートは上へと押し上げられ、ガーターベルトはおろか、黒パンティの股間部までしっかりと露出してしまっていたのだ。

（どうしてそんなにスケスケのやつ穿《は》いてるんですか……！）

下腹部は模様で隠すのに、何故か股間部はしっかり透けている。

普通逆でしょ、と言いたくなるパンティに俺の息子は腕の下でガチガチになってしまった。

懸命に押し下げて誤魔化したのだが。

「・・またですか」

「っ！」

……今度こそ勘付かれてしまう。

ルステラさんはビーカー状の容器に蓋をしっかりとして、鞄へと戻した。

そしてごくごく当然のように馬車の床へ膝をつくと、俺の両膝に手を置き。

「わっ……ちょ……！」

股の間へ入って来ようとする。

「何故隠すのです？　それともこのままが良いのですか？」

「あ、いや……それも困りはするんだけど……」

もごもごと抵抗はしてみたものの、結局俺は彼女の侵入を許した。

すると早速ルステラさんは俺のズボンへと手を伸ばす。

「私では不服かもしれませんが、宮殿の方からも頼まれていますから」

淡々とした様子のまま、彼女は肉棒を取り出していく。

「研修生の性処理は、今回の訪問時に限っては私の仕事です。まぁ研磨指導の際もそうでしたが」

少し冷たい美女の指が竿に触れたことで、息子は更に一段硬度を増した。

「しかし、こうなってしまうと不便そうではありますね。かなり張っていますが、痛くはないのですか？」

ルステラさんは自身が口にしたように、仕事上の疑問を解決する温度感で俺に聞いてくる。

だが互いの位置関係上、その美女は必ず上目遣いになる。

俺の興奮はどうしたって高まってしまった。

「う、うん……」

「なるほど。今回の原因は何なのですか？」

「え、それは、その……」

心底分からないという様子をされると、より恥ずかしい。

ただ、答えないというのも申し訳ない気がして、なんとか俺は口に出す。

「ルステラさんの下着が、見えちゃってて」

「はぁ。それで反応した、と」

「そう、です……」

「少々信じがたいですが。こうなると、女性の身体が好きという説は納得せざるを得ませんね」

いよいよ珍獣を解説するような口調になったルステラさん。

けれど彼女の手は俺の竿を優しく扱《しご》いてくれている。

そしてしばらくそうした後、彼女は露出した下乳を自身で持ち上げて。

「まだ到着までは掛かりそうですし、今日はこちらで」

その谷間へ俺の肉棒を誘導する。

下から彼女の首元へと昇っていく肉棒。

それはまるで、ルステラさんの胸についた女性器に挿入するような様相だ。

「あっ……ぅっ……！」

張りと柔らかさを兼ね備えた乳肉の間を、自らの亀頭がかき分けていく感触は堪《たま》らない。

少しだけ汗ばんだ彼女の谷間は、しっとりと俺の竿を迎えてくれた。

「痛くありませんか？」

「……うん……っ……き、気持ちいい、です……っ……」

「そう、ですか」

ルステラさんがぴくっと表情を動かした気がした。

でもそれはきっと俺の気の所為《せい》だろう。

瞬きをしたら彼女の表情はいつもどおりだったもの。

「では、始めます。んっ……」

ルステラさんは自らの乳房を持ち上げた後、再び俺の下腹部へ押し付けるようにする。

その動きに合わせて双乳の谷間はみるみるうちに肉棒を飲み込み、やがて亀頭の先端が彼女の首元へと到達する。

ブラウスによって圧が掛かった乳房に扱かれる快感は凄まじい。

「んっ……ふぅっ……んっ……！」

ルステラさんの吐息に甘い雰囲気はない。

けれど、彼女の胸で行われているのは確実に淫靡《いんび》な技だ。

（お尻に突き刺してるみたいで……すごく興奮する……っ！）

ぱんっぱんっと彼女の下乳が、俺の下腹部へと当たり始める。

張りのあるルステラさんの乳房は、まるで尻肉のようにも見え、それが一層俺を興奮させた。

「どう……です、かっ……ふっ……ふっ……」

「きもち、いい、です……っ……くぁっ……」

俺がそう言うと、彼女は更に一段激しく乳房を上下させるようになった。

「ああっ、うはぁっ……！」

情けない声が漏れてしまうが、美女はまったく意に介さず、ずっと俺を見つめている。

青い瞳で見上げられたまま、張りのある乳で扱かれるのはあまりにも甘美な体験だった。

「もっと……強く、しますか……うっ……ふぅっ……」

ふわふわと浮遊感のある快感に流されるまま俺は頷いてしまう。

するとルステラさんは自らの果実を左右から両手で押し付けた。

（すご……おま×こみたいっ……！）

鈴口からはすぐに先走りが溢《あふ》れてしまい、彼女のすべすべだった谷間はあっという間にヌルヌルになってしまった。

ボタンが締められたままのブラウスも内側から汚され、その中央が透けていく。

しかしルステラさんは嫌悪の表情は浮かべていない。

「気持ち良い……のっ……ですね……っ」

ぱんっぱんっという淫靡な音は更に大きくなった。

御者の人に聞こえていないか、心配になるほどだ。

でも止めてくれとは言えない。

（きもち、いい……ッ……！）

快感はじわじわと脳の中心を蕩《とろ》けさせ、気づけば俺のほうからも腰を動かしてしまっていた。

「出せそう……ですか……？　ふっ！　んっ！　ぅっ！」

少しだけ赤みが差したように見えるルステラさんの顔。

多分、激しく動いているからそうなっただけなんだろうけれど。

普段は絶対に頬《ほお》を染めない彼女だからこそ、その表情の色っぽさに俺は我慢できなかった。

「ルステラさん……っ！」

彼女の名前を呼びながら、ついその大きな乳房に手を伸ばす。

両側から鷲掴《わしづか》み、その感触を堪能したいという欲を堪《こら》えられなくなったのだ。

「んっ……」

あくまでびっくりしただけ。

そんな感じの声を出すルステラさんだが、抵抗は一切しない。

そればかりか乳房を掴む俺の手のひらの上から、白く美しい手を重ねてくれる。

「どうぞ。これで良ければ、お好きなようにして解消してください」

淡々とした瞳と、きゅっと俺の手のひらを握る優しい感触。

その落差に俺は興奮し、いよいよ彼女の乳房の穴へ欲望を叩《たた》きつけていく。

「はぁっ！　はぁっ！　くっ！　うぅっ！」

先走りが大量に放出され、彼女のブラウスは中央が完全に透けている。

盛りあがった美しい球体が押し付け合う谷間は、はっきりとその形が分かり、牡《おす》の象徴がそこを蹂躙《じゅうりん》しているのも見える。

「んっ……！　ふっ……！　っ……！」

されるがままになりつつも、決して俺の手から自分の手をどけないルステラさん。

俺はますます激しく腰を叩きつけ、ブラウスの首元まで亀頭をねじ込んでいく。

「ぁッ……ご、ごめん……っ！」

そのせいで彼女のブラウスの一番上のボタンが飛ぶ。

カラカラっと床にそれが落ちる音がして、流石に俺は腰を止めざるを得ない。

それでもルステラさんは淡々としたまま。

「構いません」

ただ、彼女の行動はそれによって変化した。

「はむ……ッ」

「あっ!?」

顎《あご》の下に飛び出した俺の亀頭をぱくっと咥《くわ》えてしまったのだ。

そして裏筋からカリに向け激しく吸引を絡めながら、再び乳房を俺に叩きつけ出した。

「ぢゅっ！　ぢゅぞっ！　ぇろっ！　ぴちゃっ！」

美女に亀頭を舐《な》めしゃぶられながらのパイズリが、気持ちよくないはずがない。

俺はいよいよ腰が震え、あっという間に後戻りできない射精欲に包まれる。

「あ、ああっ！　ルステラさん……っ！　でる……出るっ……！」

彼女の口内へ少しでも多く入り込もうと、俺はあさましく腰を振る。

ルステラさんはそれを拒絶せず、より吸引を強くしてくれた。

「じゅぞっ！　ろうぞ……。ぢゅぽっ！　ぢゅっぽっ！」

そして彼女の舌が一瞬俺の亀頭から離れ。

「じゅぞぞぞッ！」

激しい吸引とともに尿道をほじくった時、俺の肉棒は限界に達した。

「あ……ッ……出る……ッ!!」

――ビュルルルッ!! ビュビュッ!! ビュウウウッ!!

ルステラさんの口の端から少しだけ白濁液が漏れる。

けれどそれは本当に少しだけ。

「ぢゅぽっ! ぢゅぽっ! ぢゅぞっ! ぢゅううううっ!」

彼女は乳房でぎゅうぎゅうと俺の肉棒を挟みながら、迸《ほとばし》った精液のほぼ全てを吸い上げ、飲み下していく。

こんなふうにルステラさんに口や胸で処理してもらうのは、今日が初めてではない。

それでも、彼女の乳房と巧みな舌遣いが織りなす快楽に慣れることなんてできなくて。

「あぅッ……ううっ! また、出る……ッ」

「ろうぞ。じょぞぞッ!」

彼女の言葉に誘われるまま、俺の腰は今日もまた跳ね上がってしまった。

――ビュルルッ!! ビュクッ!! ビュビュッ!!

「んッ!! ……ッ……んくっ。じゅぞそッ! じゅぽっ! じゅっぽ……っ」

二度目の吐精にも平静さを保ちつつ、白濁液を飲み込んでいくルステラさん。

その間も彼女は俺の瞳を見つめたまま、射精中の肉棒へ乳房と舌で快感を提供してくれる。

「ぴちゃっ! じゅぽっ!! じゅぞッ……ぢゅぞッ!」

いつまででも精飲を続けてくれそう。

そんなふうに思えるほど従順で淡々とした彼女に、俺の睾丸は生産した精の全てを注ぐかのごとく射精を続け……。

「じゅ……ぽっ！　ぷはっ……」

彼女の口から解放される頃には、すっかり肉棒は収まっていた。

（ぜんぶ……でた……）

はぁっと大きく息をつきながら、俺は中腰になっていた身体を椅子へ落とす。

そんな俺にルステラさんは不思議そうに尋ねた。

「随分沢山出ましたね。何か理由が？」

口元の精液をハンカチで拭《ふ》く美女。

こんなにも自分の魅力を理解しない人も珍しいかもしれない。

だから恥ずかしかったけれど、俺はどうしても伝えたくなった。

「ルステラさんが凄く素敵だったから……」

一瞬彼女の手が止まり、そしてまた口元を拭《ぬぐ》う。

「そう、ですか」

その後、彼女はさっさと身支度を整え、まるで何も無かったように席に戻る。

そしてまた美しい脚を組み、さらりと言った。

「何かこだわりがあるようですが。希望ならば女性器でも対応しますので」

「!!」

もちろん嬉しい発言ではあった。

でも俺はどうにも贅沢をしたくなる。

(もしルステラさんとするなら……こういう形じゃなくて……)

ただその意思を彼女に伝えるのは、それこそ横暴な気がして。

俺は曖昧に頷くしかできなかった。

「……現地の方とは、同意をとってからにするべきですね。取引に影響があるかもしれません」

そんな俺から窓へと目をやったルステラさんの表情。

それを一生懸命に見たけれど、俺にはそこから彼女の感情を読むことはできなかった。


ルステラさんの素晴らしい仕事ぶりに翻弄《ほんろう》された後。

しばらくすると、続いていた木々の連なりが途切れる。

「ん……?」

窓から外を確認すると、そこに現れたのは大きな湖だった。

「おぉ……!」

「到着したようですね」

凪いだ湖面には昼下がりの陽が映りんでいる。

それはまるで馬車の窓枠という額縁に飾られた絵画のようだ。

（森の中にこんなところがあるなんて！）

唐突に現れた絶景に見惚《みと》れているうちに、まもなく馬車は止まる。

「ど、どうぞ……っ……」

「ありがとうございます」

扉を開けてくれた宝石商会の女性にお礼を言って、早速外へ出る。

湖を囲むのは寝転がったら気持ちよさそうな芝と、紅くもえる木々。

そして木々の中に見えるのは、小規模な旅館を思わせる木造建築の屋根。

（辺境というか、山の中の贅沢な避暑地とか観光地って感じかも……！）

自然の中特有の美味しい空気を味わっていると、にわかにあたりが騒がしくなり。

女性の一団がやってきて、ずらっと俺達の前に並んだ。

「「「「アリスト様、バンドンへようこそいらっしゃいました」」」」

一糸乱れぬお辞儀をしてくれたのは、バンドンに住む女性達であった。

「ったく……ちょっと大袈裟すぎじゃない？」

俺達とは違う馬車で先着していたジュリエが、いつの間にか隣に来て肩をすくめる。

と、お出迎えをしてくれた女性の中から一人の女性が進み出た。

そしてその女性は俺の前まで歩いてくると、品のある振る舞いでお辞儀をしてくれた。

「バンドンで宿泊施設を切り盛りしています、エマリーナと申します」

後ろでまとめた青髪と茶の瞳。

優しく穏やかな声が魅了的な、大人の包容力を感じさせる女性だ。

「産石地は初めてとお聞きいたしました。差し支えなければ、こちらにいらっしゃる間のお世話をさせていただければと」

だが、俺はすぐに返事ができなかった。

というのも、エマリーナと名乗る女性を含め、出迎えにやってきてくれた女性達の格好が凄まじかったからである。

(お、おっぱい！　おっぱいほとんど見えてます!!!)

彼女達の装束の構造は和装や浴衣に近い。

が、それらを形作る生地がスケスケなせいで、彼女達がちゃんと襟元をあわせているのにも関わらず、そのおっぱいはほとんど丸見えなのだ。

そして和装はレオタード状に変化しながら彼女らの下半身を包んでいるらしく、前も後ろも際どすぎる角度のハイレグ状態になっている……。

(……こっちにも絶景が……!!)

異世界ならではの景勝に感謝し、俺はエマリーナさんにやっと返事をする。

「ありがとうございます。ぜひお願いします」

「精一杯務めさせていただきます」

にっこりと笑みを浮かべてくれる彼女。

その素敵さを目にして、目隠し不要とジュリエに伝えておいて良かったと心から思った。

ただそこで俺はふと気づいた。

エマリーナさん達とはまた別の女性の一団が森の中から現れたのだ。

「え――」

その集団を見て、俺は絶句してしまった。

それは彼女らが刺激的にすぎる服装であったからだ。

（た、タイツ女子!?）

新たに現れた女性達が揃って身につけているのは、身体の前面が大きく開いたボディストッキングと。

（ビキニアーマー！！？？）

乳首と局部をかろうじて隠すビキニアーマー。

大胆すぎる衣服を身に着けた彼女らは、元々並んでいた女性達に合流していく。

（これは絶景という表現には収まらないかもしれない……）

ちょっと動くだけではみ出てしまいそうなビキニを揺らす女性達。

乳頭だけなんとか隠しているようなスケスケ和装の女性達。

どっちを見ても前のめりになりそうなコラボレーションである。

「ただいまなのじゃ〜〜〜」

そして少し遅れてひときわ元気よく駆けてくる女性がいた。

ジュリエと似たような小柄な体躯と、オレンジがかった短めのサイドテールが可愛らしい少女。

彼女はその背に、特大の背負い籠《かご》を背負っている。

「今日もいーっぱい取れたのじゃ！　山の恵みに感謝するのじゃ！」

言葉から察するに、おそらく石を採取する女性なのだろう。

よっぽど収穫が良かったらしい。

その少女は俺に気づかないまま、その背負い籠をジュリエの眼の前におろす。

（うぉっ……地面が揺れた……っ！）

一体どれだけの重さなのだろう。

特大の背負い籠が地面に置かれただけで、俺の足元にまで振動が伝わってきた。

が、それを背負っていた本人に疲れは見えない。

「どうじゃ、ジュリエ!!　ひょろひょろ女子はこんなに石を運べないに決まっているのじゃ！」

それぱかりかジュリエに対し、挑発するような発言をした。

「は、はぁ……ッ!?　なにがひょろひょろよ！　わたしと大差ない身体のくせに！」

「妾《わらわ》のほうがおっきいのじゃ!!」

なにやら二人は仲が悪いらしい。

まるで子供のような喧嘩が始まってしまった。

とはいえ、ビキニアーマー姿の女性のほうはあきらかに子供でない部分がある。

「胸だけでしょッ！　おっぱいおばけ！」

ジュリエの言葉通り、力持ち少女の胸は凄まじいのだ。

（イルゼさんと同じくらいでっかい……！）

小柄な体躯にはまったく見合わない爆乳。

駆けてくる際も、ビキニアーマーが弾《はじ》け飛んでしまうのではないかと心配になったほどだ。

「石に小細工しかできんぺったんこ女になーにができるのじゃ！　悔しかったら良い石の一つも掘ってみてこいなのじゃ！」

「小細工ってアンタね……っ！　脳みそまで筋肉でできてるような女に言われたくないっての!!　ばーか!!」

「馬鹿って言ったほうが馬鹿なんじゃ～！　あーほ！　おたんこなす！」

しかしながらジュリエのセクシーすぎる装束と、振り回される巨弾を除けば、その内容は大変に幼稚であり。

「ぶっ……」

俺はついつい吹き出してしまう。

すると不思議な言葉遣いをする少女が、俺に初めて視線を向けた。

髪と同じ色合いの双眸はぱっちりとしていて可愛らしい。

「む！　お客様、なの……じゃ……？」

が、その瞳はちょっと開かれすぎじゃないかなというくらい大きくなり。

「あ、ありすとさま……なの……じゃ……？」

ぶるぶると全身を震わせ始めた。

そんな彼女にエマリーナさんが声をかける。

「リリム。産石長として、ちゃんとご挨拶なさい?」

どうやら爆乳ビキニアーマー美少女は、リリムという名前らしい。

口をパクパクさせたままの彼女に、俺のほうから自己紹介をする。

「はじめまして、アリストです。しばらくこちらにお世話になります」

しかしそれはある意味で追い打ちであったらしい。

「ひゃっ、ふぇっ!?」

彼女はぴょんっとその魅力的な体を飛び上がらせた後、硬直してしまったのだ。

「リリムったら、少し前からアリスト様がいらっしゃるかもって言っていたでしょう?」

「あ、あれはエマリーナの冗談じゃと……」

声を震わせるビキニ少女を横に、エマリーナさんはまるで母親かのように頭を下げた。

「アリスト様、大変申し訳ありません。普段から落ち着かない子でして……」

もちろん俺はぶんぶんと首を横に振った。

「いえ、こちらこそ申し訳ないです。急に声をかけてしまいましたから……」

ジュリエが動じないので失念していたが、この世界の男は女性にとって珍獣なのだ。

滅多に目にしないそれが突然現れ挨拶などすれば、女性を驚かせてしまうのは当然であった。

「あぁ、そんな。こちらこそ教育が足りず、ご不快な想いを……」

「いやいやこちらこそ……」

気づけば、俺とエマリーナさんはぺこぺこと互いに頭を下げ合う流れに。

その流れに故郷《日本》を感じていると、ジュリエが呆れたようにため息をつく。

「ったく。あの子が勝手に暴走しただけでしょ」

彼女はそう言って、近くに置かれたままの背負い籠に手を掛ける。

「って、重ッ!? ば、馬鹿じゃないのっ!? どんだけ詰めてんのよッ！」

見た目どおりとてつもなく重いらしい。

ジュリエの叫び声に、慌ててビキニアーマーの女性達が駆けつけてそれを回収していく。

「あ、ごめん。ありがとね……」

あっさりとお礼を言うジュリエに驚いていると、エマリーナさんが彼女に声をかける。

「ジュリエちゃん。そろそろご案内していいかしら」

どうやら二人は旧知の仲のようだ。

「あ、うん。彼の部屋は、なんか適当でいいから。女と同室でも気にしないらしいし」

「まぁ……♪アリスト様のお噂は本当でしたのね？」

エマリーナさんは俺のことを色々と察してくれているようである。

そしてそんな彼女は、俺の隣で黙っていたルステラさんとも面識があるようであった。

「ルステラちゃんはこの間ぶりね。また来てくれるなんて嬉しいわ」

「これも仕事ですから」

淡々としたルステラさんにエマリーナさんは母性のある笑みを見せた後、改めて俺に品のあるお辞儀をしてくれる。

「では、お部屋まで案内いたします。どうぞこちらへ」

こうして俺達は、日本旅館を思わせる宿泊施設『プリウォート』へと向かうことになった。


アリスト達が到着した後、しばらくたったバンドンの宿泊施設プリウォート。


「は……え……？」

その一室でエマリーナは自分の耳を疑っていた。

「あ、あのね……ジュリエちゃん、そのぅ……」

エマリーナは元々アリストの大ファンだ。

きっかけはウィメで書店を持つ友人に会いに行った際、偶然目にした『御手会』だ。

手を握ってもらうことは叶《かな》わなかったが、遠目に見た爽《さわ》やかで少し照れくさそうな微笑《ほほえ》みだけで、彼女の心はアリストに奪われてしまったのだ。

「私、流石に舞い上がっちゃっているみたいで」

そんなエマリーナはつい先ほどまでアリストに館内を紹介し、湯浴み室へ案内したばかり。

まだ胸の鼓動が小さくなっていないのだ。

「ええと、今のもう一回言ってもらってもいい？」

だから彼女は努めて冷静にもう一度問うた。

しかし、少し頬を赤くするジュリエの口から出た言葉は同じであった。

「だ、だから。湯浴み上がりのあの男に『マッサージ』して」

「ふぁッ！？！？」

エマリーナは聞き間違えではなかったことを実感し、絶叫せざるを得なかった。

何しろ『マッサージ』というのは、産石地で行われる指圧のことであり、対象の肌に直接触る行為なのだ。

そしてそれをアリストにするということは、つまり彼の肌に触れるという意味である。

「な、なんっ、ふぇ!?　ちょ、本気で言っているの!?」

女性が男性の肌に触れるなど、この世界ではあまりに禁忌。

その禁忌を犯せという発言に、エマリーナは諭すようなことを言うしかなかった。

「あ、あのね、ジュリエちゃん。アリスト様は男性なのよ？」

ジュリエは真剣な眼差しで頷く。

「もちろんそれは分かってる」

その上で彼女は、さきほどの提案を撤回することは無かった。

「それでも、あの男が何を考えているのか、本当に女性の身体が趣味なだけなのか。ちゃんと確めなきゃ、取引なんてできない」

「ただ真面目に商売してるだけじゃ駄目なの？　アリスト様、とっても優秀だって聞くけれど」

「駄目」

「どうして？」

「……それは、色々あるの。ジュリエ宝石商会は信用を第一にするから。これも試験の一環なの」

少し言葉を濁したジュリエ。

エマリーナはそれを不審に思うからこそ、今席を外しているルステラの名前を出した。

「ルステラちゃんは大丈夫な人だって言ってたわ。女性においそれと酷いことをしたりするような人じゃないって」

エマリーナの言葉にジュリエは驚く。

「え、ルステラがそこまで……？」

実際アリストがこの発言を聞いても驚いたであろう。

ただエマリーナは確かに聞いたのだ。

『彼に害はありません。むしろ気をつけるべきは女性のほうかと……』

後半の言葉の意味はよく分からなかった。

だがルステラをよく知るエマリーナからすれば、彼女が不誠実なことを言う人間ではないことは明らかだ。

そしてそれはジュリエも同じだった。

「……」

彼女は腕組みをし、その意味を考える。

（『計画』を進行するのにあの男が不適なら、ルステラは止めたはず。でもそうはしなかった。少なくともルステラはこの計画の取引先としてあの男が最も良いと考えている）

ルステラの選定眼を信用していないわけではない。

（でも……）

ジュリエとしてはまだ彼が不気味だ。

あれほど高圧的に出たのに、あくまで取引をお願いしにきている、という姿勢をアリストは貫いていたのだ。

首都から追い出されたとはいえ、彼女が知る男のイメージからすればあまりに奇妙である。

「だとしても、あんなに対等な振る舞いはあり得ない。きっと何か裏があるに決まってる」

宝石商会長は腕組みをして、その『何か』について考えを巡らせた。

（考えたくないけど……あの男が『計画』に感づいているとしたら）

こちらの懐《ふところ》深くへ入り込み、女性達を利用するつもりなのかもしれない。

それを思うからこそ、ジュリエは彼への警戒を緩めるわけにはいかないのだ。

「利害関係の無い女にどう振る舞うか。彼がどういう人物なのか。それを見極めたいの」

奇《く》しくもそれは、ウィメ領主イルゼがかつてアリストに抱いた感覚と同じものであった。

「それにあの男、『マッサージ』には興味を示してたんでしょ？」

ジュリエの言葉にエマリーナは頷く。

事実アリストは湯浴み室へ行くまでにあったマッサージ用の小部屋に、興味を示してはいた。

「物珍しかったんじゃないかしら。まさか、ご自分がされたいと思っているとは思えないわ」

ウィメでは指圧といえば服の上からだし、あまり時間をかけて行ったりするものでもない。

アリストとその周囲はその限りではないのだが、それを知りえないジュリエにとって、エマリーナの言葉には充分説得力があった。

（断るならそれはそれ。うまく行けば手っ取り早く疑問を解消できる）

今回のことで見極めができなかったとしても、他にも色々としかけてみればいい。

ジュリエはそう考え、もう一度エマリーナにお願いをする。

「やっぱりマッサージを提案してみてくれない？　わたしと部下で見張っておくし、危険な兆候があればぶっ飛ばすから」

「ぶっ飛ばすって……」

エマリーナは穏やかではない言い方に渋る。

とはいえそれも当然と言える。普通は男性に触れれば重罪なのだ。

（……嫌だけど、仕方ない）

ジュリエは最終手段に出ることにした。

かつて世話になった女性にそれをするのは不誠実だが、計画を遂行するには仕方がない。

彼女は今一度自分に言い聞かせながら口を開いた。

「今はわたしがエマリーナの上司。ここの所有者はわたしだよ。だから、これも仕事ってこと」

エマリーナは言葉に詰まる。

それはその言い方がぶっきらぼうだったからではない。

（ジュリエちゃん……）

その赤い瞳にどこか悲痛なものを感じたからだ。

「私達、ジュリエちゃんに買収されたこと自体は別に構わないと思ってる。ジュリエちゃん凄く出世したなって、誇らしいくらいだもの」

突っぱねてる子もいるけれど、とエマリーナは苦笑する。

しかし、だからこそ彼女は聞いた。

「ただ心配なの。ジュリエちゃん、私達に何を隠しているの？」

「!!」

ジュリエは視線を外す。

エマリーナはそれを懐かしく思った。

その振る舞いは、かつて彼女がルステラとともにバンドンで汗を流したあの頃から変わっていないと感じられたからだ。

「……私達を信じてもらえないってこと？」

胸をえぐられるとはこういうことか、とジュリエは思った。

今までやってきた計画の中でも、ここまで厳しい感情になることはなかった。

（でも……わたしはやり切らなければいけない）

ジュリエは俯《うつむ》き、再び顔をあげた。

「エマリーナ。あの男のこと嫌？　わたしが言ったこと、少しもやりたくない？」

少し悲しげに、けれど無理やりに唇を歪《ゆが》めて笑みをつくるジュリエ。

エマリーナはそんな彼女を見て、良い言葉を見つけることができなかった。

それに実際、ジュリエによるエマリーナの分析は正しかったのだ。

「どこまで本当かは分からないけど、あの男は少なくとも女には抵抗ないみたいだし。エマリーナだって興味あるでしょ？」

「ずるいわ……ジュリエちゃんったら。いつからそんな子になっちゃったの？」

「わたしは元からそうだけど？」

今度は本当にニヤリとしたジュリエ。

それを見てエマリーナはホッとしたような、それでいて少し寂しいような複雑な心境になる。

そして少しの逡巡《しゅんじゅん》の後、彼女はジュリエの要求を受け入れることにした。

「わかったわ。もしアリスト様が悪しき方だったら、ちゃんと助けて頂戴ね」

しっかりと頷くジュリエ。

それはつまり、この大胆な作戦の実行が決まったということでもあった。

「……」

部屋を辞した途端、エマリーナは落ち着きを失う。

（お、お断りになるわよね……？）

普通はそうなる。むしろ気さくに話ができるだけでも凄いことなのだ。

エマリーナとてそれは充分に認識している。

けれど理屈だけで割り切れるほど、彼女のアリストへの期待は弱くなかった。

（きっとお断りになる……なるわ！　で、でももし受け入れてくださった場合は……ど、どうなっちゃうのかしら……！）

高まる胸を押さえ、彼女は意を決して湯浴み室の近くへと向かうのであった。

第二章　一日の終わりの肉悦マッサージ

木造の広い部屋の中央に、同じく木製の荷物入れがずらりと並ぶ。

銭湯の脱衣所を思わせるそこで俺はしみじみと思った。

（いやはや、日本に帰ってきたみたいだ）

産石地《さんせきち》バンドンには産石に関わる女性達が住み込みで働いている。

プリウォートはその女性達が宿泊する施設だが、見た目も内装も和風旅館そのもの。

エマリーナさんに案内してもらう間に障子《しょうじ》や襖《ふすま》、畳《たたみ》まで普通に存在することにはとても驚いた。

「ふぅ〜」

濡れた髪を拭《ふ》きながら部屋の中にある木製の椅子に座る。

（ふふ、後は湯船とマッサージチェアがあったら完璧だよね）

バンドンの湯浴み室は、海外の学校とかにあるような広いシャワー室であった。

この世界では宮殿のようにお風呂に入れる施設があるほうが珍しいのだから、それは別に驚くことではない。

ただ変わっていたのは、シャワー室の内部も木造だったことだ。

（見た目はサウナ室っぽくて驚いたけど、すごくいい匂いがして良かったなぁ）

そればかりか、現代でいう蛇口やシャワーヘッドに当たる部分すら木工で仕上げられていたのは驚きだった。

俺は改めてエマリーナさんの言葉を思い出す。

『リリム達は産石組といって採石が主な仕事で、私達は宿泊組といって館内の管理をしています。そして木工も宿泊組の仕事なんです。森の中ですし材料は沢山ありますからね』

しかし異世界特有の木材と技術を使った木工品の数々は大量生産できず、ウィメへ持っていって売ってもあまり儲けにならない。

そのため、バンドン内で使う程度にとどまっているそうだ。

「さてと……」

大体髪の毛が乾いたところで、俺は脱衣所から外に出る。

すると一人の女性が出迎えてくれた。

「あれ、エマリーナさん」

「お帰りなさいませ。お着替えになったのですね」

「あはは……。実は貴族服が苦手で」

いつもの作業着になった俺が苦笑すると、エマリーナさんは穏やかに微笑《ほほえ》んだ。

「そちらもよくお似合いですわ」

嫌味の無いお世辞を言ってくれる彼女。

建物の雰囲気と和装を思わせる装束で、エマリーナさんはまさに美人女将《おかみ》さんだ。

その和装が過激なことを除けば、だけどね！

（やっと少し収まってきたんだけど……これを見せられるとまた……）

スケスケな和装は、彼女の豊かな胸を彩るだけで、全然隠すものではない。

柄のおかげで乳首は隠れているけれど、たっぷりとした乳肉の魅力がそれでなくなるはずもないのである……。

「ではアリスト様、お部屋までご案内させてくださいませ」

息子が暴れそうなので勘弁してください。

そう言えたら良かったのだけれど、美しい女性に善意で微笑まれたら従う他ない。

「あ、ええと……ありがとうございます」

俺は嬉しさ半分、辛《つら》さ半分でエマリーナさんについていくことになった。

ただそれも中々の苦行だ。

（お尻まる出し！）

上半身は和装なのに、帯から下はハイレグレオタードに変化しているエマリーナさんの装束。

おっぱいに負けないいくらい魅力的なお尻に視線を振り回されていると、美人女将さんはくるっと振り向いた。

「……あの……」

振り返ったエマリーナさんはそうして俺の顔を見たきり、言葉に詰まってしまった。

まさか俺の不埒《ふらち》な視線が気づかれたのだろうか……！

「ご――」

ごめんなさい。

そう告げようとした時、エマリーナさんは廊下に設けられた扉を指さした。

「さ、さきほど……ご興味があるって仰《おっしゃ》っていらしたので……」

彼女の指の先にあった扉には『マッサージ室』と書かれている。

俺は湯浴み室に案内してもらう途中で、この部屋についてエマリーナさんに聞いたことを思い出した。

（そういえば……）

そもそも異世界では『マッサージ』という言葉を聞かなかったこともあり、しっかり『マッサージ室』と書いてあるのが珍しかった。

リラクゼーションサロンのようなことをしていると聞き、女性だったら受けてみたかったなぁ、なんて言ってしまったのだ。

「もしお時間よろしければ、すっ、少し体験なさいますか？　馬車の長距離移動でお疲れになっているとも思いますし……」

どうやらエマリーナさんはわざわざマッサージの用意をしてくれたらしい。

俺はそれを嬉しく思うと同時に、申し訳なさも感じていた。

（俺が言い出したから、多分準備をしてくれたんだな）

小規模外遊という『男性の公務』の消化も含めて訪問したので、俺の扱いは男性貴族と同等。

他の女性達と同じふうに接してほしくても、この世界の常識的にそれは難しいのだ。

となればせめて変に遠慮せず、ご厚意をしっかり受け取ることが礼儀だろう。

「ありがとうございます。迷惑でなければ、ぜひお願いします」

有り難くマッサージを受けることにした俺は、早速その部屋の中へ入れてもらうことになった。


（この感じ、見たことあるぞ！）

木造の室内は、まさにエステルームといった感じ。

シングルベッドほどのサイズの柔らかそうな施術台が二つに、それらを仕切る簡易的なカーテン。

気持ちの良い窓からは、わずかに空に残る茜《あかね》色を映す湖が見える。

「ええと……では、こちらへどうぞ」

エマリーナさんはその窓に近いほうの施術台へと案内してくれる。

俺がそこに腰掛けると、彼女は手慣れた様子でたすき掛《が》けをして袖をまくった。

異世界にもそういうやり方があるんだと少し感動していると、彼女は心苦しい様子で口を開く。

「はしたない格好で申し訳ございません。どうしても袖先が邪魔になってしまうので……」

「いえ！　あの、素敵だと思います！」

とんでもない！

俺が反射的に素直な感想を口にすると、美人女将は頬《ほお》を染めた。

「～～っ！　あ、ありがとうございます……」

大人びた雰囲気のあるエマリーナさんがそうすると、少女のような反応がより際立って素敵だ。

たすき掛けのせいでおっぱいがより際立っているが、それを気にしてはならない……！

「では、うつ伏せになっていただいてもよろしいですか？」

「はい！」

俺は喜んで頷《うなず》き、すばやく言われた通りにする。

仰向けになればバレてしまうものも、うつ伏せになればバレない。

今の俺にぴったりの体勢だからね！

（わ、ふかふか……）

頬をつけると施術台はふかふかで凄く気持ちが良かった。

高級タオルか毛布に包まれているような、そんな感触だ。

「……では、お背中からさせていただきますね」

「お願いします」

お背中流しますね、みたいな響きに俺はドキドキしてしまう。

ただ素晴らしかったのは、その響きだけではなかった。

「失礼します」

エマリーナさんの指圧もまた素晴らしかった。

長時間座っていたことにより固くなった背中。

そもそも普段から負荷がかかっている腰や脚。

「うはぁ……」

そのどれもを穏やかながら力強くほぐしてもらえるのは、なんとも心地が良い。

「アリスト様、痛かったり、お嫌なことがあればすぐに仰ってくださいね」

エマリーナさんはそう言ってくれるが、不快なことは一切ない。

力加減が絶妙なのだ。

「はぁい。きもちいい、です……うはぁ……」

ついだらしない声を出してしまうと、くすくすっとエマリーナさんが笑った。

「ふふっ、あ、失礼しました……！」

「ああ、全然問題ないです。むしろ、普通にしていただいたほうが、嬉しいので……ふぁ……めちゃくちゃきもちいい……」

最初はとても緊張していた様子だったけれど、笑顔になってくれたのなら俺の情けない声も役に立ったと言えるだろう。

「ふふ、アリスト様って本当に不思議な御方ですね……」

「そういえば、奇人だってジュリエに言われました」

「まぁ、あの子ったら。ふふっ」

少しずつ互いの口数が増えながら、背中と腰のマッサージは進んでいく。

マッサージチェアとはぜんぜん違う気持ちよさに、俺の身体はどんどん弛緩《しかん》していった。

不必要な力が入っていた息子も、マッサージ効果ですっかりリラックス状態だ。

「では仰向けになっていただいてもよろしいですか？」

しばらくすると、マッサージは次の段階へと進んだ。

俺は憂いなく仰向けになる。

ただ美人マッサージ師さんのほうが、少し顔を強張らせていた。

「次は腕のマッサージになるのですが……その……」

なるほど、と俺は納得する。

俺の服は半袖なのだ、男性に直接触ることを躊躇《ためら》ってくれているのだろう。

「大丈夫です。とっても気持ちいいので、続けてください」

「っ……承知しました……。また、お嫌なことがあれば言ってくださいね」

完全に脱力状態の前腕をエマリーナさんが絶妙な力加減でほぐしていってくれる。

自覚は無かったがそこが凝《こ》っていたらしく、これまた非常に気持ちいい。

(なるほど、マッサージサロンが繁盛してたわけだ)

すっかり眼を閉じて夢心地になっていると、今度はすっと右腕が持ち上げられた。

どうやら二の腕にマッサージが移行するらしい。

「失礼しますね」

「！」

しかしそこで問題が起きる。

マッサージはとても気持ちよいのだが、腕を持ち上げる状態が良くなかった。

（て、手に当たってる……！）

エマリーナさんのおっぱいに、俺の手のひらが押し付けられるような形になったのだ。

思わず身体を硬直させる俺だが、素晴らしい胸を当ててくれている本人はまったく気づいていないらしい。

「アリスト様、書き物のお仕事が多いのですね。このあたりすごく硬くなってます」

眼を一度開くと、上機嫌な彼女の顔が飛び込んできた。

緊張がほぐれたせいか、熱心に俺の二の腕を指圧してくれている。

「あ、そ、そうかもしれません……」

「少し強めにやりますね。明日は採石を体験されるというお話でしたし……失礼します」

その流れでエマリーナさんの指圧はもう少し熱の込もったものになった。

彼女はベッドの一部に上がり、俺の腕を抱える形で指圧を始めたのだ。

（わぁっ!!）

俺の手はいよいよ彼女の胸元で押しつぶされるような形になってしまう。

スケスケの上着を纏《まと》った豊かな乳肉が、俺が何もしなくても手のひらの中に零《こぼ》れ落ちてくる。

「んっ、んっ、よい、しょっ……」

熱心にマッサージしてくれるエマリーナさん。

真面目にやってくれているのだから、指圧に意識を向けるべきだ。

そうは思うのだけれど……。

（エマリーナさんのおっぱい、やわらか……っ）

俺の頭の中は胸のことですぐに一杯になってしまった。

ぎゅむぎゅむと押し付けられ、形を変えるエマリーナさんのおっぱい。

その様すべてがスケスケの衣服の奥に見える。

（み、見てはいけない！）

さっと眼を閉じる……が、そうすることで今度は手に当たる感触が鮮明になってしまった。

柔らかい乳房とは少し違った突起が、手のひらの中で躍る。

女性のほうから何度も押し付けてもらえるというのは、今までにないなんとも幸せな感覚。

しかしながら、その幸せは欲情とセットなのだ。

（これはまずい……！）

薄目で下腹部を確認した時には、既に手遅れ。

手の中で躍る彼女のおっぱいに元気づけられ、ズボンは完全に盛りあがってしまっていた。

「……」

俺は薄目のまま、視線を動かしエマリーナさんの顔を見る。

彼女がこのことに気づいていないといいのだけれど……と思ったのだが。

（!!）

それは無理だったらしい。

「……っ……」

指圧こそ止めていないものの、彼女の視線は完全に俺の盛り上がりを捉えていた。

その頬が赤く染まっていることからも、彼女はこの現象の意味も分かっているに違いない。

（ど、どうしよう……！）

この状況のまずさに気づき、俺は反射的に身体が強張ってしまう。

しかしその反動で俺は、意図せずエマリーナさんのおっぱいを軽く掴《つか》んでしまうことになった。

（やば！）

と、思ったのと同時に部屋に響いたのは。

「ぁんッ♡」

エマリーナさんの甘い声だった。

（えっ!?）

それは明らかに女性が悦《よろこ》んでくれている時のものだ。

「「……」」

その声を機に彼女の指圧はぴたりと止まり、室内をしばらく沈黙が支配する。

その沈黙の中、俺は今起きた現象について懸命に頭を回していた。

（い、一体これは……）

エマリーナさんの厚意でマッサージをしてもらうことになった。

そして実際彼女のマッサージはとても上手で気持ちよかった。

ここまではいい。

（じゃあ今のは……？）

事故ならそれでいいし、別に構わない。

何も無かったことにすればいいし、次のマッサージに進んでもらえれば問題ないのだ。

だから俺もそう言えばいいし、彼女も次に進んだらいいはずだ。

「……」

けれど彼女は俺の手のひらに胸を押し付けて固まったままだ。

驚きと困惑、あるいは恐怖で固まっているのかもしれない。

だとしたら申し訳ないと思ったが、それは違うのではないかと思ってしまう。

（あ……）

手のひらの中で柔らかかった突起が、どんどん硬くなっていくからだ。

「「……」」

張り詰めたような沈黙。

それとは真逆の柔らかい乳房。

そして……都合の良い期待。

「ぁッ……♡」

気づけば俺はそのまま、今度は明確にエマリーナさんのおっぱいを揉んでいた。

「んッ♡ふぅッ♡」

ぎゅっと手で掴む度、彼女は身体を震わせ甘い声を漏らす。

ただエマリーナさんはそうしているだけではなかった。

「も、もう少し……ぁッ♡……やっていきます、ね……っ」

彼女は何も起きていないかのようにマッサージを再開したのだ。

「に、二の腕はっ……♡疲れがたまりやすくて……っ♡」

それはエマリーナさんによる続行指示だった。

俺がその指示に応じないはずがない。

早速手の動きを大胆にすると、彼女の声は少し大きくなった。

「つ、疲れをっ♡ぬ、抜くに、は……ぁッ♡つ、強く揉み込むと良いのですよ……っ♡」

強くと言う割に、エマリーナさんの指にはちっとも力が入っていない。

俺は彼女の言動不一致に疑問を持ったが、

（違う……これ、強く揉み込んでほしいってことだ……！）

すぐにその意味を理解し、行動に移した。

「ぁあんッ♡は、はぁッ♡」

より強く乳房を鷲掴《わしづか》みにすると、彼女はびくんと分かりやすく身体を震わせた。

今までで一番大きく、それでいてはっきりした嬌声。

（もっと聞きたい……）

眼を閉じているからだろうか。

俺は彼女のその声がとても魅力的に感じて、さらに乳房を揉みしだく。

「ぁんっ♡つ、つよいッ♡指圧はっ♡こ、凝りがほぐれてっ……♡い、イイッ♡ですからっ♡」

エマリーナさんの指圧は既に止まっている。

けれど彼女のマッサージ解説は続き、それはより実践的なものになった。

「は、肌に……っ……♡ちょくせつふれるのも、ま、マッサージの……ぉっ♡効果が――」

興奮のあまり、俺は彼女の言葉を最後まで待つことができなかった。

やや強引に手を動かして感触をさぐり、彼女の襟元から手のひらを突っ込む。

「こうか、が、ぁっ!?」

エマリーナさんの声に驚きが多分に混じる。

しかしそれでも俺は手を動かすことを止めず、ずっと押し付けられていた突起を探り当てた。

そして、その突起に俺の指が明確に触れると。

「ッ!?」

彼女は俺の腕に強くすがりつき、大きく身体を震わせた。

「あはぁあっ♡♡♡」

ガタガタっと施術台が音を立て、エマリーナさんはその魅力的な身体をくねらせる。

しかしそれは一度ではなく、俺が突起を刺激する度に彼女はそうした。

「くぁあッ♡♡♡～～～～ッ♡♡♡ありすと、さまぁッ♡♡♡」

断続的に身体を震わせてくれる美人女将。

抱きまくらのように俺の腕を抱えてくれる感触が嬉しい。

そしてついに俺が我慢できなくなり、目を開けると。

「ぁッ……♡♡♡」

彼女はふわりと後ろへ倒れていってしまうところだった。

「危ないっ！」

急いで身体を起こしエマリーナさんを抱きとめる。

しかしそうしたことで、俺の片手は彼女のむっちりとしたお尻を鷲掴みにするような形になってしまっていた。

「んはぁああんッ♡♡♡」

彼女は自らの乳房を俺の胸に押し当てながら、激しく達する。

ガタガタと施術台が何度か音をたてた後、エマリーナさんはゆっくりと俺の方を見た。

「はぁっ……はぁっ……♡」

その表情は俺を脱衣所の前で出迎えてくれた時とはまったく違う。

頬は真っ赤に染まり、優しげな瞳にはうっすらと涙が浮かぶ。

熱い吐息を漏《も》らす唇は、男を誘う花のようだ。

「あ、ありすとさま……わたし……んっ！？！？」

俺は手に入れた花を萎《しぼ》ませてしまう前に、エマリーナさんの唇を奪ってしまった。

「んんッ!?　んっ……んん……♡」

突然のことに驚く彼女。

けれどすぐに互いの舌を貪《むさぼ》るキスへと変わっていく。

「ちゅっ♡ちゅぱっ♡んちゅッ♡んんっ♡」

どんどん大胆に舌を動かしてくれる彼女に嬉しくなりつつ、その上着をはだけさせる。

そしていよいよ露《あら》わになった乳房へ吸い付いた。

「あっ!?　あああああっ♡ありすとさまぁっ♡」

硬く凝《しこ》った乳首を舐《な》めしゃぶりながら、両手でエマリーナさんのお尻を揉みしだく。

ハイレグレオタード状の衣装はその欲望を一切邪魔せず、彼女の尻肉の全てを堪能《たんのう》するには最適だった。

「んっ♡んふぅうッ♡お、おしりっ♡きもちいい……ッ♡あっ♡イイッ♡」

エマリーナさんが身体を反らせると、たっぷりとした乳肉が俺の顔へ押し付けられる。

張りのある桃尻を手で感じ、両頬で柔らかい肉弾を楽しむ。

女体による肉圧マッサージはリラックスとは真逆の効果を俺にもたらし、獣欲のままに彼女の乳首を吸い上げてしまう。

「ふーっ！　ふーっ！　ぢゅううううっ！」

「あっ♡そんなすったらっ♡あ、だめ♡ありすとさまっ♡だッ……めっ♡♡♡」

再び達するエマリーナさん。

そんな彼女を逃さないように尻肉を掴むと、にゅちゅっといういやらしい音がする。

（我慢できない！）

その要因は一つしかない。

俺は彼女を気遣う余裕もないまま、ハイレグレオタードの股間部分に指を入れ込んでしまう。

「あ、ありすとさまッ!?　そこはっ、きたないですからッ!!」

慌てて俺の手を止めようとするエマリーナさん。

けれど彼女の遠慮がちな行為では、俺の欲望を抑《おさ》えることはできない。

「き、きたないですからぁッ！」

俺は美人女将の乳首を今一度激しく吸い上げながら、彼女の秘部をなぞり上げる。

「それだめッ♡あっ♡きたない……ですからッ♡きたな……イッ♡♡」

必死に拒否する声はすぐに甘い声へと変わり、彼女はぶしゃっと愛液を吹いた。

「ぁッ♡ああ……ッ♡」

中腰になりながら腰を前後に振る様はあまりにいやらしく、ねばつく女性の入り口を俺はもう一度こねる。

「ありすとさま……ッ♡そんなにさわられたら、また……ッ♡で、出ちゃうッ♡♡♡」

ついさっきまで穏やかで優しげな美人女将だった女性。

そんなエマリーナさんが髪を振り乱して喘ぎ、淫らな液を吹くのだ。

「出して……！」

俺がそれを見たくないはずない。

「～～～ッ♡♡♡」

彼女は俺の言葉とほぼ同時に、再び愛液を射出してくれた。

「はぁっ♡はぁっ……♡」

エマリーナさんの素敵な側面が見れた、その美しく豊かな乳房を好き放題にした。

本当はそれだけで満足するべきだと思う。

けれど彼女が淫らで、愛おしいからこそ、どうしても収まりがつかない。

すでに俺のズボンは分かりやすく隆起していて、眼の前の美女に主張をしていた。

「……ぁ……」

エマリーナさんは小さく声を出した後、上気していた頬を羞恥《しゅうち》で更に赤くする。

そして彼女はじっとりと濡れた瞳を見せた。

「アリスト様……」

それきり止まる彼女の唇。

けれど今度は沈黙は無かった。

俺とエマリーナさんは互いにすぐ口を開いたからだ。

「俺、エマリーナさんと――」

「私っ――」

二人の言葉が交差する。

しかしエマリーナさんのほうが上手だった。

彼女は自らの秘所に指を潜り込ませたままの俺の手を触り。

「こ、こちらでマッサージ……したい、です……♡」

素敵な提案をしてくれたのだ——


夕日が完全に落ちたマッサージ室。

部屋の光石に灯《あか》りをともすと、そこはもうアリストとエマリーナのためだけの部屋になったかのよう。

「アリスト様、失礼します……♡」

仰向けのアリストの身体に跨《また》がりながら、エマリーナはまさに万感の思いだった。

何しろ本物のアリストに、胸はもちろん、尻や女性器をも触ってもらえたのだ。

そしてあまつさえ今は、彼のガチガチになった剛直を自身に受け入れようとしている。

（あぁ、素敵♡これが本物のアリスト様のおち×ぽなのね♡）

すでにジュリエ達に監視されていることも忘れている彼女は、アリストの肉棒の上で大きく両腿《りょうもも》を開く。

そして自らの秘所を覆っていた部分を、ゆっくりと脇へとずらした。

しかしそのことでエマリーナは顔から火が出そうになる。

「……っ……」

ただ服をずらしただけで、湧《わ》き出したばかりの愛液がぽたぽたとアリストの肉棒へと垂れてしまったからだ。

しかし、アリストはそれに嫌悪する様子をまるで浮かべない。

「エマリーナさん、ゆっくりしてください。痛かったら無理しないでもらえると……」

「～～～ッ♡」

彼女はそんな気遣いをされただけで、愛液を溢《あふ》れさせてしまう。

実際アリストは内心血の涙を流しながらこの提案をしていた。

しかしむしろこの言葉が、エマリーナの処女喪失への意欲を爆発的に増やしていたのだが、それを彼が知る由もない。

(こんなにはしたない女なのに……♡)

エマリーナは改めてしっかりと施術台に足を置く。

「ではアリスト様……よろしいでしょうか……？　ぁッ♡」

そしてそう言いながら、反り返った肉棒の鈴口を自らの秘所へと押し当てた。

「うん……！」

アリストは突き上げたくなる自分を抑えつつ、彼女の言葉に返事をする。

処女の女性が本人の希望で、大胆にも騎乗位で自分の肉棒を咥《くわ》え込もうとしているのだ。

その光景は彼の欲情を促し、その瞬間を渇望させていた。

「んっ……♡」

いよいよ互いの性器が口づけする。

準備万端をとうに通りこした牝壺が、いきり立った肉棒を咥え込もうとした瞬間。

その悲劇は起きた。

「エマリーナ、おるのじゃ？」

呑気《のんき》な声とともにマッサージ室の扉が開き、採石帰りのリリムが顔を入れてきてしまったのだ。

「「！？！！？」」

結合直前だった男女は唐突に起きた事件に驚愕《きょうがく》する。

「む？　先客がおったのじゃな？」

とはいえリリム側からだとベッド自体は衝立《ついたて》で隠れている。

そのためそこに寝ているアリストも、エマリーナが誰を相手にしているかも分からない。

彼女の顔が衝立越しに見えるだけである。

しかし初めての性交直前だったエマリーナにとって、よく見知った相手と顔が合うだけでも充分すぎる衝撃であった。

「ッ!?」

そのため彼女は体勢を崩してしまった。

そして。

——ずぶッ!!!

「ぉんッ！？！？」

思いがけず、自らの膣へアリストの肉棒を迎え入れてしまったのだ。

（ぁうッ！？！？　こ、これ……挿入《はい》っちゃった……ッ！？！？）

当然ながら、エマリーナにとってその衝撃はとてつもないものだ。

しかし身も心もアリストに蕩《とろ》けさせられていた女体は、それを凄《すさ》まじい快楽に変換するのも早かった。

「ッ!?　……!!　～～～～～～～ッ♡♡♡」

それはさながら、彼女の身に走る第二波ともいうべき衝撃だった。

アリストに秘所を弄《いじ》られた時よりも深い絶頂が叩《たた》きつけられる。

（んぉッ♡んあああぁッ♡♡♡）

エマリーナは口を押さえて懸命に嬌声を飲み込む。

そして彼女は首から下を激しくバウンドさせつつも、その衝撃に耐えきった。

「はッ……♡はッ……♡」

暴力的な快楽を前にそうできたのは、彼女の視界の端にリリムの顔があったからであった。

「エマリーナ？　気分でも悪いのじゃ……？」

しかし一方のリリムからすれば、それは突然友人が口を押さえ身体を揺らすという奇妙な光景だ。

しかもエマリーナの顔は赤みを帯びているので、その体調を心配するのは当然のことであった。

「う、ううん！　大丈夫よ……っ……！」

一方のエマリーナは首を振り、なんとか言葉を返そうとする。

ひとまずは彼女に部屋から出ていってもらうよう、何か言うべきだと思ったからだ。

「でも今日は、この子で最後にするわ……ッ……リリムには申し訳な――」

しかしその言葉は最後まで続けることができなかった。

「いッ！？！？」

膣中《なか》へと入り込んだ肉棒が、彼女の言葉の途中で膨れ上がり。

――ドビュルルッ!!　ビュルルルッ!!!　ビュルッ!!

大量の白濁液がエマリーナの膣中を犯したからだ。

「～～～～ッ♡♡♡ぉッ♡♡♡ぅッ♡♡♡」

唐突に自身の中にぶちまけられた液体。

「ごめ……っ！」

アリストは可能な限り小さな声で謝罪していた。

彼とて最悪のタイミングであったことは承知している。

しかしそうであっても、絶頂の声を必死に抑えたエマリーナの膣がもたらす締め付けと快感は、壮絶にすぎたのだ。

「くっ……！」

その証拠に、彼は立て続けにもう一度射精へと至ってしまう。

――ビュルルッ!!　ビュクビュクッ!!　ビュルルッ！

エマリーナの子宮口へ、再び浴びせかけられる熱。

当然彼女がそれによってもたらされる衝撃に耐えられるはずもなかった。

「ッ♡ッ♡♡♡ふッ♡うぅうッ♡♡♡」

深く繰り返される絶頂の快感。

そこに射精を受ける喜びやリリムへの恥じらいなど、彼女の感情はもはや本人も把握しきれない状態だ。

一方のリリムは困惑の表情を浮かべていた。

「え、エマリーナ……？」

がたんがたんっと尋常でない音をたてる衝立越しの施術台。

そして不規則に痙攣《けいれん》するような友人を見れば、誰しも心配になるだろう。

リリムはとうとう衝立の向こうへ回ろうとする。

（！？！？）

が、その途中で彼女は硬直してしまった。

それは二つのものがほぼ同時に目に入ったからだ。

一つは衝立の横に綺麗に揃えられた、バンドンで最高級の室内靴。

そしてもう一つはその衝立の構造上できるわずかな隙間、その奥に広がった光景であった。

（は、へ……!?）

露わにされたエマリーナの尻と、愛液まみれの女性器。

そしてそこに突き刺さる何か。

それらがリリムの目に見事に入ってしまったのである。

「はぁッ、はぁッ……♡ら、らいじょぶ、よ……っ♡」

普通ならこの状況の解釈にもっと時間が必要だったし、叫びだしていた可能性も非常に高い。にも関わらず彼女は、この奇想天外な状況を良くも悪くも素早く理解してしまった。

それはリリムが普通の女性より少し……いや、かなりすけべな女性だったからだ。

「しょ、しょうなのか……あ、あんしんしたのじゃ……うん、わらわ、あんしん……」

収集趣味と相まって、給与の多くをそうした本へつぎ込んでいるのは──本人は否定しているが──バンドン女性の間では有名な話。

そうして多彩な桃色妄想をはかどらせていた結果、夢物語が現実となった際、リリムは瞬時に受け入れてしまう奇妙な瞬発力を備えていたのである。

しかしだからこそ彼女はその場から逃げ出さず、居座るという行動に出た。

「じゃ、じゃあ、わりゃわ、えまりーなのしごと、おわるのまつのじゃ……」

言葉も行動もふわふわとはしている。

それでも彼女はパタンとマッサージ室の扉を閉じ、内側からガチャリと鍵を掛けた。

かつて貴重な採石道具を管理する部屋だったことがこんな時に役立つとは、おそらく誰も予想していなかっただろう。

「……ちょ、あの、リリム……ぁッ……♡きょ、今日は、待たなくていいのよ……」

無論エマリーナはその行動が理解できず、引き続きリリムを帰そうとする。

が、衝立を挟んだ向こうの施術台に腰掛けたまま、彼女は動かない。

「ま、まちゅのじゃ……」

ただその態度とは対照的に、彼女の瞳は激しく動き回っていた。

（い、いくらエマリーナといえど、こ、これは怒られてしまうかもしれないのじゃ……！　で、でもでも！　こんなすごい機会、もう一生ないかもしれぬ。いやしかしそもそも、妾何かすごい勘違いをしとるんじゃないか……？）

リリムは今更ながらに、自らのすけべ心と良心、いくらなんでもこんなこと起きうるのか、という常識的な問いに苛《さいな》まれていたからである。

「……ッ……そ、そう……♡」

しかしながら、エマリーナはそんな彼女をそれ以上追い出そうとしなかった。

ジュリエやルステラとそうであるように、リリムとエマリーナもまた短い付き合いではない。

（リリムだって女の子だものね……）

エマリーナはそっとアリストに視線をやる。

「……っ！　……っ！」

そこにはジェスチャーで謝罪の意を伝えようとする彼がいた。

その様子にエマリーナは頬が緩みきって、それこそ施術台から落ちてしまうような気分になる。

（あぁ、なんて可愛らしいお人なのかしら……♡）

自分は女で、貴方《あなた》は男、謝る必要なんてどこにもない。

エマリーナはそう伝えたかったが、それは誤りだと感じた。

根拠はないが、彼はそういうことに、はがゆさを感じるのではないかと思ったのだ。

（根拠があるとしたら……これかしら♡）

下腹部に入り込んだまま、その硬さを保つ肉棒。

それとエマリーナを隔てるものはもう何もない。

彼女はまさにこれが彼の求める形なのではと、思考ではなく直感で感じ取ったのである。

『……アリスト様』

だから彼女は唇だけ動かして、女性に向けるのと同じくらい親しみを持って、けれどそれに特別な色を乗せて笑みを浮かべた。

『……おしおきです』

そして、エマリーナは自ら腰を振り始めたのだ。

「ちょ……!?」

今度はアリストが目を白黒させる番である。

このまま大人しくして機を見計らうべきだ。

そう思っていたのに、唐突に肉棒への膣中マッサージが再開してしまったのだ。

そして事態は彼にとってはますます予想外のほうに進む。

「い、今ね……っ♡新しいマッサージを……♡試させてもらっているの……ぉ……ッ♡」

腰を振るエマリーナが、自らリリムへと話しかけ始めたのである。

「！？！？！？」

アリストはその状況がまったく理解できず困惑する他ない。

「!!」

一方のリリムは、エマリーナの意味深な視線に気づいた。

そして目があうと、彼女は少しだけ頬を膨らませてみせる。

（うぅ……だってぇ……こんな機会滅多にないじゃろうしぃ……）

リリムが視線を気まずそうに外したのを確認した後、エマリーナは自らを力強く貫く男性に視線を移した。

「アリストさまが……っ……お付き合いして、くださっ♡……ってるのよ……ッ♡」

「！！？？」

驚いたのはアリストである。

まさか名前を出されるなど思ってもみない。

そんな彼に向け、エマリーナの口が音を発せずに動いた。

『お返事、してください♡』

アリストは目を見開く。

そこで彼はこの戯れの意味を理解させられ観念した。

「う、うん……っ……！　ご、ごめんねリリム。俺ばっかり先にしてもらっちゃって……っ……」

ただの返事だけではエマリーナが許してくれそうにない。

アリストは直感的にそう感じ、それらしいことを言う。

「そそそ、そんにゃことないのじゃ！　ありしゅとしゃまにゃら、じゅっとやってもらってもいいのじゃ！」

リリムはアリストに唐突に名を呼ばれたことに感激し、再びふにゃふにゃになってしまう。

一方のアリストは気づかれていないとほっとした様子を見せる。

「〜〜〜〜ッ♡」

エマリーナはその様子が可愛らしく感じられて仕方がない。

愛おしさに耐えかねた彼女は、気づけば膝を立てあさましく腰を振り出してしまった。

「どうっ♡ですか……っ♡ありすとさま……このマッサージは……ぁっ♡」

ぱんっぱんっと音を立て、白濁液と愛液を混ぜ合わせながら問うエマリーナ。

柔らかくほぐれきった膣壁は、いよいよ隙間なく肉棒を扱く。

「くッ、うっ……はッ……き、気持ちいいよ……っ……！」

アリストはなんとか声を絞り出すが、その苦しげな表情もエマリーナにとっては堪《たま》らなかった。

「あぁ……♡うれしい、です……ッ♡ぁッ♡んっ……♡」

彼女の腰はますます速くなっていく。

互いの肉体がぶつかる乾いた破裂音はやがて湿り気が増し、まもなく結合部の周辺は粘ついた糸を引くまでになる。

そしてそうなったときにはもう、リリムは衝立の隙間に夢中だった。

「リリム♡あっ♡はぁッ♡はぁッ♡アリストさまのおからだッ♡すごくすてき……なの……ッ♡」

「っ……っ……！」

リリムが言葉を発することはない。

ただ彼女は手を動かし、くちゅくちゅという音が響いている。

そしてそれをエマリーナは指摘しなかったし、まもなくそうする余裕もなくなった。

獣欲に理性を溶かされ始めたアリストが、彼女の両乳房を鷲掴みにしたからだ。

「はぁッ……はぁッ……エマリーナさん……ッ……！」

「ぁあんッ♡やぁッ♡それ、だめです……ッ♡」

乳首ごと握りつぶすように揉みしだかれ、エマリーナは動かしていた腰が止まってしまう。

だが、アリストはもうそれを許す状態ではなくなっていた。

今度は彼がエマリーナを下から突き上げ始めたのだ。

「あっ!?　ああああッ♡ありすとさまッ♡だ、だめっ♡まって、くださいっ♡まって♡」

「ふーっ！　ふーっ！」

胸を隠そうとしないエマリーナ達の服と、過激なビキニアーマーを思わせるリリム達の装い。

そして美人女将によるマッサージ。

「またないっ……！　もう待てないよ……ッ！」

我慢の連続はついに彼を獣にしてしまった。

今の彼には、エマリーナが思いついた戯れも、同じ部屋にいるリリムのことも問題ではない。

「あ、当たるッ♡あたってますッ♡あてちゃだめッ♡だめぇッ♡♡♡」

だから彼女の膣中《なか》が痙攣しようとも、彼が止まることは無かった。

アリストは狙いを定めた牝《めす》の乳房を揉みしだき、その全てを内側から塗りつぶすべく腰を振る。

エマリーナがいくら素早く適応したとはいえ、処女を卒業したばかりの彼女が彼の本気に敵《かな》うはずもなかった。

「あっ♡ぉッ♡んぉおッ♡おッ♡いぐっ♡まらいぐぅッ♡♡♡」

すぐに彼女は髪を振り乱し、濁った声をあげる牝にされてしまう。

荒れ狂う快楽に抗うことはできず、彼女は乳首も子宮口も好き放題にこねくり回されていく。

「こんなのッ♡お、おかしくなっちゃうっ♡わらひ、へんにな……るぅッ♡♡」

繰り返されるエマリーナの絶頂。

しかしそれは同時に、彼女に入り込んだ牡《おす》へ強烈に精液をねだることにもつながっていた。

「くっ……あぁっ……！」

不規則に痙攣し、舐めしゃぶるように膣壁が狭まり、子宮口が鈴口へ吸い付く。

絶頂を超えるごとに熾烈《しれつ》になる快楽に、肉棒も引き返せない高みへと押し上げられる。

「あぁ、出るよ……っ……！　エマリーナさんの中にぜんぶっ……！」

いよいよ牝を自分のものにする腰振りが始まる。

その激しさは、顔しか見えなかったはずの衝立の上から揺れる乳房が見えるほどだ。

そしてその乳房の持ち主は、本能のまま腰を合わせ、アリストの射精をねだる。

「んッ♡あッ♡くださいッ♡おせいしッ♡あッ♡らめ、出るッ♡でるでるッ♡♡♡」

尻肉が跳ね回るほど突かれ、彼女は何度目かの潮を吹いてしまった。

ただ愛液を吹いていたのはエマリーナだけではない。

「……ッ……ぅッ……♡」

この場の観客の一人もまた、施術台の上をこっそりと濡らしていた。

しかし彼女は眼前の光景に、もう一度絶頂を迎えることになる。

「ああ、イク……ッ！　エマリーナさんの膣中《なか》に……出るッ!!!」

それは彼が牝を支配する宣言をし。

「くださいッ♡きてッ♡きてぇぇぇッ♡」

それを悦んで牝が受け入れた時であった。

――ビュルルルッ!!!　ビュクビュクッ!!　ビュルルッ!!

そして今までで一番大量の白濁液が、エマリーナの子宮口へと叩きつけられる。

「んおッ♡♡♡イグッ♡♡♡ おッ♡♡♡」

彼女は自身に迫った絶頂にもはや為《な》すすべは無い。

普段なら絶対に出すことのない濁った声をあげ、ただただ男の征服欲を満たす姿を晒すだけ。

（あつい……ッ♡ありすとさまのおしゃせいッ♡）

しかしそうなってしまえることが、エマリーナにとっては大きな喜びであった。

内側から何かとてつもなく強いものに塗り替えられる、そんな感覚。

大袈裟に言えば彼に支配されるようなその感覚が、どこまでも心地よく深い満足感を彼女にもたらしていく。

「ああっ！　まだ……出るッ!!」

――ビュルルルッ!!　ビュクビュクッ!!!

そして再びエマリーナは支配され、征服される。

「うッ♡♡♡　ああッ♡♡♡だめぇッ♡♡♡いぐのぉッ♡♡♡」

何度目かわからないほどの絶頂を得て、彼女はついにアリストの胸へ倒れ込んだ。

そしてアリストはそれを当然のように受け止め、ぎゅうっと抱きしめた。

「～～～ッ♡♡♡」

敏感になった女体はそれだけで跳ねたが、しばらくするとそれも落ち着き始める。

「はぁっ……はぁっ……はぁっ……♡」

たっぷりと注がれた下腹部を擦りつけながら、エマリーナはアリストを見た。

すると彼は少し申し訳無さそうな表情になった。

「ご、ごめんなさい。気持ち良すぎて腰が止まらなくて……。流石《さすが》にリリムにバレたかも……」

ちらと衝立のほうを見るアリストに、彼女はもう堪えられなくなった。

（もう、なんて可愛らしい人なのかしら♡）

思わず彼の胸に頬ずりをしたエマリーナ。

その後、彼女は口元に指を立ててみせながら、もう一方の手で衝立の隙間《すきま》を指さした。

「？」

アリストは首をかしげた後、そこを覗《のぞ》き込み……。

「！！？？」

驚愕に顔を歪ませた。

というのも、そこには。

「ッ♡……っ♡……ぁッ……♡」

施術台の上で自らの股に手を突っ込み、声を抑えながら震えるリリムがいたからだ。

瞬きを繰り返すアリストに対し、エマリーナは再び口だけを動かす。

『……もう少しだけ、休憩していただいても？』

恥ずかしいやら、情けないやら。

アリストは苦笑を浮かべるしかなかったが、まったく嫌な気分ではない。

だからコクリと頷《うなず》いて、いましばらく美女を抱きしめるのであった。


翌日。

俺はルステラさんとともに、産石場と呼ばれる場所へやってきていた。

「研修生、ここです」

しばらく林の中の石段を上り切ると、そこには拓《ひら》かれた土地が広がる。

ところどころに大きな穴のあいた山肌。

それとともに俺の目に入ってきたのは、早朝から作業に勤しむ女性達の眩しい姿だった。

「ふんっ！　ふんっ！」

大きなつるはし状の道具で地面を叩く女性もいれば。

地表にあいた窪みに入り込み、何やら手を動かしている女性もいる。

「あ、こっちお願いー！」

「は〜い」

あちこちに積まれた原石と思《おぼ》しき石を運び出す女性や、それを受け取り倉庫のようなところに持っていく女性の姿もある。

彼女らの額の汗を拭うその表情は、秋晴れと似た爽《さわ》やかな美しさに満ちていた。

（こういう女性の姿もいいね！）

と、その中の一人、リリムがこちらに気づいたらしい。

オレンジ色のサイドテールを揺らし、俺とルステラさんのもとにやってきた。

「ルステラ殿、おはようございますなのじゃ」

「おはようございます」

ルステラさんの挨拶にニッコリと笑みを向けた後、彼女は俺のほうを向く。

「あっ、アリスト様……！」

しかしその途端、リリムの様子は一変してしまった。

「その、お、おはよう、ございます。なのじゃ……」

リリムの声は語尾のほうにいくにつれ弱まっていき、その頬には赤みが増す。

俺は敢《あ》えてそれに気づかないふりをして、努めて普通の調子で応じてみせた。

「お、おはようリリム。今日はよろしくね」

彼女にも俺の意図が伝わったのかは分からない。

しかしリリムは頬を染めたままではありつつも、調子を取り戻した。

「こっ、こちらこそ、なのじゃ！　ありしゅとしゃまに見ていただけるなんて、光栄なのじゃ！」

滑舌はまだちょっと怪しいけどね。

ただ、その様子に俺もほっと胸を撫で下ろさせてもらう。

（どうなることかと思ったけど、これならなんとかなりそう……かな？）

昨晩マッサージ室で起きたこと。

それは彼女にとってはとんでもない事態だったに違いない。

むしろこうして挨拶できるだけでも凄《すご》いことだ。

（これも、エマリーナさんのおかげだな）

あの後彼女は肝心なことを有耶無耶《うやむや》にしつつ、上手に俺とリリムさんを部屋に帰してくれた。

結果一晩時間が空くことになり、おはよう、という挨拶から仕切り直せる状況になったのが良かったのだろう。

「む？」

普段の調子に近くなったからか、リリムは異変に気がついたらしい。

「ジュリエはどうしたのじゃ？　今日は一緒に視察じゃと聞いておったのじゃが」

こてんと小首をかしげる彼女に返事をしたのはルステラさんだった。

「体調を崩したらしく、今日は休むと」

「なんと！」

リリムは驚き、その眉間に軽くしわを寄せる。

「もしかして昨日のご飯じゃろうか？　昨日は妾《わらわ》の担当じゃったから、都会育ちの女の腹には合わなかったのやもしれぬ……」

心底心苦しそうな様子になった彼女に、ルステラさんはわずかに瞳を大きくした。

「少し疲れが出たようです。商会の従業員が面倒を見ていますから」

「そうじゃったか。ならいいのじゃが……後で様子を見に行こうかのぅ」

ジュリエのバンドン買収に対して最も強く抵抗を示していたらしいリリム。

それでも当たり前にジュリエを心配する様子がとても好ましく、俺はつい頬が緩む。

ただそうなったのは俺だけでは無かったらしい。

「それはやめておくべきです」

それは淡白に言うルステラさんだった。

声色とは裏腹に、その唇の端がほんの少しだけ上がっている。

「貴女《あなた》が行くとこじれそうですから」

「しかし、弱っとる女に何もしないというのも、バンドンの女の流儀に反するのじゃ」

なにやら彼女なりの矜持《きょうじ》を持ち出したリリムに、ルステラは軽くため息をつく。

「ではせめてジュリエの指示を完遂《かんすい》するように。名目上の上司の指示をしっかりこなすことも、一つの貢献です」

「む……」

ルステラさんの言葉を聞いて、リリムは少しだけ不服そうにはしたが。

やがてこくりと頷き、快活な表情に戻る。

「では、ルステラ殿、アリスト様。産石長として、バンドンの産石場を案内させてもらうのじゃ！」

彼女はそう言って、俺達を先導し始める。

そしてリリムが最初に紹介したのは、産石場の一番高い場所にある木であった。

ぶるんっとビキニアーマーに包まれた爆乳を揺らしながら、彼女はそれを指さす。

「あれがこの産石場の『石木《せきぼく》』。アリスト様の元へ出荷している飾り石の原石は、ここから採石しているのじゃ」

少々遠いが、その木の幹に琥珀《こはく》のような透明な結晶がいくつも張り付いていることが分かる。

まるで宝石を抱え込んだかのような不思議な植物だ。

そしてリリムはそのまま足元を指さした。

「それで、あれの根っこがここらには張り巡らされているのじゃ」

「え、ここの一帯全部……？」

「なのじゃ！」

大きく頷く彼女の言葉に驚く。

木自体はさほど大きくないのに、その根っこは軽い運動場くらいに広がっているというのだ。

改めて女性達が働く山肌を見回す俺に、今度はルステラさんが補足をしてくれた。

「山肌に開いた穴はその根に向けて掘られたものです。根の周辺に石ができるため、枯らさないようにしつつ石を収穫するというわけです」

先生の顔を見せる彼女に促され穴を覗くと、そこには数人の女性達がしゃがみ込み、細かい根から石を切り離していた。

鮮やかな手際はどこか美容師のようにも感じられ、俺はついつい見入る。

ただその視線は少しずつずれ、彼女らのお尻部分へと吸い込まれてしまった。

(しゃがんでるから余計にすごい……)

胸部分だけじゃなく股間にも穴が空いているボディストッキング。

だから彼女らの突き出されたお尻の真ん中は、際どいビキニアーマーで隠れるのみなのだ。

(い、いかんいかん!)

強引にそこから視線を外すと、今度は埋められた穴の形跡がいくつか目に入った。

聞けばそれは休耕地ならぬ、休根地《きゅうこんち》なのだそう。

「根を休ませる期間が必要なのです。採石しすぎれば木が弱ってしまい、産石そのものができなくなりますから」

飾り石や魔打石《まうちいし》はこのような方法で採石する。

だから産石地ではどこでもこうして木の健康に常に配慮をするのだとか。

と、そこでルステラさんは案内人に声をかけた。

「リリム。研修生の案内を任せても良いですか？」

俺は唐突な申し出に驚いたが、リリムは大きく頷く。

「以前に来てくれた時のような調査をしてくれるのじゃ？」

「ええ、まぁ。ここの産石量が増えるのは今後にとっても悪くないでしょうから」

「とてもありがたいのじゃ！　中々手が回らないところじゃから、ぜひお願いするのじゃ」

どうやらルステラさんは、生まれたばかりの石木を探す感性に優れているらしい。

産石業界では彼女のその能力は有名だそうだ。

大喜びのリリムにお願いされ、ルステラさんは俺たちと別れることになった。

「研修生、余計な揉め事は起こさないように」

彼女は先生らしく俺に釘を刺し、拓けていない林のほうへと歩いて行く。

その背中を見送った後、

「ではアリスト様、今度はこっちを案内させていただくのじゃ」

リリムはそう言ってまた別の方向へと俺を促した。


昼下がり。

俺は林の中に用意された休憩所へ案内されていた。

ベンチが建屋と屋根に囲われているそこは、緑の中に忘れられた田舎のバス停のようだ。

「アリスト様、ここでお休みくださいなのじゃ」

「ありがとう」

俺はリリムに促され木製のベンチへと腰掛ける。

木漏れ日と、小川のせせらぎがとても心地よい。

そしてその中に、はずんだリリムの声が加わった。

「まさか一緒に採掘までしてくださるなんて思ってもみなかったのじゃ！」

「急に言いだしてごめんね、でもちょっと体験してみたくなって」

何事も経験。

そう思った俺は、石木の根っこのある部分へ向けて穴を掘る作業を手伝わせてもらった。

無論初歩の初歩の部分だったけれど、女性達に交《ま》じって汗を流すのはとても楽しかった。

「とんでもない！　皆喜んでおったし、妾《わらわ》も一緒に作業ができてすごく嬉しかったのじゃ！」

「そ、そう？　そう言ってもらえると嬉しいな」

照れくさくなって少し視線を外す。

とはいえその感想も、互いにぎくしゃくがなくなったことも嬉しい。

(それに他の女性達とも話ができたし、少しずつ打ち解けられそうで良かった)

悪くない手応えに頬を緩めていると、リリムは弾《はじ》けるような笑顔を見せてくれる。

「やっぱりアリスト様に来ていただけてよかったのじゃ！」

早朝とはまったく違う、自然で快活な表情。

そのひまわりを思わせる笑みは、今まで見たリリムの表情の中で一番素敵であった。

「これならきっと『忌み地《いち》』の心配もないのじゃ！」

と、リリムの口から聞き覚えのない単語が飛び出す。

「忌み地？」

思わず聞き返す。

すると彼女ははっとした後、説明をしてくれた。

「忌み地というのは、森の中に時おりある不吉な場所のことなのじゃ」

「不吉？」

リリムはこくんと頷き、少し青い顔をする。

「妾も直接は見たことがないんじゃけれど、こう……どす黒い泥のようなものがごぼごぼと湧き上がっているそうなのじゃ……！」

「それは湧き水みたいなものじゃなくて？」

俺が聞くと、少女はぶんぶんと首を横に振る。

その勢いは、彼女の大きな胸もそれに合わせて揺れるほどである。

「何もないところから急に溢れ出して、そのあたりの草木を次々腐らせてしまうらしいのじゃ」

この世界で時おり発生する現象で、人々はそれを『神の涙』と呼び、大きな災いだとしているのだという。

そしてそれは神の怒りが地上へ現れたものなのだと。

「頻繁ではないのじゃが、産石地がそうなってしまうことが多いのじゃ。じゃから産石業に携《たずさ》わる人間は、不吉な兆候は忌み地につながり、吉兆はそれをはねのけると……」

一度その災いが起きてしまえば、その地で生産されたものは誰も買わない。

当然暮らしが成り立たずその地は放棄されてしまうが、影響はそれだけでは済まない。

その地に住んでいた女性達も忌避され、次の職にありつくのが難しくなるのだという。

「妾はバンドンも、バンドンの皆も大好きじゃ。だからそんなふうになってほしくない」

リリムの切実な思いは、やや伏せられたその瞳を見るだけでも分かった。

ただその表情を見せたのは一瞬であり、彼女はすぐに笑顔に戻った。

そして、ベンチに座っている俺を覗き込むように、顔を近づけた。

「けれど、アリスト様は特大の吉兆に違いないのじゃ！　だから妾、今とても嬉しいのじゃ！」

再び間近で咲いたひまわり。

しかし今回は、俺がそれをたっぷり見ることは叶わなかった。

「あわわわッ!?」

小川が近いからだろう。

リリムの足元は少し滑りやすくなっていたらしい。

前のめりになった彼女は見事に足を滑らせ。

「わぷッ……！？！？」

俺の顔に乳房を押し付けるようにして倒れ込んできたのである。

「も、申し訳ありませんなのじゃッ!!　すぐに……っ!?」

リリムは焦って体勢を戻そうとする。

しかしそれはドツボであった。

「あわわッ！？！？」

重心を変えようとした彼女が、再び同じように足を滑らせたことで、極上の爆弾がもう一度俺の頬を包み込む。

（うはぁっ!!）

「も、ももも、申し訳ありませんのじゃッ……ああっ!?」

リリムは更に焦り、三度足を滑らせた。

一度少し離れたかに思えた乳肉が、再度俺の頬へと叩きつけられる。

（ふわぁ……！）

「はわわわわ……っ！　す、すぐにっ！　すぐにっ……あわわッ!?」

繰り返される彼女の失敗は、俺にとってはご褒美だ。

ただただ、たっぷりとした乳肉を頬にぶつけてもらう状態なのだから。

しかもそこからは更に素晴らしかった。

「ひゃッ!?」

再三の圧迫で、ついに彼女の際どいビキニアーマーが上にずれてしまったのだ。

「あ、ありすとさまっ……っご、ごめんなさい、なのじゃあ……っ」

そんな状況でもリリムは、俺に手をつかずに自ら体勢を立て直そうとする。

きっと男である俺に、これ以上触れてしまうのが失礼だと思ったのだろう。

しかしその配慮をしたがために、彼女は余計にバランスを崩してしまった。

「わっ、わわっ!?」

結果、彼女の生の乳首が俺の唇に入り込もうとするかのように押し付けられ……。

（こ、こんなのされたら……っ！）

気づけば俺はリリムの背中に手を回し、

「ふぁッ!?」

そのまま思い切り彼女の乳首に吸い付いてしまっていた。

「ちゅううううッ!!」

「あはぁッ！？！？」

唐突で強引な愛撫に弾ける女体と、その果実。

けれどもう俺はそれを逃す気なんてなかった。

「ちゅぱっ！　ちゅううっ!!」

俺は小柄な身体を強く抱き寄せ、大きめの乳輪と乳首を舐めしゃぶる。

（リリムのおっぱい、美味しい……っ！）

「あ、ありすとさま……っ!?　あっ、わ、妾《わらわ》のおちちっ……!?」

身体を動かした後なのに、彼女の身体から不快な匂いは一切しない。

それればかりか甘く男を誘う香りが漂っているようにすら感じられ、俺はますます彼女の乳房に夢中になる。

「ぇろッ！　ちゅぱっ！　ちゅううっ！」

鼻息荒く獣欲のままねぶると、ついにリリムは甘く啼《な》いた。

「あぅ……ッ♡お、おちちっ♡な、舐め……あっ♡ああっ♡」

元気な少女としての声を捨て、彼女はみるみるうちに女の声になっていく。

そのギャップは凄まじく、とても同じ人物とは思えないほどだ。

（もっと聞きたい……！）

俺はもっとその声が聞きたくなった。

だからリリムの乳房に顔を埋め、更に激しく吸い上げる。

「あっ♡あっ♡あり、すとさまっ♡ど、どうしてぇっ♡」

色っぽく身体をくねらせる少女は、何故牡に吸い付かれているのか、よく分からないらしい。

きっと彼女は自分の身体が、いとも簡単に俺を狂わせられるだなんて考えたこともないんだろう。

俺はそんな彼女が愛おしくなり、より征服してしまうべく、その大きな乳房を揉みしだいた。

「んはぁんッ♡」

ぎゅうっと乳肉を絞られ、リリムは身体を反らせて嬌声をあげる。

「リリムが、このおっぱいを何度も俺に当てるから……っ」

「ふぇっ……♡あっ♡ああっ♡」

「だから俺、昨日みたいになっちゃうから……っ！」

なんとも身勝手な言い分だとは思う。

しかしリリムは意外な反応を見せた。

「わ、わらわのぉっ♡おちちでもっ……♡昨日みたいに、なっていただけるのじゃ……？」

俺が驚きに手を止める。

すると、美少女の瞳が俺をしっかりと捉えた。

「こんなにだらしないおちち女じゃけれど、エマリーナみたいに、じゅっ、じゅぼじゅぼ……していただけるのじゃ……？」

頬を真っ赤にするリリム。

座った俺に跨がるような姿勢になった彼女は、目と鼻の先で不安げな表情を浮かべる。

(なんて大きな勘違いをしているんだ!!)

俺は彼女のいじらしさによって溢れ出した、何か怒りのようなエネルギーに突き動かされた。

「だらしなくなんてないよッ！」

彼女の言う『だらしないおちち』を両手で味わい、鼻息荒くそれにむしゃぶりつく。

「ちゅううぅっ！　俺はっ、チュパッ！　ずっと触ってたいくらい……ッ！」

「ふぁんッ♡あぁっ♡ほ、ほんとぅ♡」

いまだに不安な様子を残す少女に気持ちを伝えるべく、ますます強烈に乳房を弄《もてあそ》ぶ。

「あっ♡ああああっ♡お、おちちッ♡すごいのじゃっ♡ありしゅとしゅまっ♡」

びくっびくっと身体を震わせるリリム。

言葉で伝わらない分を教えるため、すでに痛いくらい隆起している剛直も彼女に擦りつける。

「リリムでこんなになったんだ……っ。じゅぼじゅぼするから……ッ！　もう逃さないから……！」

「してくだしゃいっ♡あッ♡そこ、すっちゃらめなのじゃっ♡わらわそれ、らめなのぉっ♡」

乳首を吸いながら舌でめったうちにすると、彼女は丈夫なベンチを揺らすほどに反応する。

無論、愛おしい女性の弱点を逃すなんてしない。

俺は悦楽から逃れようとする彼女の身体をぎゅうと抱き寄せ、その大きな乳房に思い切り顔を埋めた。

「あっあっあっ♡おちち、らめっ♡おちち、おちちいくッ♡いっちゃうッ♡いぐぅうッ♡♡♡」

木製のベンチが激しく音を立て、俺の腕の中で何度もリリムの身体が跳ねる。

（あぁ、最高……！）

まるで乳肉の海に溺れるかのよう。

その感触はどこまでも淫靡で欲情を誘うものだ。

「はぁっ♡はぁっ♡ありしゅとしゅま……しゅごい……っ……♡」

だから俺は絶頂後に肩で息をするリリムを見て、そのままでいることはできなかった。

「んむッ!?　んんッ♡」

乳を鷲掴みにしたまま、今度は彼女の唇を奪う。

小さい口内にゆっくりと舌を入れると、リリムはぴくんっと反応した後。

「んぢゅっ……ぢゅぱっ……♡」

自らそれを追い回し、ちゅうちゅうと吸い上げ始めた。

「んッ♡はぁッ♡ちゅっ♡ちゅううっ♡」

深いキスをしているうちに、段々と彼女の腰はいやらしく前後に動くようになる。

「ちゅっ♡ぷはっ♡あっ♡ありしゅとしゃま……」

しばらくするとリリムのほうから唇を離し、俺を切なげに見つめた。

そしてとても小さな声で言う。

「じゅ、じゅぼじゅぼ……は……だめ、なのじゃ……？」

そのいじらしさに耐えられず、俺は彼女を持ち上げた。

「リリム……っ！」

「ひゃっ!?」

リリムを木製ベンチに横向きに寝かせ、片足を抱きかかえるようにする。

するとくちゅっという音とともに彼女の太ももは広げられ、ぐっしょりと湿った股ぐらに透明の糸が引く。

「っ……♡」

恥ずかしそうに顔を背けるリリム。

その反応がいじらしくて、俺はやや強引に股間部を守るビキニアーマーを横にずらす。

そしてガチガチになった肉棒をそこへ当てた。

「挿《い》れるよ……」

「おねがい、します……なのじゃ……♡」

小さいけれど確かに聞こえた声に促され、俺はぬるぬるの膣内へと肉棒を挿入する。

なるべくゆっくりと、と心がけたつもりだったのだが。

（す、吸い込まれる……ッ！）

彼女の膣中《なか》は想像以上にキツく締まっていて、一度入り込んだが最後、俺の意思とは無関係に肉棒を呑み込んでいってしまう。

「あ、あはぁああッ♡」

そして予想よりずっと早く、パンパンに腫《は》れた亀頭はその最奥へとぶつかった。

「くっ……！」

鈴口が子宮口の感触を感じた途端。

「あッ!?　ああッ♡あたった、の、じゃぁ……っ♡♡♡」

リリムは横向きのままがくがくっと下腹部を震わせた。

しっかりとした深さはあるが、幅は狭い。

そんなリリムの膣中は、彼女の身体の動きがより鮮明に快感へ変わる。

（あッ……し、締まる……ッ!?）

こみ上げた射精欲を堪《こら》えていると、リリムがじっとりとした瞳でこちらを見ていた。

そして彼女は俺と目があったことがわかると、小さく希望を言ってくれた。

「え、エマリーナになさっていたみたいに、いっぱいじゅぼじゅぼ……してほしいのじゃ……」

挿入を経験したばかりの美少女が、頬を染めながら激しいセックスを望む。

そんな様を見せられれば、俺のわずかばかりの自制心が吹き飛ぶのは一瞬だった。

けれどリリムのその様に、もはや我慢などできなかった。

「リリム……ッ！」

俺は慣らすことも忘れ猛烈に腰を振り出してしまう。

「あぅぅうッ♡あっ!?　ああぁっ♡あっ♡はぁああんっ♡」

――ぱんっ！　ぱんっ！　ぱんっ！

緑の中に、男女の激しい情交の音が響く。

「あっ♡ひゃああっ♡ひぐっ♡ぅうッ♡」

ぴったりと閉じ、充分すぎるほどに潤った柔肉。

それを掻《か》き分けるようにして俺は彼女の奥へ奥へと肉棒を叩きつける。

「ああッ♡しゅ、しゅごいでしゅっ♡ありしゅとしゃまのッ♡しゅごいのじゃぁッ♡」

成熟した美女が上げる艶《つや》っぽい声。

たまらなくなった俺は、彼女の脚を抱えた手とは別の手でその大きな乳房を鷲掴みにした。

「あっ!?　あうっ♡ぉッ♡おちちっ♡おちち、イッ♡イ、イクぅうッ♡♡♡」

リリムは敏感に反応し、すぐさま絶頂へ達してくれた。

男として満たされる感覚とともに、肉棒には強烈な快楽が襲いかかる。

(また締まるッ……もってかれる……!)

絶頂でうねる膣壁は口淫を思わせるほどに肉棒へ吸い付き、彼女の身体とともに躍るのだ。

睾丸の中に蓄積された精があっという間に高温に達してしまう。

「はぁっ! はぁっ! はぁっ!」

しかし自分を追い詰めることが分かっていてもなお、俺は腰を振ることをやめられなかった。

「ありしゅとしゃまっ♡もっとぉっ♡もっとじゅぼじゅぼぉっ♡おねがいっ♡」

だらしなく美しい顔を見せる牝が、俺の牡を刺激してやまないのだ。

「なら、もっとするからね……ッ!」

俺は彼女の身体すべてを自分のものにするため、激しく乳房を揉みしだき、子宮口をこじ開けんばかりにペニスを奥へ突き入れる。

「あっ♡はぁっ♡あっ♡あああっ♡」

鈴口が子宮口へぶつかる度、ぶしゅっぷしっ、という音とともに彼女の股ぐらからは淫らな液が吹き出す。

膣中では熱い愛液が絶えず染み出し、それを俺の亀頭へ絡ませようと膣壁が蠕動《ぜんどう》していた。

「ああっ……リリムの膣中《なか》、すごいよ……ッ……気持ちいいっ」

感想はもうそれだけだ。

ずっとこの中にペニスを埋めておきたい。

そんな馬鹿なことすら思ってしまう。

「うれひぃでしゅっ♡わ、わらわ、は、ありしゅとしゃまのがっ♡きもちよしゅぎてっ♡おま×こっ♡すぐイ……くぅッ♡♡♡」

ぶるぶるぶるっと彼女の豊かな乳肉がまた震える。

そしてそれとともに、激しく収縮する膣中。

（駄目だ……ッ……気持ちよすぎ……っ！）

視界が狭まり、今の俺には艶《なま》めかしく喘ぐリリムしか見えない。

だからこそ、そんな彼女を全力で自分のものにしたくなった。

「はぁっ……！　はぁっ……！　出すよ……ッ……リリムっ！」

さきほどより更にピストンの速度をあげ、同時に彼女の脚を抱きしめて逃さないようにする。

肉棒は子宮口へ衝突し、その度にリリムは跳ね上がるようになっていく。

「あぅッ♡♡♡いぐッ♡♡♡おま×こッ♡♡♡ありしゅとしゅまぁッ♡♡♡」

はしたなく口を開いて舌を出し、あられもない表情を見せるリリム。

けれどそうなってまで、俺の名前を呼んでくれることが嬉しくて。

「……出るッ!!!」

牡として最大に満たされながら、俺は猛《たけ》り狂った獣欲を放出した。

——ビュクビュクッ!!!　ビュルルルッ!!　ビュゥウウッ!!!

「んあぁッ♡♡♡おま×こ、もうむりッ♡じゃッ♡♡♡いぐッ♡いぐぅうぅッ♡♡♡」

リリムに煽られた精は、どくどくと彼女の中へ注ぎ込まれていく。

そしてその間もリリムの牝壺は、激しく竿を奥へと引っ張ろうとするのだ。

「くぅッ……ふぅうっ……！」

腰が持っていかれるような感覚に耐えようと、俺はリリムの乳房を強く握ってしまう。

しかしそれは悪手だった。

「ら、らめッ♡おちち、いまっ♡らめなのじゃぁあああッ♡♡」

性感帯を刺激された彼女は再び絶頂に達し、その豊かな乳肉を暴れさせたのだ。

ペニスは荒れ狂うように締め上げられることになり。

「くあっ……それ、また出ちゃうってッ……！」

あっさりと敗北してしまった。

――ドプドプッ!!　ドビュッ!!　ビュルッ！　ビュルルルッ!!

「んぉおッ♡♡おっ♡おぅッ♡♡♡らめっ♡♡おしゃせいッ♡イグッ♡♡♡」

木製のベンチがきしみ、リリムが濁った嬌声をあげる。

心配になるほどバウンドする彼女の身体を抱きしめると、やがて絶頂の波は収まっていった。

「ぁッ♡んっ……♡ぉっ……♡」

しかしそれでも、彼女が人にあまりみせちゃいけない顔は晒したままだ。

（……さ、流石にちょっとやりすぎちゃったかも……）

牡としての征服欲はとっても満たされはしたのだが、なんだかそれ以外の男性として大事なものを放り投げてしまった感覚が今更ながら襲ってきていた。

しかし、それは杞憂《きゆう》だったのかもしれない。

「あり、しゅと、ひゃま……？」

「ん……？」

当の本人は色々振り切れたらしく。

「ふぇ、ふぇらちお……し、して、みたい……のじゃ……♡」

「え……えぇ!?」

俺より欲望に素直な女性になっていたのだから。

第三章　バンドンの秘密

俺がバンドンへやってきて数日。

続いていた秋晴れが終わり、宿泊施設プリウォートは秋雨に包まれていた。

降ったりやんだりを繰り返す弱い雨は、午前のバンドンに穏やかな静寂をもたらしている。

しかしながら、俺の部屋はまったく穏やかではなかった。

俺に対し、一人の女性が鋭い声を浴びせていたからである。

「君さ、これ本気で良いと思ってんの？」

プリウォートの部屋は純和風だが、俺に用意された居室には洋風の応接室も付属していた。

そこに木製のテーブルと、同じく木製の椅子が二脚置かれている。

その一つには俺が座り、机を挟んだもう一つの椅子には――

「ねぇ、どうなの？」

――俺に呆《あき》れと侮蔑の視線を向ける、ジュリエが座っていた。

（ううっ……！　で、でも今回はいい感じだったはず！）

俺はその視線にたじろぎながら、彼女の手元にある用紙に目をやる。

「だ、駄目だった……かな?」

その瞬間、ジュリエはその用紙を俺の机にばんっと叩《たた》きつけた。

「駄目だったかな、じゃないいっ！　全っ然だめ!!　ゴミ！　くず!!」

「く、くずって……」

あまりに辛辣《しんらつ》な言い様《ざま》に、俺は少なからずショックを受ける。

が、彼女はそこから立ち直る時間もくれなかった。

「こうでも言わなきゃわかんないでしょ！　ったく何回やらせれば理解すんの?」

「いやぁ、こういうのは苦手で……」

「……あのね、今の君は苦手で済ませていい知識量じゃないいって言ってんの」

はぁあとジュリエはたっぷりとため息をついた後、俺とテーブルを挟んで対面の椅子へ座る。

「今までこういう経理系の書類ってどうしてたわけ?　パン屋もやってるって聞いたけど?」

そう言って彼女がテーブルから持ち上げた紙は、経営の際に必要になる経理系書類の一つ。

びっしりと数字が書いてあるが、そのほとんどに赤いインクが走っている。

それはつまり、俺がいかに経理書類への適正が無いかを明らかに示していた。

「えっと、オリビアとかケイトさんとかにお願いしちゃってて……」

昼時パン屋のレテア、そしてイル正道院の下着事業。

そこでの経理は主にその二人が担ってくれている。

しかしその事実が、ジュリエを怒らせてしまったらしい。

「お願いしちゃってててって……君ね、これじゃあ丸投げなの。丸投げと依頼は別物！　わかる!?」

ただ、彼女のお叱《しか》りはもっともであった。

「こんだけ内容がわかってなかったら、相談相手にもなれないでしょ!!」

「そ、その通りです……ごめんなさい……」

ぐぅの音も出ないとはこのことである。

俺が謝罪すると、ジュリエはまた大きくため息をついた。

「無駄を減らせれば金が使える。金が使えれば人を雇える。人を雇えればやれることも増えて、利益につなげられる可能性も増す」

彼女はぐいっと俺に顔を近づけて、三白眼になる。

「これくらい言えば、君の脳みそでもわかる？」

「わかります……」

「ったく、働いてる子が可哀想になってきた」

正論だからこそ、ジュリエのお説教はなんとも耳が痛い。

俺は苦手だからといって知識を得ようとしなかったことを反省した。

「はぁ……二、三日で済むと思ってたわたしが馬鹿だった」

再びため息をつくジュリエ。

そんな彼女が、石の研磨の次に俺に課したのは、産石地《さんせきち》の知識を問う試験だった。

準備期間が数日与えられたので、俺はルステラさんに監督されつつ各種石の作業を一通り体験した後に試験に臨《のぞ》み、これに無事合格。

その次に課されたのが経理書類の作成試験であり、今はその準備期間中なのだ。

(数字で考えるやつって、ほんっとに苦手なんだよな……)

転生前から理系科目が全体的に苦手だった俺。

ここ二日ほどカンヅメ状態で勉強してもまだ、それを克服できたわけではなかった。

相変わらずの自分に悲しくなりつつ、一方で一つ気になることもあった。

(どうしてこんなに付き合ってくれるんだろう……?)

それはジュリエについてだ。

彼女は本来試験を課すだけのはずなのに、何故《なぜ》か経理の仕事を教えてくれているのだ。

「……少しは実体験がある問題のほうがいいってこと……?　いや、でもいきなりこれってやらせる価値ある?」

テーブルに散らばった書類のいくつかを確認したり、手元の束に目を通したりするジュリエ。

ぼそぼそと話す口ぶりからすると、彼女は俺に与える次の問題を探しているのだろう。

(どうしてここまで手間をかけて、俺に色々教えてくれようとするんだ?)

彼女はプリウォートの中に工房を持っている。

事実部下の女性達はそこで、各地に出荷する装飾品を作っているのだ。

そして彼女はそれに対してしょっちゅう指示をしたり報告を受け、とてもじゃないが暇をしているようには見えない。

（……なんだろう。この違和感は）

俺は確かにジュリエから試験を課されてはいる。

しかし毎回準備期間が用意される上、今回はジュリエ本人が指導をしてくれている。

口は悪いけれど指導自体は丁寧で、『強欲ジュリエ』だなんてとても呼ぶ気になれない。

（研磨の試験も準備期間はあったし……彼女の狙いは一体何なんだろう……）

日に日に深まっていく疑問の答えを探そうとしていると。

「ちょっと！」

ジュリエ先生の厳しい檄《げき》が飛んできた。

「君さ、なにをぼんやりしちゃってんの？　いま、どーいう立場だか、分かってんの!?」

ばんばんと彼女はテーブルを叩く。

そして溜《た》め込んだ不満がいまにも爆発しそうな表情を見せた。

「さっきの紙ちゃんと見たわけ？　赤入れてあるでしょ、なんで間違ったかちゃんと確認しなさいっての！　時間まで計算できないわけ？　ああん!?」

いよいよ不良じみてきた先生に負け、俺は急いで赤字だらけの紙に視線を落とす。

「や、やりますやります！　ごめんなさいっ！」

が、先生の言葉はそれで終わりではなかった。

「やれって言っといてあれなんだけど。……一つ聞いてもいい？」

さきほどとはまったく違う、少し落ち着いた声色。

俺がその女性らしい響きにドキッとしつつ顔を上げると、彼女はテーブルに頬杖《ほおづえ》をついて脚を組んだ。

「どうしてパン屋とか下着屋やろうって思ったわけ？　こんなに金勘定もできないのにさ」

不思議と、彼女のワインレッドの瞳には怒りや呆れは浮かんでいなかった。

ただ純粋に俺を知ろうとしてくれているような、何か興味を持ってもらえているような感じ。

そうすると彼女の整った顔立ちはとても際立つ。

(怒ってないと、可愛いんだよな……)

そんな女性と二人きりでお勉強。

意識しないようにしていた事実に胸が高鳴るが、それは他ならぬジュリエによって制された。

「……なに？　無視？」

いつもの刺々《とげとげ》しい表情に戻ったからだ。

とはいえ、俺は冷静になってもすぐには言葉が出てこなかった。

「いやそうじゃなくて……なんだろう……」

木造の天井を見上げ、それでもしっくりこなくて窓側へ視線をやる。

雨で曇った窓は、バンドンの湖を見せてはくれない。

(まるで白いスクリーンだ)

そう思うと、そこにウィメの街並みが見えた気がして。

俺の口は勝手に動き出していた。

「恩返ししたかったんだ」

「……は？　恩返し……？」

ぽかんとするジュリエ。

それを少し可笑《おか》しく思いつつ、俺は続ける。

「ウィメでは女性皆に本当に良くしてもらってさ。ただ男ってだけで、専属の素敵なメイドさんまでつけてもらっちゃった」

あの時は特に仕事はないって言われて驚いたっけ。

「なのに俺は、一生懸命働いてる女性の税金で生きるだけ。それがすっごく居心地が悪くて」

そんな時、俺はレテアに出会ったんだ。

ディーブ伯が好き放題して、去っていったあの店に。

「誰もを助けられるわけじゃない。だからってじっとしているのはどうしても嫌でさ」

それでは前世と同じになる。

それが嫌で、俺はレテアの一件に関わることを決めた。

「イル正道院のことも……好きになった女性が困ってた。だからじっとしていられなくなったってだけ。立派な理由なんて全然ないんだ」

結果として知識も技術も足りないまま、俺は突っ走ってきてしまった。

そんな俺にジュリエは呆れるか、また怒るだろう。

そう思ったのだが。

「……」

意外にも彼女は沈黙していた。

ただそれは何も感じていない、ということではなかったらしい。

（……？）

「……なんかムカつく」

彼女はぽつりとそう言って頬杖をやめたかと思うと、自らの椅子の座面を握り。

「ふんっ！」

座ったまま、テーブルの下で対面の俺の股間を踏んづけてきたのである。

「はうッ！？！？」

唐突な下半身への襲撃に俺は声をあげてしまった。

「ふんっ！　ふんっ！」

そしてその敵意は何故か確固たるものらしい。

彼女は一度ならず、何度もそれを繰り返すのだ。

「ちょ、えっ!?　ちょっ！　やめっ！」

幸いなことに、彼女は靴を履いていない。

そして脚を蹴り出す力も強くないようで、激痛が走るような行為にはなっていなかった。

とはいえ、原因も分からず急所をそうされるのは困る。

「な、なんで……っ！　くぁっ！」

必死に理由を聞く。

するとジュリエはぎろっと俺を睨《ね》めつけ、おまけとばかりに俺の股間に足の裏を押し付けた。

「ふんっ！」

「ぁうっ⁉」

そして今度はぷいと顔を背け、口を開く。

「知ってるんだから。女が好きとか言いながら、これ使って、女に悪さしてるって……！」

「えっ……！」

「君、エマリーナにとんでもないことしてたじゃん！」

俺はその言葉を聞き、身体中に電撃が走ったような感覚になった。

（あ、あれ……見られてたのか……⁉）

俺は冷や汗が背筋を流れるのを感じた。

ジュリエがあの夜の出来事をどこまで見て、どういうふうに解釈したかは分からない。

しかし今の行動を見るに、彼女はエマリーナさんに俺がなんらかの悪さを働いたと考えているようだ。

「ふんッ‼」

「ちょ、やめてくれぇっ！」

「やめない！　ふんっ！」

「あふんッ！」

その罰とばかりに、ジュリエは続けざまに足裏を押し付けてきた。

「そ、そのっ……あれは……」

エマリーナさんの件について、弁解をしようと一応口は開くもののその先がうまく続かない。

「……」

しかし意外なことに攻撃の手、というか足は緩まった。

「……なに？　言いたいことでもあるの？」

一応、抗弁の時間をくれたらしい。

俺の股間に自身の足裏を押し付けつつ、ジュリエは背けていた顔を戻す。

「……え、ええと……」

とはいえやはり俺に言葉は無かった。

エマリーナさんの魅力に負けて獣欲を解放したという意味では、褒《ほ》められる行いではなかったとも思ってしまったからだ。

「……やっぱり、あれは悪いことだったって認めてるじゃん」

二の句が継《つ》げなくなった俺をジュリエはギロリと睨《にら》む。

が、少しその様子は変だった。

声と目線こそきついものの、彼女の頬は少し赤いのだ。

（っ！）

それに気づいた途端、俺は胸が高鳴ってしまった。

ジュリエを魅力的な容姿の女性だと意識させる、そんな表情だったからである。

そしてそう感じると同時に、俺の股間はまずいことになってしまう。

（うぅ……）

正確に言えば、まずいのはジュリエの足裏だ。

さっきまで勢いが良かったはずのそれが、今はほとんど動いていない。

だがそれが良くない。

ほとんど動いていないだけで、時折さわさわと俺の股間を刺激するのだ。

「何とか言ったら……？」

俺の回答が気に食わなければまたすぐにでも踏んづけてやる。

おそらくジュリエはそんな気概で、ただお仕置きの準備をしているだけなのだろう。

けれどそんな彼女自身が、話が露骨な方向に行こうとすると、やや気恥ずかしさを見せる。

その表情と行為だけを考えると、まるで美少女が恥じらいながら足裏で肉棒を触ってくれているかのようで……。

（や、やば……）

俺の雑食系息子はあえなく隆起してしまった……。

そして、その変化にジュリエが気づかないはずもない。

「……？」

彼女は一瞬不思議そうな顔をした後、そっと足裏を押し付け。

「ちょっ!? えっ!? は、はぁっ!? な、なんでっ!! きもちわるッ!!」

目にも止まらぬ速さで足を引っ込めつつ、俺の心をえぐってきた。

(うぅ、俺だって変だとは思う! でも急に女子っぽい顔されると……)

だが、ジュリエはそれだけで俺を解放することはなかった。

「……見せて」

「えっ!?」

言うが早いか彼女はテーブルの上にある紙を手早くどけて、さっさとそこに座ってしまう。

先生というのは撤回だ。

先生は机に座った生徒を叱る側である。

まちがっても不良娘のように机に座る女性のことではない。

「っていやいや、み、見せろって言われても……」

「君は今、わたしから見たら詐欺師なわけ。女を騙《だま》して、たぶらかして、最後にどういうことをするか分かんない」

ぎろっと赤い瞳が俺を射抜く。

ただその頬はちょっと赤い。

「それで、いっちばん怪しいのがこれ!」

そして大きな声で言うと、テーブルに座った状態から足を伸ばし、再び俺の股間を踏んづけた。

「あっ!!」

「悪さしてない、悪いものじゃないっていうんなら、見せるくらい平気でしょ！」

「そ、そんな横暴な……」

「飾り石が欲しいんでしょ！　ならそれくらい誠意を見せてって言ってんの！」

ぎゅむっと再び踏まれる股間。

だが、既に大きくなった息子にはジュリエの力は大したダメージにはならなかった。

どちらかといえば、レースのハイニーソに包まれた女性の足が肉棒を刺激してきた、という情報のほうが攻撃力が高い。

「え、なに？　踏まれると大きくなるの、これ……？　ちょっと意味わかんないんだけど……」

なんとも屈辱的なことに我が息子は更に元気になってしまった……。

ただそれは、今のジュリエが見せている情景にも理由がある。

（おっぱいもパンツも際どすぎなんだって……）

成熟しているとは言い難い身体。

しかしレース地を基本としたスケスケの装束は、そんな女体を無理やりに大人にしてしまう。

そして脚を前に出していることで、その際どいパンティがいかに大事な部分を覆い切れていないかがよく見えるのだ。

（うぅ……今まで意識しないようにしてたんだけどなぁ）

ここへ来て、彼女の魅力に見て見ぬふりをしてきたことが仇《あだ》となった。

そしてその次の瞬間。

「黙ってないで早く見せなさい……ったら！」

ジュリエは器用に足を動かし、俺のズボンを強引に下げてしまった。

「わっ！」

あっという間に解放されてしまった肉棒。

それは勢いよく俺のお腹《なか》に当たり、意味もなく誇らしそうであった。

俺は反射的にそれを隠そうとした……のだが。

「こ、こらッ!!」

ジュリエは声をあげ。

両足の土踏まずを使い、素早く俺の竿を左右から挟んでしまう。

途端に、解放された肉棒には甘い痺《しび》れのような快感が走った。

「くぁっ……!!」

手とは違う柔らかさを持つジュリエの足裏と、それを包むレースのソックス。

二方向から与えられる新鮮な感触に、ついつい喘いでしまった。

そんな俺の顔をジュリエは探るように見つめる。

「な、なに？　痛いの？　それとも……きもち、いいの？」

そして彼女は自らがに股になることもいとわず、ゆっくりとその足を上下させ始めた。

ジュリエの両足がつくった隙間で肉棒が扱かれる。

竿からカリに向けられる独特の圧迫感と、レースソックスがもたらす摩擦感。

（うわ……これ……っ）

俺は生まれて初めて感じる快感に、つい腰が浮いてしまった。

「ねぇ、どっちなの？　答えてよ？」

答える義理はない。

だから言葉にはしなかったけれど、ジュリエはなんとなく察してしまったらしい。

それはきっと、俺が全力で抵抗しなかったからだと思う。

「……きもちいいんだ……」

俺はこんな状態で彼女と目があってしまうのが恥ずかしく、どうしても顔を上げられない。

ただそれはそれで不味《まず》かった。

視界に飛び込んでくるのが、ジュリエの下半身であったからだ。

（ああ……なんてすごい景色なんだ……）

テーブルに座ったジュリエは、俺の竿をその両足で挟み込み上下に動かしている。

必然、彼女は自らの股間を隠すことのないがに股になるのだ。

際どすぎるパンティの脇からはみ出る、大切な花びらの一部もはっきり見えるのである。

「う、うわ……なんか出てきた……きもちわる……！」

とうとう先走りを漏らしてしまい、ジュリエにその現象を罵《ののし》られる。

しかし奇妙にも、彼女はその足の動きを乱暴にすることはなかった。

ただそれは、ずっとゆったりであったというわけではない。

「速くすると、気持ちいいんだ……っ！」

「くっ……ぁッ……！」

先走りで滑りが良くなったのに合わせ、ジュリエは本格的に俺の竿をしごき始めたのだ。

「女の足で気持ちよくなるなんて。やっぱり君、とんでもない変人、んっ！　だったんだね……ッ！」

おそらくこっちの世界の本にも、こうした倒錯的な行為があるのだろう。

あるいはジュリエが天性のテクニシャンなのかもしれない。

「ぁッ……うぅうッ！」

どっちにしろ、俺は既にその快感に腰を震わせてしまっていた。

足で気持ちよくなってしまう残念な男に対し、ジュリエは喜色を多分に含んだ声になる。

「奇人じゃなくて、ヘンタイだ……っ……君、ヘンタイだったんだ！　きもちわるーいっ！」

にゅちゅっ、にゅちゅっという音が響く。

ほんの先ほどまで勉強をしていたはずの部屋にだ。

（も、もう……一緒に勉強なんてできなそう……っ……）

こんな思いをしてしまえば、彼女と二人になっただけで発情してしまうかもしれない。

「ヘンタイっ……♪ふふっ、こんな汚いお汁だしてっ♪ヘンタイッ♪」

ジュリエは更に足の動きを速くしていく。

「うぁッ……はあっ……はぁっ……！」

竿に絡みつく彼女の両足は、いよいよカリを熾烈《しれつ》に責め始めた。

そしてそれと同時に、ジュリエのパンティはどんどんと食い込んでいく。

(ああっ、もう見えちゃってる……ッ!)

楽しげな声をあげる本人は全然気づいていないだろう。

しかしジュリエのパンティは彼女が激しく両脚を上下に振ることで、どんどんとその布が中央へ寄っていっているのだ。

そして今や、女性器の真ん中に黒い線が入っている……ほぼそれだけになっていた。

「こんなので硬くして、はぁはぁいって。ほんっとヘンタイだねっ! ほらっ! ほらっ!」

ますます激しく扱き上げられる肉棒。

そして惜しげもなく見せつけられる彼女のピンクの女陰。

(うぅ……これはだめだっ……!)

罵倒されながらなのに、睾丸で大量生産された精は一気に竿を駆け上っていく。

「ほらっ! だせっ! 白いのっ! だせっ! だしちゃえっ! びゅーしちゃえっ!!!」

そしてジュリエに誘われるままに、俺はそれをぶちまけてしまった。

「出る……っ!!」

——ビュルッ!!! ビュルルルルッ!!! ドビュッビュッ!!

天井まで届こうかというほどに、煽られた精が迸《ほとばし》る。

無論、肉棒はジュリエにも容赦なく白濁液を浴びせていく。

「きゃッ!?」

ジュリエは少女のような声を出し、びくっと身体を震わせる。

しかしそうすることで、彼女の足は俺のカリをえぐりあげ。

「また……出るッ……！」

――ドビュッ!!　ビュビュッ!!　ビュルルルッ!!

肉棒は耐えきれず再び射精に至る。

俺は気持ちよさから腰を浮かせ、欲望のままジュリエの身体のほうへ肉棒を突き出した。

「えっ!?　ちょ、やぁっ!?」

さらさらの金髪ツインテールも。

スケスケの服装にも。

俺は白濁液を放ち、平等に汚していく。

（ああ、すごい悪いことしてる気分……！）

なんていけない行為なのだろうか。

けれどそれを嬉しく思ってしまう自分がいることにも気づく。

やっぱり俺は悪い男なのかもしれない……。

「も、もうっ!!　こんなに出るなんて、聞いてないったら……！」

しかし意外にも、ジュリエは白濁液を浴びても逃げ出すことはなかった。

彼女のことだ、そうしたら俺に負けると思ったのかもしれない。

そしてそんな俺の予想を肯定するかのように、ジュリエは俺を改めて睨めつけて。

「……ヘンタイ」

と言葉の槍を刺してきた。

ただその槍は、顔に白濁液をまぶした女性が突き出したもの。

どうあっても鋭さは無かったし、どこか恥じらいを残したものであったから。

「ちょっ!?　どうしてまた出すのっ!?　出せって言ってないでしょっ!!　ヘンタイッ！」

「ご、ごめ……でも……出るッ！」

俺はもう一度だけ、彼女の顔へ白濁液を発射してしまうのであった……。

ほんの少しだけ朝靄《あさもや》が残るバンドン。

曇天の下、俺は小舟で穏やかな湖面へと繰り出していた。

「おっとっと。ふふっ、ボートなんていつ以来だろ……」

バンドンを見て回った際に教えてもらったが、この小舟は釣り用だそうだ。

とはいえ、俺がこうしているのは別に釣りのためではない。

カンヅメ学習会から解放されたので、その反動なのか、無性に自然の中に繰り出したくなったのだ。

「よい、しょっと」

小舟に腰掛けた状態で、備え付けの小型の櫂《かい》を使う。

すると舟はまもなく浅瀬を抜け、その湖底が見えなくなりはじめた。

同時に林のざわめきも、控えめだった鳥達の声も遠ざかる。

俺はその感覚が心地よくて、どんどんと小舟を進めていった。

「お、結構来たなぁ」

しばらくして振り返ると、岸は思った以上に遠ざかっていた。

とはいえ広い湖だ。

まだその中央とはとてもいえないし、帰ろうと思えばさほど苦労はしない距離だろう。

「うーん……！」

櫂から手を離して伸びをすると、新鮮で美味しい空気が身体の中へ入っていく。

秋の香りが混じったそれは、イル正道院やウィメで吸い込んだものとは随分違う。

俺は改めて独り占め状態の湖面を見つめた。

「まさか秋も出張になるなんて。いやはや何があるか分かりませんね、異世界ってやつは」

少し離れた水面でちゃぷっと音が聞こえた。

俺の声に驚いた魚かもしれない。

余裕ができたら釣りもいいなと思いつつ、俺は懐から紙を取り出した。

「しかし参ったな……」

そこにはジュリエの名前と、新しい飾り石の納品価格が掲示されている。

これを受け取ったのは、彼女の足に翻弄《ほんろう》された数日後のこと。

『わたし明日からしばらく出かけるから。その間は石の作業の手伝いをしておいて』

俺にそう告げたジュリエが放ってよこしたのだ。

『試験は一応、合格。細かいことは書いてあるから、わたしが帰ってきたら返事して』

用紙には細かい取引の条件まで記載され、今すぐに契約が結べそうな体裁だ。

とはいえ、より詳細が記載されただけで、取引内容は適正だ。

だからこそ、俺は日に日に大きくなっていた違和感を無視できなくなった。

「ひっかかるんだよな」

異世界的に女性を好きな俺が奇人なのは疑いようもない。

むしろ今まで『本当に信用できるの？』と言われてこなかったのは、そもそも貴族の子息という立場であって触れ難《がた》かったのと、商売の窓口をオリビアやケイトさんのような女性がやってくれていたからだろう。

となれば、俺に配慮する必要のないジュリエ達のような女性が、真っ先に俺を怪しむのも自然だとは思う。

（それで試験を課したのだとして。それならなんで俺に経理を教えたりしたんだ？）

先日からこの点がどうにも気になってしょうがない。

それに少なくとも彼女は噂《うわさ》のような女性には見えない。

『あ、ごめん。ありがとね……』

『知ってるんだから。女が好きとか言いながら、これ使って、女に悪さしてるって……！』

今回の一件、俺の知らない、それでいて知るべきなことが隠されているような……。

「うぅむ」

俺は腕組みをして、空を見上げる。

秋の曇天は俺を見下ろすが、特に何か返事をしてくれるわけでもない。

(環境を変えたら何か思いつくかなと思ったんだけど)

そううまくはいかないか、と思った時。

今まで穏やかそのものだった湖が大きく波立った。

「おわっ!?」

座った状態を保てなくなるほどの揺れだ。

俺は舟の端へ捕まって必死にそれに耐える。

「や、やばっ……これ、転覆《てんぷく》する……!?」

備え付けられた櫂も暴れ、がちゃがちゃと派手な音をたてる。

転覆して舟の下に放られてしまうより、湖へ飛び込んでしまったほうがいいかもしれない。

そう考えた俺は周囲を急いで見渡し、いよいよと決意を固めた。

(よ、よしいくぞ……って、あれ……?)

しかしその矢先、唐突に舟の揺れは収まった。

あれだけうるさかった櫂もだんまりである。

ただそれは一瞬のこと。

「おわぁああッ!?」

今度は小舟に対し、下から何かがぶつかるような衝撃が走った。

しかもその何かは舟をどんどんと持ち上げていく。

不可思議な現象に戸惑いつつ、周囲を見ると。

「ちょ、えぇえっ!?」

なんと舟は小さな島に乗っかっていた。

さきほど起きた波に流され、岸に漂着したのではない。

湖の中から現れた島に乗せられていたのだ。

「え……ど、どういうこと、これ……?」

突如として現れたらしい島に乗せられた水。

それがさらさらと湖へ戻っていく。

すると芝のような茶色のふかふかした植物が、その島の地表を覆っていることが分かった。

幸いなことに、水辺まで数歩で踏破できそうな面積しかない。

(とりあえず、舟を湖に下ろそう)

隆起の理由は分からないが、ともかく離れたほうが良さそうだ。

しかし行動を開始する寸前で、俺は身体を硬直させることになった。

「クゥ～～」

こぢんまりした地表が、明らかに生物を思わせる鳴き声をあげたからである。

「!?!?」

同時に、島の周囲には舟の櫂より大きな腕のようなものが四つ、順々に浮かび上がる。

そして最後に湖の中から登場したのは、カモノハシを数十倍に大きくしたような顔であった。

「クェ〜」

幅広の嘴《くちばし》に、大きく丸い目。

ぐるりとこちらを振り返るようにした彼と目が合う。

（で、でかぁっ!!!）

その大きな嘴を上下に開けば、人間など一飲みだろう。

俺はその事実に気がついて、さぁっと血の気が引いた。

前世で目にした動物番組で、彼とよく似た動物について学んだ事を思い出してしまったからだ。

（そういえばカモノハシって肉食だったような……！）

どうやら小舟は、浮上した彼の背中に乗り上げてしまったらしい。

その巨大さから察するに、毛づくろいのついでに食べられてしまうんじゃないだろうか。

（そ、そうか。俺の第二の人生は今日で終わりだったんだな……）

ありがとう女神様。

短い時間だったけれど、とっても楽しかったです。

俺はぎゅっと目をつぶり、第二の人生の終焉《しゅうえん》を覚悟したのだが。

（……あれ？）

いつまでたっても、その時は訪れなかった。

まさか俺の妄想だったんじゃないか。

そんな期待をしながら薄目を開けてみたが、そこには確かに巨大カモノハシが存在していた。

「ク〜？」

大きくてまんまるの目と俺の目があうが、彼が嘴を開くことはない。

（た、食べない……？）

今はお腹いっぱいなのだろうか。

と思った矢先、突如として彼はその大きな嘴をこちらに迫らせてきた。

「わわっ！　ゆ、ゆるしてっ!!」

が、それは俺から少し横へ逸れ、彼自身の背中へと到着する。

そしてそこにまとわりついていた、大きな藻《も》のようなものを食べ始めた。

（そ、草食、なのか……？）

モキュモキュと口を動かす彼。

怪獣といって差し支えない大きさなので、葉っぱを食べているだけで大迫力だ。

その迫力に気圧《けお》されていると、ばきっという音がした。

「あ……!?」

彼の大きな嘴が当たり、舟の櫂が真っ二つになってしまったのだ。

その音は彼にもしっかりと聞こえたらしい。

「ク！」

彼はぱっと顔を上げ、まるい目の瞼《まぶた》を何度か瞬かせた後。

小さく鳴きながら、ちょんちょんと折れてしまった櫂を嘴で突っついた。

「ク～～……」

そして俺のほうをまんまるの瞳で見つめる。

言葉こそ話さないが、その様子は明らかに申し訳無さそうであった。

（なんか、かわいい）

伝わるかは分からないが、怒ってないよ、という意味を込めてできるだけ大きく首を横に振る。

その様子を見た彼は、もう一度だけ櫂をつつき、折れてしまったほうを器用に咥《くわ》える。

「クゥ」

そしてそれを俺の鼻先へ持ってきて見せた。

どうやらこの巨大生物は俺が思っている以上に人に優しく、それでいて賢いようだ。

「ありがとう」

すっかり恐怖心が薄れた俺は、そう言って櫂であった木片を受けとる。

もう一方の手でちょっとだけ嘴を撫でてあげると、彼はぷるぷるっと嬉しそうに震えてくれた。

「ク～～～」

今度は大きな声で鳴き、彼は俺のほうを向いていた首を前に向ける。

それに合わせて水面が波立ち、小島だと思っていた彼の身体はぐんぐんと速度をあげ。

（おぉ……！）

やがて岸が近づいてくる。

櫂を折ってしまったお詫びに、俺を送ってくれたようだ。

人の舟のこともちゃんと知っているところに、彼の知性の高さを感じる。

「ゴポゴポ……」

そして自らの身体を器用に沈め、俺と小舟を湖面に戻してくれた。

無論、櫂は一本だけしか使えないが、それでも充分接岸できる距離である。

「よいしょっ……と」

俺が無事に湖面を離れたのを確認すると。

「クエ、クエ」

彼はその顔を左右に揺らした後、水中へと消えていく。

俺は彼のしっぽのようなものが見えなくなるまで、その姿を見送った。

(可愛かったし……また会えるかな?)

すっかり彼のことが気に入ってしまった俺は、そんな呑気なことを考えたのだが。

一つ困ったことも起きた。

「さて……どうしよう」

というのも、彼が送ってくれた岸は、宿泊施設プリウォートから離れた場所だったのだ。

「舟を戻すにしても、新しい櫂を借りてこないとなぁ」

俺は岸へと小舟を上げる。

そしてそのまま湖の周囲を囲む芝生の上を引きずって、林の入り口にある木へ小舟につけられた縄を結んだ。

「ひとまずこれでよしっと……」

プリウォートの建物は見えるが、岸は途中で途切れていてそのまま行くのは難しそうだ。

これは林の中を行くのがいいだろう。

「道でもあるといいんだけど、流石《さすが》にないかな？」

バンドンは緑に囲まれた地。

当然人の手が入っていないところも多く、ここまで道があると期待するのは贅沢だろう。

と思ったのだが。

「あれ……ここ歩けるようになってる」

意外なことにそれは存在した。

木々の間に人一人が通れるくらいの道があったのだ。

舗装はされていないが、下草も無く地表が露出している。

（とりあえず、ここを行ってみるか）

道が続く先の林は深く、むしろ森と表現したほうがいいだろう。

確実にプリウォートへ続いている保証はないが、ともかく俺はその道を進んでみることにした。

（採石した石を運ぶような道、かな？）

足を踏み入れてみると、その道の地表の新しさが目につく。

ジュリエの部下である女性達が新しい産石場となりうる場所を探していると言っていたし、もしかしたら彼女達がよくここを通るのかもしれない。

「ん？」

更にしばらく進むと、俺は奇妙な匂いが漂ってくることに気がつく。

草の匂いとはまったく違う、どこか異質なそれ。

奇妙なことなのだが、俺はその匂いを嗅ぐのは初めてではない気がした。

（あ！　硫黄《いおう》だ、これ……）

俺は更に道を進む。

しかし、それは唐突に行き止まりになってしまった。

「ありゃ……やっぱ繋《つな》がってなかったか……」

少し木々の薄いところへ顔を出すと、プリウォートの建物は見える。

距離と手間はかかるが、あれを目印に進んでいけばさほど時間はかからないだろう。

「ま、いい運動になるか」

俺は行き止まりだった道から横へと足を踏み出す。

が、その時不思議なことが起きた。

「えっ!?」

バリバリっという音とともに、足を入れた先の景色が歪んだのだ。

まるで空気中に波紋が広がったような現象に俺は目をむく。

「な、なんだ？」

プリウォートの方向はそちらだし、見間違いかもしれない。

俺が改めてそこへ足を踏み入れると。

――バリバリッ！

今度は更に大きな音がして、空気中に広がる波紋もより大規模なものになり。

直後に波紋が現れていた景色の動きが止まり、空気中だというのにガラスのようにひび割れを起こす。

「！？！？！？」

まるで砕け散るかのように、そこに見えていたはずの景色は地に落ち、俺の眼前にはまったく別の光景が飛び込んできた。

「は……!?」

森の中に現れたのは、産石場を思わせるような平地。

だが露出している地表の色は全く違う。

茶色ではなく灰色で、鍾乳洞の壁のようにごつごつと不気味に盛りあがっている。

(あれはなんだ!?)

そんな中で最も目を引くのは、各所に空いた穴からじわじわと溢れ出す黒い流体であった。

それは高温らしく、湯気を立てながら地表の低い方へと流れていく。

その異様な光景を見た俺の脳裏には、いつかのリリムの言葉がよぎった。

『忌み地というのは、森の中に時おりある不吉な場所のことなのじゃ』

『こう……どす黒い泥のようなものがごぼごぼと湧《わ》き上がっているそうなのじゃ……！』

まさか……これが……！

衝撃に震える俺。

その耳に、ごぼごぼと黒い流体が溢れる音とは別の音が入ってきた。

「……見つけてしまったのですね」

それは聞き覚えのある女性の声。

「！」

反射的に振り返ると、そこには白髪の美女――ルステラさんが立っていた。

「る、ルステラさん、どうして……!?　それに、見つけてしまったって、まさか……？」

俺は驚愕《きょうがく》のあまりうまく言葉が出せない。

言葉に必要な数以上に、口を何度も開け閉めしてしまっていた。

そんな俺に、ルステラさんは青い瞳を憂いに沈めて言う。

「私が、最初に見つけたのです。この忌み地《いちち》を」

彼女の言葉に合わせるように、曇天の空は涙を流し始めた。

服さえ変えれば、女性にもなりきれそうな中性的で整った顔立ち。

私が出会った中で、最も不思議で奇妙な彼の名はアリスト。

今彼は私の前でその身体を絶望に硬直させているように見えた。

「そ、そんな……」

折り重なっていく胸中の苦しさが、私の言葉を一度詰まらせる。

まるで喉の奥から生まれた石が次々に落ち、息をするための道を塞いでいくかのようだ。

けれど、私は口にしなくてはならなかった。

「バンドンはまもなく忌み地になります」

彼はびくっと震える。

まるで女性のような反応に私は苦しくなるが、同時に彼がそれについてある程度知識があることを示していた。

「この湧いているものは『神の涙』と言われるものです。神の怒りを受けた地に湧き、そして枯れることはなく、ここを永遠に罰するのです」

女性らを絶望させ、納得させ、諦めさせる。

そのためだけに作られたいつもの口上。

私はそれをどうしても彼の表情を見ながらは言えず、適当に視線を外す。

（……！）

すると私の視界に、青い水晶玉の欠片《かけら》が入ってきた。

それはジュリエが密かに仕入れたという魔法道具。

空間をごまかすための装置だ。

（時間稼ぎのための不良品。言葉通り、だったのね）

異常に安かったとジュリエが苦笑を見せていたことを思い出す。

私はこの状況に納得し、次に話を進めた。

「アリスト殿。このことは内密にしていただくよう、お願いします」

彼は再び瞳を大きくし、その後とても神妙な顔つきになった。

「えと……それはつまり、黙っていろってこと？」

「ええ。今はまだ」

「今はまだ……？」

私は分かりやすく頷《うなず》いてみせる。

「そもそも、ここが『忌み地』であると分かれば。ここにいる者、ここから生み出された物、そしてここに関わった者。すべてが忌避されるようになるでしょう」

これは、今まで何度も目にしてきた現実だ。

これからこの地で起こることも、何も変わらない。

「え……？」

どうやら彼は『忌み地』は知っているものの、それが発見されたら何が起きるかまでは、及んでいなかったらしい。

「忌み地というものを定めたのはリム教です。忌み地に関わった者は追放せよ。それが首都の正道院——本院が定め、各地へ強制している戒律です」

「!!」

吐き気がする。

見たくなかった、彼が青い顔をするところなんて。

「バンドンの女性達に、次の仕事はないでしょう。土地をあらし、神の怒りを受けた忌むべき存在を受け入れる場所など、どこにもないのです」

「そんな……」

私はいつもの痛みを得る。

けれどそれはどうしたっていつも以上だ。

理由は明白だけれど、今はそれを深く考えることだけは避けないといけない。

「……困った女性を見れば、貴方《あなた》は『じっとしていられない』、つまり自ら救い出そうとするのではありませんか？」

「えっ……!?」

彼が驚きの声をあげたのは、ジュリエに経理の指導をされている際に語った『じっとしていられない』という自身の言葉を、そこに同席していなかったはずの私が口にしたからだろう。

しかし私はジュリエからその言葉を聞かされていたわけではない。

彼のことが知りたくて、あの時こっそりと部屋の外で聞き耳を立てていただけだ。

私がそれほどに彼に夢中になっているなんて、きっと当人は思いもしていないだろうけれど。

「ここが忌み地であること。それが少しでも世間にバレてしまった時、幸せになる女性は一人たりともいないのです」

ですから、と私はなんとか絞り出す。

「今回は……今回だけは、じっとしていてください」

やや頼りなさげで、けれど芯があって、時折とても逞《たくま》しく野性的になる彼。

おそらくこの世で最も女性の理想に近い男性の顔に、みるみるうちに影が落ちていく。

こんなに言葉を紡《つむ》ぐのが辛《つら》いのは人生で初めてだった。

「私た……いえ、私にすべて預けてください。悪いようにはしませんから」

彼の瞳を直視できないながらも、私はなんとか言い切った。

そこかしこから湧き出るどす黒い液体のような、重苦しく小汚い言葉を。

「「……」」

彼も私も口を開かなかった。

ごぼごぼと湧く神の涙という嘘と、それを押し流そうともしない雨。

白々しい残酷さに打ちのめされながら、私はかつて親友と呼べた彼女のことを思い出していた。


まだ本院の院生にもならず、首都の端の飲食店で働いていた頃。

昼から夜にかけての仕事を終えて、そこから近道である路地を通って家へ帰る……そんな時。

「……ぅうッ……ぅッ……！」

路地にある空き家の近くから、何か苦悶に満ちた声が聞こえた。

「……？」

日はとうに暮れている。

昼間にだって誰も用事がない空き家だ。

最初は動物か何かかと思ったのだけれど……。

「……っ……っく……」

よく聞けばそれは、小さな子のすすり泣く声にも聞こえる。

(なにかしら……)

迷子なのかもしれない。

一度考えてしまうと流石に放置することもできなくなり、私はその空き家に足を踏み入れた。

するとそこには。

「……ぁ……」

一人の少女が、真っ赤になった手のひらを押さえて一人涙を流していたのだ。

「どうしたの？」

教育係が外れたばかりにも見える少女。

嬉しくなって居住区の探検でもしていたのかも……。

私はそう思って、小柄な彼女と目線を合わせて話しかけた。

「……ぅ……」

彼女のほうも相当に驚いたらしい。

大きなワインレッドの瞳から溢れていた涙は止まり、沈黙する。

（これは、顔を出すべきじゃなかったかもしれない……）

私はもともと表情に乏しいらしく、愛想が悪いようだ。

飲食店にやってきた小さい子に、怖いお姉ちゃん、と言われたことすらある。

長く続く沈黙に、声をかけたことを申し訳なく思った時。

「……手が痛いの……。魔法を使うと……手が痛くなっちゃうの……」

彼女は絞り出すように話を始めた。

「……こんなになるの、私だけなんだって。私……出来損ないなんだって……」

そう言って、再び涙を溢れさせた少女の名はジュリエ。

それが私と彼女の、初めての出会いだった。

そして、そんな彼女は成長してもその時の悔しさを忘れなかった。

血の滲《にじ》むような努力を重ね『魔法の能力を鍛える』という偉業を成功させ、周囲に引けをとらない魔法を扱《あつか》えるようになった後でさえも。

彼女は魔法が使えない女性達を上から見下すことなんて絶対にしなかった。

『ジュリエでいいって。私もルステラって呼ぶし。魔法が使えるかどうかなんて、寒がりか暑がりかくらいの差でしかないんだし』

無理を言ってバンドンへ滞在した時も。

『ルステラのおかげだって。わたしのこと嫌いなやつのほうが多いんだから』

不断の努力で本院の院長になった時でさえも、だ。

『院長補佐だってルステラ以外立候補無かったしさ。指名した以上はこき使っちゃうからね！』

後悔しても遅いから。そう言って大きな瞳を細めて笑う彼女はいつだって私の太陽だった。

なのに。

『忌み地を感じ取れたからって、その人まで忌み嫌う必要はないでしょ！』

『ジュリエ院長。ルステラが忌み地を感じ取ったのではなく、彼女が行く先が忌み地になる。そう考えることもできるのです』

『そんなわけないでしょ！　第一そうだって根拠もないでしょう！』

私は……その陽《ひ》を沈ませてしまったのだ。

『ルステラは院長補佐であり、長年の親友関係である貴女《あなた》が庇《かば》おうとする理由はいくらもある。彼女の実態を隠す理由が貴女にはある』

『はぁ!?　結局、貴女達はわたしを追い出したい、それだけでしょ！　元は大した魔法が使えなかった女が、上にいることが気に食わない。それだけでしょ！』

彼女らが嫉妬という感情に教えという名をつけて、それを覆い隠す時。

私の特異な体質はジュリエを攻撃する格好の口実になった。

『院生って儲からないじゃん？　だからわたし、もっと贅沢したくなっちゃったんだよね！』

そうして私を庇ったジュリエは私の前から姿を消し。

まもなく私の居場所も無くされた。

教えも、特異な力も、結局何一つ私を守ってくれなかった。

「……あの、ルステラさん」

泥のように重く、とてつもなく長く続いたように感じた沈黙は、彼の声で破られた。

私が顔を上げると、随分久しぶりに互いの目が出会う。

「俺の話、聞いてもらっていい……かな？」

私は雨に濡れた彼の顔に驚いた。

（え……？）

それは、彼の表情が私が予想したものと大きく乖離《かいり》していたからだ。

とても自分が関わった地域が忌み地だったと知った時のものとは思えない。

彼はむしろ、どこかスッキリとしたような表情を浮かべていた。

「……どうぞ」

理解できない。

そう思いながらも促すと、彼は早速といった様子で話し始めた。

「ルステラさんとジュリエ。今回の件で仲間《グル》だったりしない……？」

「……!?」

驚愕する私に気づかないまま、彼は腕組みをして頭から情報を取り出すように話を続けた。

「俺さ、今回の話はずっと変だって思ってた。ジュリエの印象が噂と違うのはまだしも、そもそも試験って何なんだろうって」

でもさ、と私に語りかける。

「ジュリエ宝石商会が時々やる産石地の買収に、何か他の意味があったらって今思ったんだ」

彼は少しだけ前へ進み、ゴボゴボと湧き出る悪辣な泉を指した。

「もしかしたらジュリエと従業員さんはこれを一生懸命隠そうとしてきたんじゃないかなって。自分たちの住む土地が忌み地だって女性達が知るまでの間に、なるべく準備を整えてさ」

雨に打たれたまま、私は言葉を失う。

けれど彼は私の機微《きび》には気づかずに、言葉を続けた。

私が見惚《みと》れていることに気づかないまま、手や胸、口へと熱い体液を放ってくれた時のように。

「それで女性達を守れるだけ守って、バレる前に閉鎖にして、取引先もうまく丸め込んで秘密を守ってくれていたんじゃないかって……いや、違ったらすごく恥ずかしいんだけど……」

あはは、と彼は笑う。

けれど私は声すら出せなかった。

自分がどんな顔をしてるのかも、もはや分からない。

「だからジュリエ宝石商会に買われた産石地は、いつも最後は『死に地』にされる。そして関わった人は秘密を守って口を閉ざし、住んでいた女性達も不満を訴えない。そして宝石商会が不気味な噂ばかりになれば、その所有地に近づきたがる人などいない……」

未だ声が出せないままの私に対して、彼は頭をかく。

「ここからはもっと想像なんだけど。その秘密を守らせる取引先として、今回はイル正道院が選ばれた。まとまった量の石を買いそうだし、バンドン閉鎖前に稼ぐ相手にいいだろうって」

と、彼の双眸《そうぼう》がしっかりと私を捉える。

「とはいえ、ジュリエや商会の女性達が、俺やイル正道院の皆に会う前にそうした判断をするのは難しいはず。……というか、今回はもっと近くで俺達を観察して判断できる女性がいた」

「……っ!!」

私は身体が小刻みに震えるのを感じた。

それがどんな感情によるものなのか、今の私にはそれさえも特定できない。

「ルステラさんはオリビアの紹介で来てくれた。ただ同時に俺がバンドンの秘密を守れる男か、女性達にとって有害な人間でないか、それを見極めてもいたんじゃないかって思うんだ」

彼は一度、その美しい瞳を瞬かせ、そこに優しい色を灯《とも》した。

「それで俺の自惚《うぬぼ》れでなければ、貴女は俺のこと……というかイル正道院のことを合格にしてくれて、一緒にバンドンにも来てくれた」

そこで彼は少し遠くへ視線を移した。

「だからジュリエは俺を追い返さなかった。すごく嫌そうにはしてたけどね」

彼は軽く微笑《ほほえ》んだ後、言葉を続ける。

「こうなると、ジュリエとルステラさんは仲間だって考えるほうが自然かなって。忌み地っていう難しい土地に、俺みたいな怪しいやつを入れてもいいって言えるのは、ジュリエが俺を連れてきたルステラさんを深く信頼している証拠だと思うしさ」

そこまで言って、彼は少し気まずそうな表情になった。

「いや……全部、希望的観測なんだけどね。ただそうかもしれないなって」

ほとんどを言い当てられ、私は放心状態に近かった。

けれど彼の言葉の中に聞こえたある単語がどうしても引っかかった。

「……希望的、というのは……？　忌み地は、現にありますが」

『希望』。

その言葉を忘れて久しい私は、ついそれを聞かずにはいられなかった。

打ち砕きたいほど憎かったのか、それともすがりつきたいほどに飢えていたのかは分からない。

「あ、いや。もしも今の話が大筋だけでも合ってたら」

彼はごくごく当たり前に言った。


「ジュリエも宝石商会の皆も、それからルステラさんも。すごく優しい人だってことになるから」

そう言って、あはは、と照れくさそうに笑う彼を見た瞬間。

（あぁ……）

私の頬を熱いものが伝い始めてしまっていた。

「る、ルステラさんっ!?　ちょ!?　な、なんで泣いて……っ!?」

慌てる彼に、私はもう堪《こら》えられない。

「やめて……ッ！　やめてください……っ！」

今まで出したこともないほど大きな声が、勝手に口から飛び出していく。

「私がッ……優しいだなんて……っ！　そんなわけ、そんなわけありません……っ！」

もし本当に私が優しかったのなら、ジュリエより早く本院から姿を消したはずなのだ。

でも私は……大した反抗もできないまま、友人の背中を追っただけ。

「醜くて、卑怯者で……何もできない、無力な女なのです……っ！」

全身から力が抜け、私は情けなく膝をつく。

そして視界に近づいた灰色の地を見て、今度はどす黒い感情が湧き上がった。

「こんなふうに罰せられるべきは、私なのに……っ！　どうして……どうして……ッ！」

友人の居場所を奪った罪深い女が見逃され、真摯《しんし》に世界に向き合う女性達が罰せられる。そのことに対する憤りは、ついに私の口を動かしてしまった。

「魔法などいりません……っ……！」

多くの女性達と、世界で一番優しい男性が、魔法を持たぬゆえに辛い思いをしている。

にも関わらず、私はどうしてもその言葉を飲み込むことができなかった。

「私は、ジュリエを……みんなを救える力がほしい……っ！」

なんて我儘《わがまま》で、身勝手で、どうしようもない。

「ううっ……ぁああっ……！」

表を取り繕うことばかりしてきた女の中身が晒されてしまえば、あとは落ちるだけ。

深くて暗くて……今度こそ、二度と這い上がれない暗い場所へ。

「……ぁっ……!?」

けれどそうなるはずだった身体は、何か力強いもので引き止められた。

そして頬に少し硬くて、温かいものがそっと触れる。

「え……?」

私はうまく状況が理解できないまま顔を上げる。

すると頬に触れたのは彼の胸であったことが分かる。

「おっ、俺は……ルステラさんが笑顔になる魔法が欲しい、な、なんて……あはは……」

頬を真っ赤にしながらも、彼は私の身体をしっかりと包んでくれていて。

ややばつの悪そうな笑顔にも、その言葉にも小細工なんて一切ない。

だから、私が作り物でいられるはずなんてなくて。

「ううっ、ぅうっ……っ……」

子供みたいに、彼の胸で泣きじゃくるのだった。


しばらくの後。

聞かれもしないのに、ジュリエのことや自分のことを洗いざらい彼に話してしまっていた。

「……そうだったんだ」

涙と一緒にまとまり無く溢れ出す身勝手な思い出話。

なのに彼は最後までずっと聞いていてくれた。

雨雲が時を誤魔化しているとはいえ、決して短くない話だったというのに。

「私は……匂いが分かるのです。忌み地の独特の匂いが」

だから私はもう隠すことなんてしなかった。

うまく表現できないが、とにかく彼に全てを話したかったのだ。

「匂い？」

私は彼にくっついたまま、一方の手を宙へと向ける。

そして軽くそれを振り、近くの落ち葉をその手に集めてみせた。

「おおっ！　すごい!!」

貴族のそれには遠く及ばない二級魔法と呼ばれるもの。

なのに、彼は子供のように素直に驚く。

私はその無邪気な表情に胸を高鳴らせながらも、本題を続ける。

「私の持つ魔法は風。これ自体は珍しくありませんが、この能力を持つ者の中には時折、他に抜きん出て空気に敏感になる者がいるそうです」

「空気に敏感というと、湿気に過敏とか……そういうこと？」

「湿気の変化もよくわかりますが、天気の変わり目も大体分かります」

うまく説明はできないが、とにかく空気が変わるのが分かる。

物心ついた時からそうなのだ。

「そして匂いも。他の人が気づいていないようなものも、よく分かるようなのです」

そして忌み地には特有の香りがある。

しかし大抵の人は神の涙が湧き出るまで、それに気づくことはできない。

けれど……。

「私には分かります。そこがいずれ、忌み地になってしまうところだと」

「それは、この黒い水が湧き出る前に分かる？」

こくりと私が頷くと、彼は眉をハの字にした。

「それで本院を追われたの……？」

「その頃の本院は忌み地払いという儀式をして、多くの寄付を貰っていましたから」

私は体質による経験上、忌み地は何か霊的なものではないと思っていた。

そもそも黒い水に触れたことで健康を害したという情報もない。

そしてその答えを求めて本院の禁書庫に忍び込み、色々な本を読み漁《あさ》った時期があった。

「どうやら神の涙は、産石地と関係があるようなのです」

彼は私の話に興味深そうに頷いている。

忌み地について語る私を遮らない人。

この世界でジュリエ以外にそんな人がいるなんて、思ったことも無かった。

「産石地と神の涙の関係を研究した本によれば、そもそも石木《せきぼく》自体が、定期的に神の涙を吸って成長するのだそうです」

「ええ!?　そうなの？　あんな熱そうな水なのに……」

彼は信じられないといった様子で、湧き出る黒い液体を眺める。

確かにその通りで、神の涙は雨水さえ呑み込んで蒸気を出している。

「石木がある時点でその地中には神の涙が存在し、後はその石木がどれほど神の涙を吸うのか。その比率が忌み地になるかどうかの差だと」

「ははぁ……。つまり凄く大きな石木がある場所なら、黒い水は出てこないってことか」

「そうなります。事実、私が産石協会の仕事で各地を渡り歩いた実感としても、それは正しい」

「だからこそ、その本は禁書になっちゃった……」

「ええ。当時の本院には都合が悪かったのです」

皮肉にもそういうことだった。

そして私は、バンドンの石木と神の涙の関係は――体感的にだが――危険だと思っていた。

滞在経験のある地であったことも影響して、しばしば見て回ることにしていたのだ。

「もしかして、それでウィメの支部に？」

「ええ。ずっとバンドンは気になっていたので、こまめに足を運んでいました。そして一年ほど前に匂いを……」

そこから彼にたどり着けたのは偶然と幸運だった。

しかしだからといって、女性が住んでいる地の忌み地を隠し続けることはおそらく不可能。

無理にでも閉鎖しなければ、数年以内にバレてしまうのだ。

「だから私とジュリエは計画を立てて、あちこちの産石地を……」

女性達の怨嗟《えんさ》の声が蘇ってくる。

彼の暖かさは、まるで陽光のように私を内側から暖めていく。

だからますます私も心が緩んでいく。

「ジュリエとは、いつから協力するようになったの？」

「私は、どうしても忌み地の問題が納得いかないままだったのです。だから産石協会へ入り込み、禁書の知識が本当なのか確かめようとしていました。そしてそんな時、ジュリエと再会して」

ジュリエを救えなかった私がやっていいことなのか。

今でも結論が出ないままだ。

ただこの計画を初めて完遂した後、ジュリエは私に言ったのだ。

「『忌み地に復讐してやる』と」

その時のジュリエの顔は今でも忘れられない。

「……そっか」

彼はそう言って穏やかに息をつく。

「忌み地によって住処《すみか》を追い出される女性を救うのは、ジュリエにとっての復讐だったんだ」

その通りだろう。

けれど、彼女はそれをする度に……。

「どんどん『悪い商会長』になる。買い上げて閉鎖した忌み地が増えるごとに」

「……っ……はい……」

私はそれが辛い。

私という存在が今もジュリエを打ちのめし、追い詰めているという事実が。

彼女がどんどんと居場所を失っていく現実が。

「それでも……。ジュリエの目的は達成されてしまうのです。女性達は高額の退職金を得られ、場合によっては取引先に就職することもあります」

秘密を共有した取引先は、当然ながら産石業に関わる人々だ。

産石に詳しい人材を欲しがっている場所も少なくない。

そのため、忌み地となってしまった土地で働いた女性達を、その背景を隠しながら雇ってくれることもある。

ジュリエはそんな人材になるための訓練も、彼女らに積極的に施しているのも事実だ。

「ジュリエが貴方に経営の指南をしたのも、その一環です」

「あ！　そういえばジュリエ、『金が使えれば人を雇える』って。あれはもしかして……」

はっとする彼に、私は告げる。

「だから私は……貴方をここへ連れてきたのです。貴方なら傷ついた女性を任せるに足る、と」

私の言葉を聞いた彼は瞳を大きくした後、頬を染めた。

「あはは……それは、買いかぶりすぎじゃないかな。そう言ってもらえるのは嬉しいけどさ」

書類一つまともに作れない男だよ、と言う彼。

（……そういうところなのですが）

そんな私の内心を知るよしもなく、彼はただ穏やかに微笑んだ。

「話してくれてありがとう、ルステラさん。やっとすっきりした」

そう言って、腕の中の私を見る。

一方の私はそれが少し寂しく、心苦しく感じた。

（悪い女ですね……私は）

彼の心を重くしてしまったかもしれないし、ジュリエの心を軽くできたわけでもない。

いずれここは忌み地になり、人が住めなくなる。

その問題を解決できたわけでもないのだから。

「あの。それでね、ルステラさん」

ただそこからの彼の言葉は、そんな感傷を吹き飛ばすものだった。

「俺やっぱり、黙っておくのをちょっと考え直したほうがいいと思うんだ」

「い、いやそれはもう少し後に……」

慌てる私に、彼は首を横に振った。

「この黒い水。ほら見て、ルステラさん」

彼は湧き出したそれが広がっていき、地面に染み込み切る限界点のようなところを指さす。

「よーく見て。ちょっと透明っぽくない？」

言われてみれば、確かにそうだった。

黒い液体は先へいくほどに段々と色が薄まり、最後は透明に近い状態になって消えている。

忌むべき液体をそこまで観察したことなど無かったから、私にとっても新鮮な知識だった。

「多分だけどさ、これって熱い水に黒い粉みたいなものがいっぱい入ってるだけだと思うんだ」

ってことは、と彼は続ける。

「もしも。この黒い粉を全部綺麗に無くせたら、それってもうただのお湯なのかなって」

「お、お湯……!?」

神の涙をただのお湯と言ってのける人がいようとは……。

あまりの言い様《ざま》に私は唖然とする。

その反応に彼は申し訳無さそうに片手で頭をかいた。

「凄い罰当たりなこと言ってるかもしれないけどさ。でも事実、そうだと思わない？」

私達の常識は彼には適用されない。

それは重々分かっていたが、まさかここまでとは思わなかった。

私は、改めて流れていく神の涙に視線をやる。

「……確かに完全に透明になれば、それはお湯、と言えなくもないかもしれませんが……」

実際、この液体が黒くなければ湧き水だと思うだろう。

熱い水が湧いているのを見て、おそらく神の涙を連想する人はいない。

忌み地自体を目にした女性はそもそも少ないし、そのおどろおどろしい黒さこそが『忌み地』という名前の説得力になっているのだから。

「で、ですが。透明にする方法などあるわけが……」

そう言った私に、彼は少しだけ得意げな表情を見せる。

まるで何か確信があるかのように。

「俺、この黒い粉を綺麗に無くせそうな方法に心当たりがある。ルステラさんも覚えてない？」

心当たり。

私はその言葉にはっとした。

そう……彼の癖だ。

「ま、まさか……!!」

彼はこくりと頷いてみせる。

「茶色い粒子の入った水を透明にできる石なら。この黒い粒子もいけるんじゃないかな？」

「……!!」

「あれなら俺、いくらでも作れるよ」

そして彼は続けた。

「だとしても。沢山改良が必要になる。だからルステラさん、力を貸してもらっていい？」

雨は止《や》んではいない。

それは彼も私も分かっている。

けれど、私はすぐ近くに陽が昇っていると思ったのだ。

第四章　休憩時間の甘い安らぎ

「ありすとさま、そ、そこはだめじゃなのじゃ……うへへ……」

自室の布団の上で都合の良い夢を見ていたリリム。

弛緩したその顔に、昇り始めた陽《ひ》が朝を告げた。

「んぁ……？」

オレンジ色の瞳を数度瞬かせた後、彼女は飛び跳ねるように上体を起こした。

「ぬぁっ!?」

薄手の掛け布団が剥《は》がれ、リリムの裸体が露《あら》わになる。

それと同時に一冊の本が畳へと滑り落ちた。

『女性都市へやってきた性人』という文字が描かれた表紙のそれは、彼女の大切な夜のお供である。

（いつの間にか寝てしもうとったのじゃ）

服を着ることもなく、彼女は手慣れた様子で本棚にしまう。

三段に分かれたその本棚すべてが、アリストを主題にした同人誌で埋まっていると知ったら、本人は苦笑い以外に反応できないだろう。

保存用の本棚が別で用意されていることを知った場合は、頭を抱えてしまうかもしれない。

「おぉ、この分なら今日は設置が捗《はかど》りそうじゃ！」

窓から見える秋晴れの空。

リリムは満足そうに頷《うなず》いた後、手早く身支度を整えると、彼女は室内に用意された別の棚に顔を向けた。

その最上段の飾り台に置かれているのは『領主様のお言葉』と書かれた本である。

「イルゼ様――」

そう言いかけた時、部屋の扉が開き、二人の女性が顔を出した。

「リリム、おはよ～」

「いいお天気だし、早めにご飯食べて『温泉』の作業へ行きましょう？」

そこにいたのは隣部屋の女性達である。

リリムは二人の女性へ笑顔を向ける。

「おぉ！　ふたりとも、おはようなのじゃ」

そしてそのまま改めて飾り台に顔を向けた。

「イルゼ様。妾《わらわ》、今日も頑張るのじゃ。ぜひお見守りくださいなのじゃ」

いつも通り本に祈りを捧げる彼女の後ろ姿に、隣人達は苦笑する。

「まーた教典に挨拶してるのね……」

「ウィメで御本人に会ったらしいし、より信心が増しているんじゃないかしら？」

「この分だと、いつイルゼ様を称《たた》える宗教を始めても不思議じゃないね」

そんな二人へ、未来の教祖候補はやや不満そうな表情を浮かべる。

「『指針は常に目に見えるところに』。イルゼ様の有り難いお言葉に従っておるのじゃ！」

「お言葉って……。イルゼ様、その本に苦笑なさってたって有名な話だよ？」

「まぁ、十中八九その本の作者の創作でしょうね。非公式って書いてありますし」

盲目的な教徒であることを指摘され、リリムはぐぬぬと口ごもるが、すぐに反撃に出た。

「い、イルゼ様がそれだけ慕われていらっしゃるということじゃ！　お若いのに女性都市の領主様じゃし、お綺麗じゃし、お言葉遣いもたおやかでいらっしゃったし、話題になった例の――」

起床したばかりにも関わらず、長々とイルゼを讃《たた》えるスピーチを始めてしまい、早速立派な信者っぷりを見せるリリム。

友人の一人はそれを聞き流しつつ、もう一方の女性へ問いかけた。

「ね、リリムってなんでこんなにイルゼ様一筋なの？」

聞かれた女性は何度目かになる苦笑を浮かべる。

「この子はね、昔、何をやっても女性は男性貴族に搾取されるんだぁって捻《ひね》くれて引きこもりしてたらしいの」

その言葉にもう一方は驚愕《きょうがく》の表情になった。

「り、リリムが……そんな社会派なこと言ってたの……？」

「ロセーヌっていうウィメの書店の店主さんが話してた。昔のリリムをよく知ってるみたいでさ」

情報通な女性は更に続けた。

「その時に自分より若いのに領主様になったイルゼ様を見て奮起したって。私、この話十回は聞かされたんじゃないかしら」

「それは災難だったねぇ。あたしからすると、リリムがイルゼ様より年上ってほうが驚きだったけどね」

「私もよ。胸以外はバンドンで最年少って言われても納得するわ」

「あれ？　じゃあああの変な口調ももしかして……イルゼ様の真似？」

「あれは引きこもり時代に好きになった本の主人公を真似した名残らしいわ」

そのリリムだが、彼女は一神教ではなく多神教の者だったらしい。

「――というわけなのじゃ！」

聞き流されていたスピーチを終えると、今度は別の棚に顔を向ける。

現代で言えば神棚に近い意匠《いしょう》のそこには、袋に包まれたままの『女性都市へやってきた性人』が飾られていた。

「アリスト様、お恵みに感謝しておりますのじゃ……本日もよろしくお願いいたしますなのじゃ……なむなむ……」

こちらもアリストが頭を抱えそうな光景ではあったが、女性二人の対応も先ほどとは違った。

「今日もお顔を拝見できますように……なむなむ……」

「あまり無理をなさらないでくださいませ……なむなむ……」

アリスト教はその本人の知らないところで、着々と信者を増やしていたのである。

教典が性典であるのは異世界ゆえと言えるだろう。

「では今日も一日、アリスト様のために温泉づくり頑張るのじゃ！」

「「おー！」」

アリスト教という共通点のもと団結した彼女らは、連れ立って食堂へ向かうのであった。


バンドンが忌《い》み地《ち》であることは、ルステラから数日前に少数の女性らに告げられた。

そしてその際、同時に伝えられたことがあった。

アリストによる『バンドン保養地化計画』である。

『この黒い水をお湯にして、お風呂を作る実験をしたい』

エマリーナやリリム、ルステラと小規模に試作を進める。そしてゆくゆくは、バンドンという地をその風呂を利用した保養地にしたいと。

しかしこれは技術と価値観、両方への挑戦であった。

何故《なぜ》なら保養地が実現できたとしても、神の涙を利用しているということがどこからか漏れ、それを理由に保養地そのものが忌避される可能性は常にあるからだ。

そしてこの時点でのアリストには、忌み地を隠し通すための秘策も、忌み地という価値観そのものを拭《ぬぐ》い去る良い案もなかった。

『これは分の悪い賭《か》けですらない。だから基本的にはバンドンを安全に閉鎖する――ルステラさんやジュリエ宝石商会が考えてくれていた計画で進みつつ、本当に希望する人だけに、お風呂の試作へ協力してもらえたら嬉しいなと思うんだけど……』

だから彼はそう告げたのだが……。

『わたし、やります！』

『アリスト様と一緒に働きたいですっ！』

『お願いします！　私にもやらせてください！』

その場にいた女性らは、地元愛とアリスト愛を理由に即答で参加。

加えて、あれよあれよという間にバンドン内に情報は共有されてしまった。

結果、今や風呂の試作は、バンドン女性達が一丸となって挑む巨大プロジェクトへと変貌を遂げていたのである。

「設備が来るのは昼前と聞いておるのじゃが、そっちの基礎はもうできたのじゃ？」

「よしっと……大丈夫～！　汲《く》み上げ機は入れられるよ～！」

計画の全貌は単純だ。

アリスト特有の研磨の癖で生み出される石を使い、神の涙を濾過《ろか》し完全なお湯にする。

そしてそれをバンドンの豊かな水源を利用して温度調節し、この地域にかつてどこにもなかった大規模な風呂――温泉を生み出してしまおうというものである。

「流すための水道は長さが足りてなくて、そっちの基礎は今改修中よ」

「うむ！　あまり焦らないでやってほしいのじゃ。この灰色のところの近くは掘るのも不思議な感じなのじゃ」

木製シャワーヘッドを生み出すほどの木工技術。

豊かな水源。

そして産石地《さんせきち》で身体を動かす女性達の体力。

それらが噛み合ったことで、温泉試作は力強く進んでいた。

「リリム〜！」

「汲み上げ機きたよ〜〜！」

「おぉ!!　ありがとうなのじゃ〜〜！」

試作にあたって、現場作業の指揮を任されたのは産石長のリリムだ。

急ピッチで進められる作業をまとめ上げ、同時に自らも第一線で身体を動かすことを両立する離れ業は、彼女の驚異的な体力あってのことである。

「ちょうど良かった！　取り付けを頼むのじゃ！」

「それから水道の延長のやつも持ってきたから、それはお願いね」

「なんと！　そっちはまだ基礎ができとらんのじゃ。平らなところへ置いといてほしいのじゃ」

現在彼女らが集中して作業を続けている場所は、アリストが決意を固め、ルステラが涙した場所でもある。

魔法の道具によって隠されていたそこは、今や温泉設備の試作地となっていた。

そんな場所で、リリムは届いたばかりの木工品に唸《うな》る。

「ううむ、流石《さすが》の出来なのじゃ……」

湯と混ぜ合わせる水を運ぶ木製のパイプ。

その完成度に感心させられていたからだ。

「ふふ、これは木工班に負けてられないのじゃ！」

ツルハシ状の道具を握り直したリリム。

そんな彼女が作業を開始する直前に、ふと後ろから声がかかった。

「皆しばらくぶりの木工だから。随分気合いが入っているのよ」

声をかけたのはエマリーナだった。

彼女は額に汗するリリムに微笑《ほほえ》む。

「おぉ！　お疲れ様なのじゃ」

「お疲れ様、リリム。皆、朝から働き詰めでしょ？」

彼女がそう言って後ろを振り返ると、数人の女性達が飲み物と軽い食べ物を持ってきていた。

それを見たリリムはぱっと笑顔になり、作業場全体に響く大きな声を出した。

「皆、一旦休憩じゃ～！　昼食じゃぞ～～！」

リリムの呼びかけに、ビキニアーマーの女性達は手を止める。

「やったー！」

「ありがとう～」

そしてそれぞれに喜びの声をあげて、大きな盆を持った女性達のもとへ駆けていく。

そしてまもなく、それはリリムのもとにもやってきた。

渡されるのは数個のおにぎりだ。

「ありがとうなのじゃ！」

手を洗った後、簡易的な椅子に座り早速それを口に運ぶリリム。

「むふふ、ルステラ殿には感謝しないとなのじゃ～」

彼女の嬉しそうな表情に、エマリーナは頷く。

「そうね。まさか食料の補助をいただけるなんて」

「本人も一緒に『温泉を作る』と言い出した時も驚いたのじゃ。淡白そうに見えたのじゃが、人は見た目ではわからんものなのじゃ」

大真面目に言うリリム。

そこへまさにその淡白な声が混ざった。

「どういう印象を持たれていたのか。少し気になりますが」

「ぬわぁッ!?　る、ルステラ殿、おったのじゃ!?」

おにぎりを取り落としそうになる彼女に、ルステラはふっと表情を柔らかくした。

「食料補助の手配は私ですが、その原資は彼です。お礼は彼に」

エマリーナはその彼について口を開いた。

「アリスト様は？」

「まだ例の石にかかりきりです。消耗品ではあるので、できるだけ誰もが研磨できるようにと」

美人女将《おかみ》はポケットマネーを切り崩すことを躊躇《ためら》わない、VIPの様子に少し眉を寄せた。

「アリスト様、お身体壊されないと良いのだけれど。もうずっと働きっぱなしだわ。お風呂関連の設計図も全部あの御方でしょう?」

彼女の言葉に、ルステラも同じような表情になる。

「自身が言い出したことだからと。ほとんど睡眠を取っていないようで……」

「絵がとってもお上手じゃから妾達も凄く作業がしやすいのじゃが……。もともと設計はやったことがないって仰ってたのじゃ」

「最初の数日は木工班のところでかかりきりよ。その後は要所要所で見せにきてどんどん修正していくの。下着の意匠を全部やっていらっしゃるって話は嘘じゃなかったのね」

彼が労働基準法を無視した連勤に慣れていることと、女神が与えた『健康な身体』による相乗効果ではある。

しかし半ばゾンビ状態でアリストが働き続けているのは事実であった。

リリムはそんな彼を思い、遠い目をして言う。

「アリスト様があれほど働く御方だなんて思わなかったのじゃ。そもそも温泉とやらを作るというお話も充分驚いたのじゃが……」

これには残りの二人も頷く。そして最初に口を開いたのはエマリーナのほうだった。

「その前の忌み地が見つかったって話だけでも驚いたっていうのにね」

「それは……申し訳ありません」

心苦しそうにするルステラに、エマリーナは急いで首を振る。

「あ、そういうことじゃないのよ！　ルステラちゃんもジュリエちゃんも……それから宝石商会の皆も。結局は私達を守ろうとしてくれていたっていうのは嬉しかったし」

「それは妾も嬉しかったのじゃ！　ジュリエはムカつくヤツじゃがいいヤツじゃったのじゃ！」

ルステラはあんまりな表現に苦笑した後、その表情に陰を落とした。

「あまりに早く伝えた結果、大きな混乱になり危うく……という産石地もありましたので」

「な、なんと……そうじゃったのか」

「その際はほうぼう手を尽くしてなんとか忌み地であることは隠し通せましたが、大変に労力がかかりました。そのためある程度現実的な段取りが確定してから、という方針になったのです」

そうだったのね、とエマリーナがルステラの背中に優しく触れる。

「自分たちが今後どうなるか分からない。何の段取りもないってなったら、やっぱり混乱しちゃうものね」

「今回もアリスト様との取引がまとまって、具体的な給与や退職金について定まってから、皆さんに発表しようと。私とジュリエはそう考えていましたから」

「忌み地であることが分かったら、長くは住めないでしょうし。そういう話にはなっちゃう、か」

忌み地での活動を続けることは本来現実的ではない。

人の往来が増えれば、どこからかその情報が漏れ出しかねない。

だからこそ、そもそもジュリエたちの計画にはタイムリミットがあり、いずれは人の近づかない地――『死に地』にする必要があったのだ。

「ジュリエがいっぱい稼ごうとしとったのは、妾たちになるべく多く退職金を払おうとしてくれとったということじゃったとは……」

しかし今回はその計画が大きく変更となった。

「彼の発想には驚かされました」

「ええ。それにアリスト様が私達の木工もよく見てくれていたって分かって、それもとっても嬉しかったわ」

うんうん、とリリムが頷く。

「首都で『旅行』というのが流行《はや》りだしとる、という話もご存知じゃったのじゃ。ウィメからお風呂に入りたいお客さんを呼ぶというのも斬新じゃし、面白そうなのじゃ」

「毎月女性向けの雑誌には目を通していて、それで知ったと。馬車での移動時も読んでいたそうですから」

ルステラが驚愕したのはそこもであった。

が、彼女にとっての驚きはそれだけではない。

「私は皆さんにも驚いています。これほどの大博打に、皆さんが揃って挑戦なさるとは思いませんでした」

神の涙をお風呂にできたとして、それが周囲に受け入れられるかは別なのだ。

忌み地の風評を拭い去る案はいまだにないのだから。

「温泉そのものが忌避されることだってありえます。公表してしまえば後戻りできないのに……」

そんなルステラにエマリーナは優しい表情になる。

「ルステラちゃんにここへ呼び出されて、忌み地があることを知らされた時。私は納得したのよ」

「納得……ですか？」

不思議そうにする彼女にエマリーナは微笑む。

「ジュリエちゃんもルステラちゃんも。院生としてここへ来て、一緒に汗を流してくれたあの時からなんにも変わってなかったんだって」

ルステラはその言葉には同意できなかった。

「……変わってない、ということは無いと思いますが」

自分もジュリエも随分変わってしまった、と思っていたからだ。

が、エマリーナはそんな彼女を見てくすくすと笑った。

「あの頃のバンドンは、まだまだ出来たてで。産石地としては小規模すぎて、当時のウィメの産石協会からも相手にされてなかったの」

交通の便も悪く、力仕事で儲からない。

バンドンという地は、当時誰も行きたがらないような場所。

ウィメで仕事が見つけられなかった女性が行くところだったのだ。

「私は飲食店をやっていたんだけれど、ある時ウィメが物凄い不景気になったことがあって」

イルゼが領主となる前の話だ。

その結果、彼女は店を失い、従業員たちの再就職先も見つからなかった。

「それでバンドンに来ることになったの。一緒に働いていた子達と一緒にね」

彼女はバンドンの湖を見る。

「私はついて来てくれた子達を守りたくて。でも当時のバンドンはお金もないし、人もいない。産石の整備も追いつかない。ないないだらけで。宿泊施設も無かったのよ？　皆掘っ立て小屋で寝ていたの」

当時を知らないリリムはその事実に驚愕し、何度も瞳を瞬かせる。

「で、ここを去ってしまう人もいて。どうしよう、どうしようっていう時。本院生っていう妙な二人組がやってきたの」

エマリーナはその時のことを今でも鮮明に覚えている。

というのも、小柄なほうの院生があまりに強烈だったからだ。

「最初の一言が『わたしはジュリエ、こっちはルステラ。本院長になるための点数稼ぎに来たわ！』よ。私、絶対忘れないわ」

リリムはそれを聞いて笑い声をあげた。

「くははは！　ジュリエは馬鹿なのじゃ！　でも嫌いじゃないのじゃ！」

「ふふっ。当時はみんなぽかんとしてたわ。首都の女の人って皆こんなに変な人なのかしらって」

無論ルステラも忘れていない。

そのため、彼女の顔は朱に染まっていた。

「若気のいたり、と言いますか……その……」

以前よりずっと表情豊かになったルステラに、いいのよ、とエマリーナは言う。

「そんな出会いだったけれど。二人は私達のこと、なんにも差別しなかった。二ヶ月近くもここで一緒に寝泊まりして、一緒に採掘して、石木を守って、育てて。新しい根を掘れた時は、一緒になって喜んだのよ?」

エマリーナは不思議だった。

ジュリエやルステラのように魔法が使えれば、首都で良い暮らしができる。

例え本院長になれなくともバンドンよりずっとマシなはずなのに、どうしてわざわざここへ来てまで本院長になりたいのかと。

「そしたらね。ジュリエちゃん言ったの。『ムカつくから』って」

「む、ムカつく？　何がなのじゃ？」

リリムの反応はかつてのエマリーナそのもので、彼女は可笑《おか》しくなる。

どこか若返ったような気持ちになりつつ、エマリーナは一字一句間違いなくあの時のジュリエの言葉を口にした。

「『女の間に線を引くのがムカつく』。寄付が貰えそうなウィメには行くのに、寄付が貰え無さそうなバンドンには顔も出さない。なのに神を口にする。そういうのがムカつくって」

エマリーナはしばらくその言葉を噛み締めて、更に続けた。

「世の中に線がなくなる日は来ないと思うの。あっちとこっちが常に生まれる。そしてそれを乗り越えるのは勇気がいるし、都合悪く思う人もいる。こっちに来てくれたルステラちゃんとジュリエちゃんはとっても叱《しか》られたでしょう？」

彼女はそう言ってルステラに視線を移す。

元本院生はすぐに応えた。

「さて、忘れました。ジュリエも私も、一部の先輩には特に叱られてばかりだったので」

くすくすとエマリーナは笑う。

「生きていればその線を跨《また》がされる時もある。そしてそれはどっちからどっちへ行ったとしても、すごく大きな衝撃を伴うのよ。職を失うのもそうだし、逆に新たな職についても、それはすごく色々あると思う」

だから、と美女はプリウォートがある側の空を見る。

透き通った青色が、彼女の瞳に反射した。

「きっとこの世界にはもっと休憩所が必要なのよ。だからプリウォートはただの宿泊施設として作るのはやめようって。皆でいつかその休憩所にしようって決めて作ったの」

こちらへやってきてくれた人への感謝を込めて。

ただの産石地を、ただの産石地と見なかった女性達を見習って。

そしてその考えは今や、このバンドンの心となって伝わっている。

「線を跨いだ人や跨ごうとしている人に、いらっしゃい、いってらっしゃい。それから、おかえりって」

ただの宿泊施設じゃないのよ、とお茶目に笑うエマリーナ。

「バンドンの女の流儀じゃな！　弱ったものは拾う、助ける、食べさせる！」

「ふふ、そうね」

ルステラは彼女の言葉に少し震えていた。

（……おかえり……）

エマリーナはそんなルステラに再び穏やかな視線を向けた。

「私が一番嫌だったのは、ジュリエちゃんとルステラちゃんと一緒に笑えない結末になること。そうしてそれはバンドンの皆も一緒だったっていうだけよ」

「妾たちのためにジュリエもルステラ殿も弱ってくれたことが分かったのじゃ。これを捨て置けば、バンドンの流儀に反するのじゃ！」

うんうん、と頷くリリム。

ジュリエをルーツとしたバンドンの心は、彼女らにもしっかりと浸透していたのだ。

「……っ……！」

ルステラはこみ上げるものを抑《おさ》えることができない。

熱いものが一筋、彼女の頬《ほお》を伝っていった。

それに気づかないふりをして、エマリーナは言う。

「さ、ジュリエちゃんが帰ってくるまでに試作の温泉を完成させないと！　どうせ見たものしか信じてくれないんだから、ね？」

「うむっ。風評の前に、まずはあの生意気娘をぶっとばしてやるのじゃ！」

ルステラは彼女の言葉を否定できず、リリムの言葉に苦笑した。

あまりの言い様だが、結局のところ今やろうとしているのはそういうことなのだ。

戻ってきたジュリエに温泉計画を告げ、勝手に作った温泉を見せて説得する。

忌み地から人々を逃がすのではなく、根こそぎ吹き飛ばそう、と。

逆に言えばそれほどの衝撃でもなければ、ジュリエを説得することは難しいだろうと女性達は考えたのである。

（私も、負けていられません。ジュリエばかりに背負わせたくないのだから）

ルステラは内心で奮起する。

そこへ、黒装束を着た女性達が現れた。

ジュリエ宝石商会の従業員で、ジュリエの出張へついて行かなかった女性達である。

「エマリーナさん、木工班のほうが他の材質も試したいから来てくれと」

「あら。皆、張り切ってるのね」

「あの……私も、まだ聞きたいことがありますので……もし手隙の時間があれば」

「いっぱいあるわよ。ふふ♪」

また別の従業員はリリムのところへと駆け寄った。

「例の基礎についてなんですけど、一箇所難しいところがあって。少し見ていただいても？」

「わかったのじゃ！　ああ、あと皆の分の服も用意できたのじゃ。一緒に取りに行こうなのじゃ！」

ぺこりとお辞儀をして、連れ立って歩きだす女性達。

その間に線はない。

ルステラはその背を見て目を細める。

（話し込んでしまいました。お飲み物を彼にも持っていってあげないと）

と、ルステラはちょんちょんと肩を突かれる。

そちらを向くと、そこにいたのは離れていったと思ったエマリーナだった。

「うふふ……♪」

意味深な笑みにルステラは顔を強張らせる。

なんとなく嫌な予感がしたからだ。

エマリーナはそんなルステラの耳元に口を寄せた。

「ルステラちゃん、アリスト様と……シた？」

「っ!!」

ルステラは足を滑らせそうになった。

あまりに唐突で直接的な話だったからである。

「……ふふ♪意地を張らなければいいのに♪」

「い、意地など張っていません……！」

「でも我慢は身体に毒よ？　ルステラちゃん、私のマッサージの時見てたでしょう？」

「し、知っていたのですか……!?」

「ふふ♪リリムちゃんだけじゃないなって、なんとなくね」

いたずらっぽく笑うエマリーナはそのまま言う。

「アリスト様、本当に女性が好きみたいだし。ルステラちゃんが癒やしてあげるのも大事なんじゃないかしら」

「い、癒やしだなんて……。烏滸《おこ》がましいです……」

「そうかしら。でもアリスト様と長くお部屋にいると、いい匂いがして大変でしょう?」

エマリーナの言葉にルステラは小さく頷くしかない。

というか匂いだけじゃなく、顔だけでもう駄目だった。

黒い水の秘密を明かしたあの日以来。疲れ気味のふにゃりとした笑顔も、石の研磨が上手くいった時のはしゃいだ表情も、全てが彼女の心を掴《つか》んでやまないのだ。

(ほ、本当に……私からでも……)

ルステラは、性処理だと言い聞かせ抑えてきた女性としての胎動が、自分の中に起きるのを感じてしまう。

ごくりと喉を鳴らす彼女に、エマリーナは更に囁《ささや》いた。

「ルステラちゃんだって、パンパンされたいでしょう?」

「ぱ、パンパンって……」

「別にそれは不真面目なんかじゃないわ。使っていただくんですもの♡」

エマリーナはこの時だけは完全な悪女であった。

明らかにアリストに好意を持つルステラを焚き付けているのだ。

とはいえ、エマリーナとしては自身を罰しがちな彼女の心を少しでもほぐしてあげたいという気持ちでもあった。

「ほ、本当に私も使っていただけるんでしょうか……」

「大丈夫よ♪」

ぽんっと背中を押して、エマリーナは去っていく。

そしてルステラの身体はその穏やかな後押しによって、ついにスイッチが入った。

（……使ってほしい……白いの……欲しい……っ……！）

ずっと抑えてきた牝《めす》の表情で、彼女は躍るようにアリストのもとへと急いでしまうのであった。


からんっという音が耳に入り、俺は目を覚ました。

「んぁ……？」

木製机に張り付いた頬を剥がすと、そこは神の涙もとい源泉の近くに急遽《きゅうきょ》作ってもらった木造小屋の中だ。

どうやら寝ている間に動いた手で、道具を机から落としてしまったらしい。

俺は唇の端を軽く拭いつつ首を鳴らす。

（やば。寝ちゃってた……）

机の上には石を研磨するのに使う様々な道具と、それによって磨かれた石の数々。

そして温泉計画を皆に伝えるために描いたイメージ図が広がっている。

（あ、ルステラさん仕上げてくれたんだ。後でお礼言わなくちゃ）

そのイメージ図の横には、新しい予算計画書。

細かい数字がまったくできないことが改めて発覚した俺に代わり、彼女が現実的な落とし所を探ってくれているのだ。

その横には昨日作った濾過用の石――通称『石フィルター』の濾過度合いの記録もある。

更に別の棚には、軽食用のパンが置かれていた。

（……ほんと、ルステラさんには感謝してもしきれないよ）

彼女はすこぶる数字に強く、俺の能力が及ばないところを常にサポートしてくれている。

それに現実はルステラさんの数字によって動いているので、温泉計画などというとんでもない無茶がまかり通っているのは、ほぼ彼女のおかげであろう。

俺は片方の頬を撫でながら計測データを見る。

（昨日試した中だと二番と十三番と八十番がいい感じか。なら今日のはもっと良さそうだな。お！お湯のパッチテストも皆大丈夫か、良かった良かった）

濾過後のお湯で肌がかぶれる心配もないようだし、石フィルターもジュリエに見せるものはかなり良いものに仕上がるだろう。

ルステラさんによれば三ヶ月はフィルターは保つだろうとのことだが、そのあたりは試作温泉ができてからより詳細に実験をする予定だ。

「ルステラさんには何かお礼をしなきゃ――」

有り難いサポートの数々にそう声を出した途端。

それは鈴のような声に遮られた。

「私が、何か？」

「ひゃ!?」

ルステラさんが俺の直《す》ぐ側《そば》に立っていたのだ。

「研修生、居眠りはいけません。身体にも余計な負担がかかることが多いのですよ」

ふっと柔らかい表情に変わる彼女。

かつてとは全く違う雰囲気を纏《まと》う美女がそこにいた。

「布団でお休みを取ったほうが良いかと」

彼女はちらりと小屋の中に作られたベッドに視線を投げる。

しっかりと作られたそれが目に入ると、ろくに使っていないことが少し申し訳なくなった。

「次から気をつけます……」

「先日も机に突っ伏してたのを起こした際、そう言っていた気がするのですが？」

「こ、今度こそ気をつけます」

「……仕方のない人ですね」

あの日以来、ルステラさんは本当に表情が柔らかくなった。

今の彼女の魅力はかつての何倍にもなっている。

その事はとても嬉しいし、楽とは言えない毎日の作業の中で俺にとって何よりの癒やしだ。

(でも同じ部屋にいるのは辛《つら》い……！)

忙しさゆえに健康な男子としての息抜きはこのところまったく無い。

そうなれば当然過激な衣装の女性と相対するのも中々に厳しいものになってくる。

もちろん、ルステラさんの下乳丸出しブラウス姿もだ。

(心頭滅却すれば乳もまた背景……)

オリジナルの念仏を唱え、張りのある柔肉から必死で目を逸《そ》らしていると。

「まったく、困った人です」

ルステラさんはそう言って、俺が座る椅子の後ろへと回った。

それを不思議に思う暇もなく、俺の肩には心地よい圧力がかかる。

「肩も相当張っているじゃありませんか。これを放置していては作業に支障が出ますよ」

なんと嬉しい気遣いだろうか。

こんな美人さんに肩を揉んでもらえるとは。

「はぅあ……ありがとう、ございます～……」

しかもルステラさんはかなり上手で、俺はすぐにだらんと身体から力が抜けていく。

「皆さんも心配していました。作業の目処《めど》もついてきましたし、少し一息入れるべきです」

「あぁ、は、はぁい……」

「大体、この数日間で二百も石を作るのはやりすぎです。少し配分を考えるべきですよ」

「いや、でもジュリエに……」

「研修生が倒れたら意味がないのです。分かりますか？」

「はぁい……あぁ、ルステラさん、すごい上手ですね……」

エマリーナさんのマッサージも気持ちよかったが、彼女のそれも負けていない。

労組集会をしていた筋肉があっという間に降伏宣言をして、どんどんと解散へと追いやられていくようだ。

（現代で社長になれてたら、美人秘書さんに肩揉んでもらえてたのかなぁ……ってそもそも社長になれるはずないか）

自分で突っ込んで可笑しくなる。

やはり異世界様々だ。

「背中も大分張っていますね」

と、今度はルステラさんが強く背中を指圧してくれる。

これもまた気持ちいい……！

心地よさが伝播《でんぱ》して肩、背中だけでなく、首からも力が抜け頭が後ろへと傾いた。

「ん……っ……」

するとルステラさんが少し声を漏らし、俺の後頭部にはとても柔らかいものが当たる。

（あぁなんか柔らかくて気持ち……ってこれ……っ！）

俺はその正体に気づき、急いで謝罪して頭を元の位置に戻した。

「ご、ごめんなさい……！　つい……」

「どうして、謝るのですか？」

「え、あの、それは……」

まったく気にしていない様子のルステラさんに口ごもる。

もしかして今の感触は彼女の胸じゃなかったのだろうか。

いやでも……と考えていると、彼女はすごく小さな声で付け足した。

「……私の胸は……嫌い、ですか……？」

「!?」

俺はその言葉に身体が小さく跳ね上がるほどに驚く。

内容はもちろんだが、その声色と話しぶりが衝撃的だったからだ。

どちらも最近柔らかくなってきた彼女からでさえ初めて聞くものだったのだ。

（そ、そんなの……）

俺は速くなる鼓動に促され、素直にならざるを得ない。

「好き、です……」

絞り出すように言うと、後ろで息を呑むような気配がした。

そして肩に乗っていた彼女の手はするりと消え、代わりに白髪の美女が俺の右隣に現れる。

「そ、そう、ですか……」

今度は俺が息を呑む番だった。

そこに立っていたのはブラウスを自らたくし上げ、美術品かのような乳房を露出するルステラさんだったのだ。

頬を真っ赤にした彼女はわずかに震えながら続ける。

「では、どうぞ……」

この世でもっとも素晴らしい『どうぞ』であった。

これに対して俺は返事ができたかどうか、ついに分からなかった。

気づいた時にはもう彼女の腰を引き寄せていたからだ。

「あっ……!」

小さく驚きの声をあげるルステラさん。

その新鮮な声色に煽られ、俺は早速彼女の乳房に吸い付いた。

「あっ♡い、いきなり……ッ……♡」

豊かな乳房の真ん中の蕾《つぼみ》は透き通るような桃色だ。

誰にも汚されていないそれを俺は口の中で転がし、周囲の輪も舐《な》め回す。

するとルステラさんは甘い声をあげてくれた。

「……ッ♡はぁ……っ♡」

事務的でなく、冷静でない。

彼女が血の通った魅力的な女性であることを証明する声だ。

（もっと聞きたい！）

鼻息荒く彼女の乳首を吸う。

そして彼女を抱き寄せたのとは別の手で、吸っていないほうの乳房を揉みしだいた。

「んっ、はぁぁっ……♡」

熱い息を吐くのと同時に背筋を反らせるルステラさん。

その色気のある仕草がたまらず、硬くしこりはじめた彼女の乳首をほじくるように舌を動かす。

「ぁっ♡ぁッ♡そ、そのように、乱暴は……い、けませんッ……♡」

彼女は抗議の声をあげ、俺の頭に手を添える。

ただその力は弱く、乳首に吸い付いた男を引き剥がすには至らない。

「だめです……っ♡つ、強く吸っては……んはぁっ……♡」

背を反らし震えてくれる彼女が嬉しくて、俺はもっと乳房への責めを強くしようとしたが。

その時、既にズボンの中で大きくなっていた肉棒に違和感が走った。

「こ、こちらも……んっ♡ずいぶん、張っていますね……ぁあっ♡」

違和感の正体はルステラさんのすらりとした手。

それは止める間もなく、するするっと俺のズボンの中へと入っていく。

「んっ!?」

主張を続けていた肉棒は、絶妙な力加減で絡みつく指の捕虜になる。

「ぁあ……こんなに大きくして……♡研修生、我慢はいけませんよ……♡」

美人講師は俺の耳元で、熱い吐息を漏らしながら言う。

そして艶《なま》めかしくペニスを扱《しご》き始めた。

(う、うわ……うまい……っ……！)

俺の性処理を事務的にしてくれていたルステラさん。

「あぁ……すごく、ぱんぱんです……♡アリスト、研修生……んは……ぁっ……♡」

けれど今の声も、その動きも以前とは比べ物にならない。

カリをねっとり擦《こす》り上げたかと思えば、そのまま掌《てのひら》で竿全体を包み込み、玉袋までも揉みしだく。

情熱的な愛撫は蕩《とろ》けるように気持ちいいが、俺ばかり良くしてもらっているだけではいけない。

「あッ♡ま、またっ……だめですよ……っ♡」

俺は改めて彼女の乳首を吸い上げる。

「ちゅぅううっ！　ちゅぱっ……！」

「そっ、そんなに吸ってはっ♡ち、ちくび、とれてしまいま……すっ♡あっ♡」

ルステラさんは再び素敵な声をあげ、その美しい身体をくねらせた。

気づけば彼女のもう一方の手は俺の後頭部を押さえ、むしろ自らの乳房へ押し付けてくれている。

それが嬉しくて、今度は乳輪を円を描《えが》くように舐め回す。

「あっ♡あっ♡あっ♡い、いけません……♡けんしゅう、せいっ♡いけま、せ……んッ♡」

これで形成逆転となるか、と思ったのだけれど、ルステラさんはそんな女性ではなかった。

(あっ、わっ！　そこ、やばっ！)

彼女は甘い声をあげながらも、どんどんとその手を速くしていくのだ。

先走りを纏わせた五本の指が俺の竿やカリを確実に喜ばせ、柔らかな掌が亀頭を擦り上げる。

下半身から立ち上る快感は大きくなり、荒くなる息を抑えられない。

「ふーっ……ふーっ……！」

だんだんと獰猛《どうもう》な欲求に流され始めてしまう俺。

愛撫ではなく、いよいよ美女を貪《むさぼ》る動きになっていく。

「んッ♡あっ♡はぁッ……ああっ♡ちくびは、もっとッ……やさしく……ぅッ♡」

口の中で更に硬さを増すルステラさんの乳頭。

その変化さえも俺の獣欲を刺激し、下腹部ではどんどんと精が生産されるような感覚になる。

「け、けんしゅうせいは、本当にっ……♡教えを、守ってくれないのです……ねっ♡」

と、不意に俺の口からその乳頭が出ていってしまう。

そして肉棒に絡みついていた指もするすると逃げていく。

「ぁ……」

お預けをされた俺は情けない声を出す。

きっと顔も相応に酷いものだったに違いない。

けれどルステラさんはそんな俺を放置はしなかった。

「それならば、わたしにも……考えが、あります……♡」

言うが早いか彼女は俺の股間に取り付き、驚くべき速度で肉棒を取り出したかと思うと。

「はむっ……♡」

俺の右側に膝をついて、先走りまみれの肉棒を咥《くわ》えこんでしまったのだ。

（ルステラさんの口……気持ちいい……ッ……）

彼女の手淫で既にその硬度を増していた肉棒。

そこへ来て、たっぷりと潤った口内への誘いである。

俺の下半身はすぐに射精準備を整えていってしまう。

「じゅぼっ♡じゅっぽっ♡ぇろッ♡ちゅぱッ♡ぇろッ♡」

鈴口をほじくるように舌を動かしながら、竿を手で扱《しご》き上げる。

彼女のフェラチオはいきなり激しく、射精を促すというよりは、精を吸い取るような動きだ。

「あっ……！　るす、てらさ……んッ！」

あまりの気持ちよさに呻《うめ》く。

そんな俺に対し、彼女は一度口内からペニスを解放する。

しかし竿やカリに舌を這わせるのは止めずに言う。

「けんしゅうせひ……ぇろッ♡がまんひへは、ちゅぱっ♡いけまへんよ……♡ぢゅぞぞッ♡」

再び口内へと迎え入れられた肉棒は、今度は舌で滅多打ちにされてしまう。

「ぁッ……うあぁッ……！」

腰が飛んでいってしまいそうな感覚に喘いだ時、視界に入ってきたのは彼女の下半身だ。

膝をつき、身を乗り出すような状態のため、ルステラさんの突き出されたお尻が、その大半を外に晒していたのだ。

「んむぅッ♡け、けんしゅうせ……いッ!?」

たっぷりとした尻肉を隠す気のないパンティ。

俺はそれすら強引にずらし、その中央の泉に指を伸ばす。

「あっ♡そこはっ♡ら、らめれすよ♡さわってはなりまっ♡せんっ……ちゅぱッ♡」

入り口を触るだけで、そこからは熱い液体が滴る。

柔らかい花びらを撫で上げて、俺はその液体をどんどん溢れさせる戯れに夢中になった。

「すごい熱いよ……ルステラさんっ……!」

「あッ♡けん、しゅっ♡せいッ♡び、びらびらっ♡らめれすからっ♡あっ♡あっ♡」

びくびくと身体を反らせる白髪美女。

口淫を中断し、竿をしごきながらそうする様子はとても淫らで素晴らしい。

しかし彼女はその快楽も振り切って、俺の肉棒へとむしゃぶりついた。

「ぁッ♡んむッ♡ヂュっ♡ぢゅううッ♡」

「ぅあ……ッ!!」

「ぇろッぇろッ♡ぢゅぞッ♡ヂュポッ♡ぢゅぞぞぞッ♡」

裏筋をしつこく責める肉圧の舌。

いよいよ玉袋も揉みほぐし、射精を促す指。

「ぷあッ♡びらびらっ♡それッ♡けんしゅ、せいっ♡よ、よくなってしまいます、から……ッ♡」

「よくなって……るす、てらさん……！」

「んぢゅううッ♡ぢゅぽっ♡ぢゅぽっ♡んんッ♡」

「ああっ……！」

愛液を吹きながらも、懸命に奉仕をしてくれるルステラさん。

それはまるで嵐のような舌遣い。

俺の肉棒は限界を迎え、腰が浮き上がる。

「くうッ……出るッ……！」

「ヂュポッ♡えろッ♡ぢゅううッ♡はひっ♡らひてっ♡いいのでふよっ♡ぢゅぞッ♡」

快楽の頂《いただき》へ俺を連れて行こうと激しくなるフェラチオ。

俺はそれに自身を委ね、最後にルステラさんの膣中《なか》へ浅く指を突き入れ。

「んんッ!?」

がくがくっと震え始めた彼女の口内へ思い切り精をぶちまけた。

――ドプドプッ!!!　ビュルルルッ!!!　ビュクッ!!

「〜〜〜〜〜〜〜ッ♡♡♡」

びちゃびちゃと美女の喉奥へ注ぎ込まれる精液。

何日ぶりかの射精はいつにもまして量が多い。

「ンッ♡ヂッ♡んくッ♡んんッ♡ヂュポッ♡ぢゅぞぞぞッ♡」

けれどルステラさんはそれをどんどんと飲み下していってくれた。

自らの腰と膣中《なか》を痙攣《けいれん》させながらも、彼女は決してその口からペニスを離そうとしない。

そしてカリ回りに優しく舌を絡めながら、最後は竿の中に残った精まで吸い取っていった。

「ぢゅぽっ♡ぢゅうううぅッ♡ぷはッ♡はぁっ……はぁっ……♡」

彼女がようやく肉棒を口内から解放する。

けれどそれは一度の射精では満足しないとばかりに天を向いたままだ。

「……硬いまま、ですね」

頬を真っ赤にした女性の青い宝石が俺の瞳を捉える。

「……けんしゅうせい……」

彼女は硬さを残したままの竿を確認するように一度扱き、立ち上がる。

そのまま部屋の壁へと片手をつき、空いたもう片方の手を自らのタイトスカートへと伸ばした。

「……」

ルステラさんは無言のまま、自らタイトスカートをたくし上げていく。

魅惑のガーターベルト、愛液によって濡れたパンティ。

彼女はそれらすべてを明らかにした後、俺のほうへゆっくりと尻を突き出した。

「……も、もし、私にお礼をしてくれるというのなら……」

顔を真っ赤にしてそう言ったルステラさんは自らパンティを横へとずらす。

そしてもう一方の手を女性の象徴である花びらへ持っていき、ゆっくりとそれを左右に開いた。

蜜が糸を引き、そこに牝が花咲く。

「……今日こそ。ここを、使っていただけませんか……」

ルステラさんという女性がここまでしてくれたという歓喜。

そして極上の牝が自らのペニスを求めている状況への興奮。

全身が脈打った勢いのままに、俺は彼女の美尻を鷲掴《わしづか》みにして。

「ぁッ……♡」

「ルステラさんッ！」

思い切り貫いた。

「あっ!?　はぁッ……♡」

真新しい膣壁をかき分けた亀頭が彼女の初めての証《あかし》を破り、子宮口へと鈴口が衝突する。

「ん……ッ♡はぁああ……っ♡」

たっぷりとその衝撃を受け止め、深く熱い吐息を漏らすルステラさん。

しかし俺は彼女に休む暇を与える余裕が無かった。

（なんだこれ……ッ……すごい……！）

無数のヒダがざわめく膣中《なか》は、どんどんと俺の理性を溶かしていってしまったからだ。

意識しないうちに、俺の手は後ろからルステラさんの両乳房を鷲掴みにしていた。

「ああッ♡けんしゅ、せいッ♡おっぱいっ♡きゅうには、い、いけません……ッ♡」

身体を震わせてその行為に反応する美女。

彼女がそうしたことで揺れる髪から香る女性の匂いが、更に俺をたまらなくさせてしまった。

「ごめん……っ！　我慢できない……！」

耐えきれず、早速彼女の美尻を突き上げる。

ボリュームのあるルステラさんの尻肉は唐突なピストンをも受け止め、ぱんっぱんっという小気味良い音を立て始めた。

「あっ♡あああっ♡けんしゅッ……せぃッ……♡ぉッ♡ら、らめですよッ♡そんなにぱんぱん、してはッ♡」

「だってルステラさんの膣中《なか》、すごく気持ちよくて……ッ……もう止まらないよ！」

「そ、そんなすてきなことッ♡おんなに、言ってはいけません……ッ♡」

いじらしい表情を見せてくれる彼女。

その魅力的な様子に、当然俺の腰は更に速くなった。

「あっ、ぱんぱん、はやぃッ♡ああッ♡わ、わたしでぱんぱんしてっ♡しゃせいっ♡できますかっ♡できそうです、かっ♡あっ♡あっ♡」

「うん……ッ！　こんなの、すぐ出ちゃうよ……っ！」

俺の言葉を喜んでくれたのか、ルステラさんの膣中がきゅうっと締まった。

（わ……っ……！）

そのせいで無数のヒダが亀頭へと殺到する。

柔らかく、それでいてたっぷりと潤ったそれらに吸い付かれる快感は凄まじい。

「んッ♡かたくなりました、ねッ♡んッ!?」

嬉しそうに顔をこちらに見せるルステラさん。

俺はすぐにその唇を奪い、口内を蹂躙《じゅうりん》する。

「ちゅッ♡んむッ♡んんッ♡んっ♡」

懸命に舌を合わせてくる彼女。

でも今はそれをめちゃくちゃにしたくて、俺は肉棒でルステラさんを責め立てる。

「んッ♡ぷはッ♡お、おくだめっ♡でッ……すっ♡おくは、いけませ……んッ♡」

そうは言うけれど、彼女の熱い泉はもっともっとと俺を奥へと誘う。

だから俺はルステラさんの身体に従い、一番の勢いをつけて亀頭をねじ込む。

「あぅうッ♡ あッ♡」

ぱぁんっという甲高い音と同時に美女の身体が反り返った。

二本の脚がぴんっと立ち上がり、その美尻は痙攣を始める。

「〜〜〜〜〜〜ッ♡♡♡」

それは美人講師の絶頂であった。

快楽に跳ねるルステラさんは淫らで美しく、俺はそれを何度でも見たくなってしまう。

だから俺は彼女のパンティを強引に引き下ろし、美脚の一方からそれを抜き去った。

「はぁッ……♡はぁッ……♡け、けんしゅうせい……あっ、やっ♡」

続いて彼女を半身にさせ、パンティが引っ掛かったままのもう一方の脚を持ち上げる。

そして強引な開脚で無防備になった花びらに、俺は鼻息荒く亀頭を押し付けた。

「あっ♡だめ……♡」

美女が身を捩《よじ》りその脚にぶら下がったパンティが揺れると、途端に淫らな香りが漂う。

（あぁ……すごくすけべな匂いがする……たまんないッ！）

愛液塗れの下着から香る牝の匂いに焚きつけられ、俺は思い切り彼女を突き上げた。

「んおッ♡♡♡」

美女の口からは出てはいけない深く淫靡な声。

それとともにびちゃびちゃっと小屋の床が淫らな汁を受け止めていく。

そしてそれが本格的な宴への合図だった。

「あッ♡んっ♡けんしゅ、せいっ♡おくっ♡おくっクるっ♡クるッ♡♡♡」

――パンッ！　パンッ！　パンッ！

互いの腰が合わさる度に、彼女はあられもない声を上げ、愛液を撒《ま》き散らす。

「けんしゅ、せッ♡あっ♡おッ♡い、イってしまい、ます♡それイってッ♡あっ♡」

「いいよッ！　ルステラさんのイくとこ、もっと見せてっ！」

「そんなッ♡ことッ♡いけませんッ♡わ、わたしッ♡んあッ♡♡♡」

ルステラさんの身体が跳ね上がり、その太ももに大量の愛液が降り注いだ。

そして彼女の膣中《なか》はそのシャワーを吹くごとに、どんどんと肉棒へ吸い付く力を強くしていく。

そんな膣はペニスを突き入れると、

「あぁあぁあッ♡」

持ち主の甘い声とともに熱烈に亀頭をしゃぶりあげ。

逆に引き抜こうとすると、

「んはぁあああっ……♡」

熱い吐息とは裏腹に、激しくカリへすがりつき肉棒を膣中《なか》から逃さない。

そして俺を逃してくれないのは上の口もであった。

「んッ♡ちゅッ♡んんっ♡ぇろっ♡ぢゅっ♡」

腰を動かしながらキスをすれば、ルステラさんの両腕は俺の首に回る。

「ちゅッ♡ちゅぱっ♡けんしゅ、せいっ♡すきっ♡ぢゅっ♡すきっ♡」

「ルステラさんっ……んむっ」

彼女の愛の囁きつきのキス。

俺の腰は更に深く、激しいピストンへといざなわれた。

「んッ♡んんッ♡んむぅっ♡ぢゅっ♡んんん～～～～ッ♡♡♡」

互いに唇を押し付け合いながら、彼女は再び絶頂へと昇りつめる。

すると同時に到来したのは、肉棒を奪い取るような締めつけ。

「くッ……あっ……はぁっ……！」

それによってペニスは完全に射精態勢へ入り、俺の腰は止まらなくなった。

「あっ♡けんしゅ、せいっ♡らめですっ♡らめらめっ♡ま、ま×こ、つきすぎッ♡ですっ♡」

熱に浮かされた表情で淫語を話すルステラさん。

駄目だと言われるほどに、俺の肉棒は高まり、どんどんと射精へと近づく。

「あぁっ……ルステラさん、もう俺……っ！」

絞り出すように言うと、ルステラさんはピストンを受け止めながら俺の手に自分の手を重ねてくれる。

「お、おしゃせいっ♡おっ♡で、出るのですねっ♡白いの……ぉっ♡わ、私で……だして……っ♡くれるのですね……ッ♡」

「はぁっ、はぁっ。出したい……ッ、ルステラさんの中にいっぱい……ッ！」

青い瞳は細められ、快楽に促されて溜まった涙が彼女の頬を伝う。

「い、いけない人ですっ♡そんな、顔っ、女に見せてっ……♡お、おしゃせいだすなんてッ……♡あッ♡♡♡」

ルステラさんは軽く絶頂を迎えながら俺に顔を近づけた。

「んちゅッ♡」

それが彼女なりの肯定の合図だった。

「ルステラさん……ッ！」

頬に感じた優しい感触に、俺は精を押し留めていた最後の理性も放り出してしまう。

「あっ♡んあッ♡い、いけませ……んッ♡はげし、あっ♡すぎです……ッ♡けんしゅうせい……ッ♡まって♡あっ♡へんになるッ♡へんになるぅッ♡♡♡」

「見せてっ……変になるとこっ、みせてっ！」

抱え上げた脚を強く抱きしめ、最後のピストンへ移る。

「なっちゃうッ♡へ、へんになっちゃうぅッ♡けんしゅうせ……ッ♡あああッ♡」

「ルステラさんも……イッて……!!」

「も、もうキてるのぉッ♡ずっと、ずっとキてまずぅッ♡これいじょうはぁッ♡い、けませんッ♡おねがいッ♡はやくッ……だしてぇッ♡♡♡」

暴れ狂う快楽のまま、俺は彼女の一番奥へ鈴口を叩きつけ。

「いけま……あッ♡いけませんッ♡イけ……イぐッ♡♡イグのぉッ♡すごいのぉグるッ♡イッ……ぐっ♡♡♡」

「くっ……出るッ……!!」

──ビュクッ!!! ビュクッ!!! ドビュルルルルッ!!!!

溜め込んだ精で彼女の内側を塗りつぶした。

「おッ!! あぢゅいッ♡いぐッ!!! イグぅうううううッ♡♡♡」

大量の淫液を吹き出しながら、ぴんと脚を張って絶頂へと至るルステラさん。

立位の状態で身体を振り乱す彼女は、その膣中《なか》も強烈に収縮させていく。

「く……はぁッ……駄目だ……!」

睾丸で順番を待っていた精がたまらず竿を駆け上り、俺は再び彼女に腰を打ち付ける。

──ビュルルルッ!! ビュクビュクッ!!! ビュゥウウッ!!!

「あっ!? まただしたらッ♡いけませ……ッい、いぐいぐッ♡イぐぅうううッ♡♡♡」

ルステラさんが痙攣し尻肉を震わせる。

普段とまったく違う表情を次々見せてくれるルステラさんが愛おしくて堪《たま》らない。

「んッ……おッ……♡おおッ……♡♡♡」

何度目かの絶頂と射精を繰り返した後、彼女はいよいよ身体の力が抜けて崩れ落ちていく。

俺はそんなルステラさんを抱きしめて一緒に床へと座った。

「はぁっ……はぁっ……♡い、いっぱい汚して、しまいました……ね……♡」

嬉しそうに苦笑する美人講師さん。

確かに周囲は彼女の言葉通りの有り様だ。

「後で、掃除しなきゃかな」

俺も一緒になって苦笑いをすると、

「ふふ……そう、ですね」

ルステラさんは優しい微笑みを見せていた。

これも初めて見る顔だ。

花が綻《ほころ》ぶまさにその瞬間を見たような感動に浮かされ、俺はそのまま彼女にキスをする。

「ちゅっ♡んむっ♡ちゅ……ん……♡」

情交の最中とはまた違う、穏やかなキス。

しばらくそれを楽しんだ後に唇を離すと、ルステラさんははにかんだ。

「今日はとても沢山のことを教えていただきました……♡」

そして少し瞳を彷徨《さまよ》わせた後、彼女は続きを話す。

「もう、研修はおしまいです……アリスト、さん……♡」

頬を赤らめて、ルステラさんは俺を呼んでくれた。

上下を感じさせない、とても対等な呼び方だ。

それが嬉しくて……。

「……♡」

一度彼女から抜け出したはずの剛直は、再びその硬さを取り戻してしまう。

けれど先生を辞めた彼女はそれを叱ることは無かった。

その代わりに。

「いけなく、ないです……♡」

そう言って、ゆっくりと股を開いたのだ。

「ルステラさんっ……!」

「あっ♡あああっ♡い、イイですッ♡いっぱい教えてぇッ♡♡♡」

ルステラさんがあまりに素敵だったことで。

その日の昼食用のパンは、夕食用のパンになり。

今までほとんど使われていなかったベッドは、その分をまるで一晩で取り返すかのように軋《きし》むのであった。

第五章　ジュリエの涙と黒幕の魔法

ジュリエが出張から戻る予定日に間に合わせるべく、バンドンでは試作温泉づくりが急ピッチで進んでいた。

そしていよいよ完成が見えた頃。

バンドンには事件が起きていた。

(ほ、本物……だよね……?)

首都の大貴族であり、俺の異世界での父親である男性。

ペレ伯爵が、唐突にバンドンへやってきたのである。

「……」

夕暮れのプリウォートの一室で、今俺はその大貴族と対面中だ。

白髪まじりの短めの髪に、明るい灰色の瞳。

やや気難しそうな顔の彼は、ディーブ伯爵とは比べ物にならないくらい細身である。

(どうして急にバンドンに……?)

とはいえ、彼がここへ来た理由が俺にはまるで分からなかった。

そもそも首都の貴族は女性都市に来るのさえ嫌がるのだ。

にも関わらず彼はほとんど従者もつれず、買い物に来るような気軽さでバンドンへやってきて。

『少し良いか』

そう俺に声をかけ、俺をプリウォートに一つしかない洋室へと招いたのである。

無論部屋に女性はおらず、何故《なぜ》か執事さんすら同席がない。

室内は正真正銘の二人きりだ。

「……」

もしかしたら息子である俺に会いに来てくれたのかもしれない。

と思ったのだが、困った事にペレ伯爵は部屋に入って以降ずっと沈黙したままである。

大急ぎで用意されたお茶にも彼は口をつけていない。

(ど、どうしよう！　なんにも言ってくれない！)

『父さん』だとはいえ、俺がアリストくんになって初めての対面だ。

その時点で対応には困るのだが、まさか会話すら始まらないとは……！

(とりあえず……馬車の御礼を言おう！)

イル正道院へ行く際、折よくいただいた高級な馬車。

オリビアも気に入っていたそれのお礼は、いつか対面できたときに言おうと決めていた。

会話を始めるきっかけにもなるだろう、と俺は口を開く。

「あの、この間はとても素敵な馬車を頂きまして――」

けれど、その言葉は最後まで言い切れなかった。

ペレ伯爵が椅子から立ち上がり、突如俺の両肩を掴《つか》んだからだ。

「わっ……!!」

灰色の瞳が俺をはっきりと捉える。

もしかして何か機嫌を損ねてしまったのか、と恐怖を覚えた時。

(あ……)


——俺はぎゅっと抱きしめられていた。


「随分辛《つら》い経験をさせてしまったな……アリスト。不甲斐ない私を許してくれ……」

とても唐突な抱擁。

俺からすれば、初対面の男性に抱きしめられたのと同じだ。

なのに……。

「……っ」

気づけば俺の頬を熱いものが伝っていた。

「……会いに来るのが遅くなって……すまなかった……!」

胸のうちからこみ上げてくる、暖かい気持ち。

ほっとするような、どこか締め付けられるような……上手く言葉にできない不思議な感情。

(ああ、そっか……アリストくんの身体が、この暖かさを覚えているんだ)

尊敬や感謝、それに申し訳なさ。

こみ上げてくる想いは、まるで俺が両親に抱《いだ》いていた感情そのままだ。

普段照れくさくって表現できない息子の気持ち、そのものだった。

(そっか、アリストくんは……お父さんのことを愛していたんだ)

転生して以来、知識でしか感じられていなかったアリストくん。

(ちゃんと、俺の中にいてくれたんだね)

ずっと感じていた罪の意識を、身体の中に眠っていた『彼』が優しく否定していってくれる。

そんな暖かい感覚にも涙が溢れた。

そして俺の口は自然と動いた。

「……父さん」

それは俺の頭が命令しているんじゃなくて。

身体の奥にいる本当のアリストくんが言ってくれたのだと思う。

「元気そうで何よりだ……」

本人じゃなくてごめん。

でもこの身体に眠っていた気持ちの分、しっかり生きるから。

(お父さん……)

安堵《あんど》の声をあげるペレ伯に、俺は暖かさと切なさが混じった涙を流した。

しばらくの後。

俺は改めて父さんと机を挟んで座り、左遷という状況になるまでの顛末《てんまつ》を聞かせてもらった。

「――というわけでな……。私が『自然交配《しぜんこうはい》』の研究に手を出してしまったことが原因だったのだ」

この世界では魔法が使える男女間で行われる儀式、『魔法交配《まほうこうはい》』によってしか子供を作る術《すべ》がない。だからこそ魔法は特権の象徴なのだ。

「つまり、子供を作る他のやり方が見つかると、今の貴族達は困る……？」

「権力の基盤に疑問が生じることになるからな。故に今の貴族社会の頂点であるイコモチ公爵は、様々な謀略でお前を左遷したのだ。私への罰と警告だったのだろう」

お父さんが好きだったアリストくんにとっては辛かったはずだ。

とはいえ、俺は親子仲が悪くなかったと知れたのは嬉しかった。

ただ気になることもある。

「どうして自然交配を研究しようと思ったの？」

権力基盤に乗っているのは、大貴族である彼も同じなのだ。

自身の立場を揺るがすようなことを、どうしてわざわざしているのだろう。

「そうか。あまり話をしていなかったな……」

俺の言葉に申し訳なさそうにするペレ伯。

「きっかけはお前が『魔法を使えない』という体質だったことだ」

彼はそう言って、語り始めた。

「自分の身近に魔法が使えない者が現れた。そこで私は初めて魔法の素養の有り無しで人の運命が翻弄《ほんろう》されるということを、実感させられることとなった」

父さんは、そこで多くのことを学んだ、と言う。

「そして辿《たど》り着いたのはなんのことはない、とても身勝手な想いだ。なぜ我が息子はこれほどに周囲から馬鹿にされなければならないのか、と」

そしてそれは魔法と貴族との関係への疑問に繋《つな》がり、自然交配への研究に至ったのだという。

「まだ伝説や伝承の類《たぐ》いを整理している段階だがな。ただそれも打ち切ろうかとは思っている」

お前にこれほどの迷惑をかけたからな、と父さんは苦笑した。

それは間違いなく優しさだと思う。

ただ俺はその言葉に対して、自分の身体の奥から強い抵抗が示されたのも分かった。

（うん……俺もそう思う）

だから俺は彼を継がせてもらった人間として、ちゃんと言葉にする。

「俺はその研究、打ち切らないでほしいな」

「なに……？」

この世界の在り方を否定するわけじゃない。

だとしても、俺はアリストくんを理由に始めた研究を辞めてほしくなかった。

「父さんが突き詰めたいと思うなら……続けたほうがいいと思う。俺は女性の中で暮らすこと、全然苦にしてないから」

少なくとも俺は、男性ばかりの首都に行きたいとは思わないしね！

「……すまないな。私の知らないうちに、お前は随分と成長していたらしい」

成長……か。

（あちらこちらで欲望に負けちゃってるし、もしかしなくてもアリストくん本人より退化しちゃってるんじゃないかなあ……）

健康な身体を貰った分お猿さんに近づいてしまった俺に、アリストくんは天国で呆《あき》れているに違いない。

俺はそんなふうに考えて苦笑してしまった。

「それでウィメはどうだ？　イルゼ領主は随分お前に入れ込んでいたが、親しくしているのか？」

「し、親しく……。まぁ、そうかな、うん。とても良くしてもらってるよ」

そこからは互いの近況報告となり、穏やかな時間が流れていく。

そしてしばらくの後、父さんは何かを思い出したような表情になった。

「む、忘れてしまうところだった。イーズ、入ってきてくれ」

静かに扉が開き、入室したのは少しだけ頭頂部に不安が残る執事さんだ。

ニュートさんより少しふっくらしている彼は、俺に丁寧に頭を下げた。

「お坊ちゃま、お久しゅうございます……と言いましても、幼い頃に顔を合わせていただけなので、もう覚えていらっしゃらないでしょうね」

穏やかな物腰でそう言った彼は、改めて自己紹介をしてくれる。

「ペレ様の執事をしております、イーズです。以後、お見知りおきを」

アリストくんだったら覚えていたのかもしれない。

けれど、ペレ伯爵と触れ合った時ほどのものはこみ上げなかった。

彼の言う通り、本当に幼い頃に会っただけなのだろう。

「よろしくお願いします。イーズさん」

席から立ってお辞儀をすると、イーズさんは改めて俺に微笑《ほほえ》んでくれ、そのまま石のような何かを机の上に置いた。

宝石のようにも、ガラスのようにも見える不思議なものだ。

手のひら大のそれは無色でとても透明度が高い。

「これ……」

ただ俺はそれに心当たりがあった。

というのも、試作温泉の工事中にしょっちゅう目にするものだったからだ。

「アリスト。どうやらこれを見るのは初めてではないな？」

「うん。バンドンに来てから何度か。不思議な石なんだけど、使い道がないって皆は言ってた」

魔打石《まうちいし》の原石にもならないし、もろくて装飾品にも使えない。

だからバンドンでは基本的には無視され、廃棄されている石である。

だがそのなんてことのない石の情報に、父さんとイーズさんは表情を変えた。

「……ペレ様」

「うむ」

穏やかな表情をやや引き締め、父さんとイーズさんは頷《うなず》き合う。

「アリスト。正直に答えてもらっていいだろうか」

そして父さんは、今の俺にとって到底無視できない質問を投げかけてきた。

「この周辺に『忌《い》み地《ち》』と呼ばれる黒い水の湧く場所があるな？」

「!!」

俺は背筋が凍りつくような気持ちになった。

このバンドンが抱える最も大きな秘密が、すでに知られているとは思いもしなかったからだ。

「……間違いないようだな」

父さんは悪い人ではないと思う。

しかしそれでも貴族の義務として首都に忌み地の報告をする必要があってもおかしくはない。

そうなれば風評はあっという間に広がり、取り返しがつかなくなってしまうだろう。

せっかく試作温泉開発が進み、バンドンの皆がやる気になってくれているのに、それが日の目を見ることもなくなってしまうのだ。

（もう少し早く忌み地の風評についての対策を考えておくべきだった……！）

今更後悔しても遅い。

とはいえ、俺は自分を呪わずにはいられなかった。

しかし、父さんの言葉は予想とは違っていた。

「約束しよう。私は忌み地の件を、お前に黙って公表するつもりはない」

「え……？」

ぽかんとする俺に父さんは続ける。

「詳しい話をする前に。まずはお前がバンドンでやっていることを教えてくれないか？」

「！」

「忌み地の話で青ざめるのは現地に思い入れがある人間だけだ。その顔を見ると、今ここで何かをやっているのだろう？」

流石《さすが》父親、というところなのだろうか。

全てお見通しのように語る父さんに、俺は敵《かな》う気がせず。

「……分かった」

ともかく大貴族に現在やっていることを語った。


「──ということなんだ」

忌み地のことで思い悩み、それを隠そうと必死になっている女性達がいること。

そんな女性達の力になりたくて、黒い水を濾過《ろか》しお風呂を作ろうとしていること。

その作業にはとても多くの女性達が力を貸してくれていて、どうしても無駄にしたくないこと。

「……なるほど」

俺の話を聞き終えた父さんは腕を組む。

遮ることなく話を聞いてくれる父さんに、気づけば俺は現在の悩みを打ち明けてしまっていた。

「今一番の問題が風評なんだ。温泉自体がいいものだったとしても、そもそも忌み地という場所自体が嫌われてしまってる」

現状、これをなんとかする良い方法は思いついていない。

それは女性達にも話した。

しかしそれでも彼女らは躊躇《ためら》わず、今できることをやる、と言って作業に没頭してくれている。

最悪忌み地と呼ばれてしまったとしても、もはやそれすら受け入れる覚悟なのだ。

「信用できる人達に相談をしてるんだけれど、それでもあまり良い方法は思いついていなくて」

あちこちに手紙を出し、助言は求めている。

しかしなかなか画期的な解決策はないのが現状だった。

「そんな最中、私達が来てしまった。そういうわけだな？」

「うん……」

今俺の心の中はどんよりとした曇り空だ。

机に転がった透明な石とはまるで真逆と言っていい。

だが父さんとイーズさんはそうではなかった。

「イーズ。これは好機だと思わぬか？」

「ええ。これ以上の機会は無いかと」

にっこりと頷き合う二人。

俺はまったくそれが理解できなかった。

「こ、好機……？」

瞬きを繰り返す俺に、父さんが口を開く。

「これはあまり知られていないことだが。黒い水が出る地域を『忌み地』と呼ぶようになった原因は、ディーブ伯にある」

「え……っ!?」

聞き慣れた、しかし今出てくるとは思わなかった名前。

その名が飛び出したことに驚いていると、父さんの言葉をイーズさんが継いだ。

「今は影響力が薄れましたが、かつて本院にはディーブ伯が多大な影響を及ぼす時期がありました。そしてリム教の教義を我が物のように利用していたのです」

「忌み地に関する教義もその一つだ。二十年ほど前に、あの男は当時の院長らに働きかけ、黒い水が出た地域を忌み地とさせた」

父さんは小さくため息をつく。

「女性達に新たな分断をもたらし、それによって寄付へとつなげる。そして豊かになった本院から適当な名目で自身に金を収めさせる。それがディーブの狙いだと、当時は私も見ていた」

俺ははっとした。

ルステラさんに聞いた『忌み地払い』による寄付のことだとすぐに分かったからだ。

「少し前にディーブ伯に食って掛かる痛快な院生がいてな。その時のゴタゴタであやつは本院を見放し、忌み地払いの習慣は随分と廃《すた》れてきている」

そのことにも俺は思い当たる節があった。

（アーリャさんだ……！）

彼女はルエッタさんを守り、同時に忌み地払いという悪い習慣が廃れ始めるきっかけも作っていたらしい。

俺が少し嬉しい気持ちになっていると、イーズさんが口を開いた。

「しかし、後になって分かったのです。忌み地払いという儀式そのもので集められた金銭は大したことが無く、ディーブ伯の懐へ流れた金銭もさほどではなかったのだと」

「え……？」

しようもない嫌がらせをしてくるような人だ。

お金にだって汚いに決まっている、なんて酷《ひど》い先入観を持っていた俺はそれが意外だと感じてしまった。

けれど、その想像自体はさほど外れていなかったらしい。

「金には汚いぞ。ディーブは」

父さんはやや呆れ気味の笑顔でそう言う。

そして続けた。

「だからこそ私は思った。何か別の目的があったのではないかと」

だから父さんはずっと調査を続けていたのだという。

「息子を左遷させた男の一派だ。弱みの一つくらい握ってやろうと思ってな」

父さんの意地悪な笑みに、俺は苦笑する。

嬉しいのだけれど、父親の悪い顔を素直に喜んでいいのか迷ったからだ。

イーズさんもそんな俺の内心を理解したのか、くすくすと笑っていた。

「それで、これだ」

一方の父さんは、俺とイーズさんの反応に肩をすくめた後、机の上の透明な石に手を伸ばした。

そしてその石について新しい事実を口にする。

「これはな。貴族が大規模な魔法を使った際に現れる痕跡だ」

「痕跡……？」

「ああ、魔法痕石《まほうこんせき》と呼ぶ。魔法を使った余波が固まったもので、使った者によって異なる痕石が残る」

父さんは俺の目を見て続けた。

「そしてこれはディーブのもの。やつが持つ土の魔法を使い、大地に影響を与えた証拠だ」

「!!」

それがバンドンから見つかっている、ということは……。

驚きに目を見開く俺に、イーズさんがしっかりと答えをくれた。

「バンドンでも、ディーブ伯は大きな魔法を使ったということです」

執事の言葉にしっかり頷いた大貴族は、更に続けた。

「やつの魔法は土を自在に操る。大地に穴を開けるのも、それを埋めるのも容易だ。だからこそ、やつの魔法痕石は必ず土の中から大量に出る」

父さんはそこで俺の目を見た。

「いくつかの忌み地を極秘裏に回ってみて分かった。それはどの忌み地にもディーブの魔法痕石があり、黒い水の湧く付近に集中しているということだ」

そして父さんとイーズさんは、ルステラさんと同じ説を掴んでもいたらしい。

「産石地《さんせきち》の地層に黒い水は必ずある。昔そのように主張した文献がありましたが、それはディーブ伯の圧力によって禁書指定されました」

「私はこれらのことから、ディーブは黒い水が出ることが自然の摂理であることを誤魔化し、忌み地とすることで人を遠ざけようとしたと考えている」

つまり、と父さんは続ける。

「やつは何らかの理由で自らの魔法を使って産石地の地層を掘り起こし、忌み地を意図的に出現させているのだ」

「な、何らかの理由……？」

現代なら温泉が出ればお金になる。

だからそうすることは全然おかしくないけれど、ディーブ伯は忌み地として遠ざけるだけで別に温泉地なんて作っていない。

一体何故だろう、と思う俺の前に。

「その理由は、これだ」

ボロボロになった木の板が置かれた。

そこには同じくボロボロになった金具のようなものがくっついている。

「えっと……これは……？」

「これはな――」

その後に続いた父さんの解説は驚愕《きょうがく》に値するものだった。

そしてそれは今の俺にとってまさに突破口とも言えるもので。

「アリスト、女性らに協力を要請してもらいたい。たまには私の権力も使ってほしいのだ」

同時に、心強い味方が増えた瞬間であった。


見たこともない衣装を着た人々が集《つど》う部屋。

わたしはその部屋を何故か上から見下ろしている。

部屋の人々は何か談笑しているようだが、一瞬普通に見えたその様子にわたしの身体は硬直した。

(ここは……!?)

談笑しているのは男性と女性なのだ。

椅子に座ったり、あるいは机に腰掛けたり。

男女でそれぞれ統一された服を着た彼らは、ごくごく当たり前のように言葉を交わし、笑い合っている。

『はじめるよ～』

と、唐突にその部屋にあったらしい扉が開く。

入ってきたのは女性だ。他の者とは違った服装をしている。

その女性もまた、わたしを驚愕させた。

『あ、○○くん。プリントありがとね』

何の躊躇《ちゅうちょ》もなく男性の一人へ話しかけたのだ。

一方話しかけられたほうも、少し微笑んで頷くのみ。

(一体……!!)

これはどういうことなのだろうか。

わたしは疑問と戸惑いの中に放り込まれる。

けれど、それはまもなく解決した。

「ん……」

目を開けると、そこは見慣れた馬車の中。

窓の外には夕暮れの陽射《ひざ》しが見える。

(……いつものやつか)

あれは、わたしにとっては馴染みのある夢だった。

忘れた頃になると現れて、あるはずもない光景を映す。

ただその頻度は、最近少し増したような気がしている。

（彼がわたしのところへ来てから、どうも……）

彼が纏《まと》う独特の雰囲気は、まるで夢の中の男性のようなのだ。

だからつい、考えてしまうことがある。

もし彼のような男性が普通の世界があったのなら、なんて。

「馬鹿な話……」

わたしが自分にため息をつくと馬車は止まり、まもなく扉が開く。

「ジュリエ会長。到着です」

「ん」

ぺこりとお辞儀をして微笑む彼女は、とある忌み地で働いていた子だ。

石についての知識が豊富で能力もあり、今では商会で多くの仕事をしてくれている。

今回、御者をつとめてくれたのも彼女だった。

「じゃあ行こっか」

「ええ」

秋の彩りを濃くするバンドン。

わたし達はプリウォートへ向け、並んで歩く。

「ペレ伯がこのあたりに来ているって話は、貴女《あなた》から皆に伝えておいて」

「承知しました。こちらにいらっしゃるでしょうか？」

「アリストは魔法が使えない男だよ。父だとか言ってるけど、男がどう思うかなんて決まってるでしょ」

「では最低限の準備のみで」

ここはかつて正道院本院でさえ無視した地。国内有数の貴族が来るはずもない。

奇人という噂《うわさ》もあるけれど、なんの見返りもなく放浪しに来るような貴族はいない。

そしてこの地に、大貴族にとっての見返りなど一つもない。

「彼にも伝えてあげてもいいかもしんない。顔合わせたくないかもしれないじゃん？」

わたしの言葉に彼女は少し微笑む。

「会長は、やっぱりお優しいのですね」

「は、はぁ？　いや、そういうのじゃないから」

彼と大貴族の間にも『線』があるというだけだ。

権力を持ったものが都合よく引く、わたしの大嫌いな『線』が。

そこからは彼についての話題になった。

「会長。アリスト様は此度《こたび》の件、引き受けてくださいますでしょうか」

彼女はその先を不安そうな表情で続ける。

「私達にも普通に挨拶をしてくださったり、作業を手伝ってくださったり……。お人柄は素晴らしいのですけれど、何分奇妙な御方でもありますし」

出方がまったく分からない。

わたしも、その不安は充分に理解できた。

「まぁ、悪いやつじゃないのは確かかね」

ただ事実として、バンドンにとって最良の取引先なのは間違いがない。

今回、自分でウィメへ別の取引先候補を探しにいったことで、それはより鮮明となった。

（慎重派のルステラが奇人を連れてきた時は驚いたけれど、取引量、安定性。そして窓口である彼の人柄。これほど条件の良いところはなかった）

あとは、こちらの要求を呑《の》んでくれるかどうか。

加えて少し心配なこともある。

（本人がちょっと無防備すぎる……）

気軽に身体を近づけてくるし、多少の接触はなんとも思っていない。

まるで夢の中に出てくる男性のように、容易に会話して、容易に心を開く。

だからあんなこともシちゃったわけで……。

「会長、どうかなさいましたか？　少し頬が赤いようですが……？」

「えっ!?　な、なんでもないから。ちょっと疲れただけ」

ともかく。

彼にバンドンの真実を告げ、計画を打ちあけるまでは、これ以上動きようはない。

第二候補以降はあまり気が進まないが、それでも計画の実行を諦めるわけにはいかない。

「ジュリエ。戻ったのですね」

と、ルステラの声がした。

話し込むうちに、いつの間にかプリウォートの近くに着いていていたらしい。

「あ、うん。今さっき」

応じると、ルステラは顔つきを変える。

「……こちらへ」

緊張感のある声。

わたしはすぐに察しがつく。

予定より早く、忌み地が見つかってしまったのだと。


しばらくの後。

わたしは灰色の土地を歩いていた。

森の中に唐突に現れる、忌むべき場所だ。

「『幻影の帳《とばり》』、持たなかったみたいね」

先導するルステラはこちらを見て頷いた。

「ええ……そのようです」

「やっぱり急いで手を回したから、碌《ろく》なのに当たらなかったってことか」

滅多に出回らない品だから文句を言うことはできない。

今回は女性達の居住区にとても神の涙が近かった。

今まで隠せたことが幸運だったと言ったほうが良いのかもしれない。

「……」

ルステラは黙ったままだが、その足は止めない。

この後何が起きるかよく分かっているからだろう。

わたしはそんな彼女の後ろ姿を眺めながら、今まで目にし、そしてこの後また目にすることになるだろう景色を思い浮かべていた。

『そんな……じゃあ、ここは……』

『どうして！　私達は何も悪いことなんてしてないのにっ！』

涙を目に一杯に浮かべ、叫ぶ人々。

『一体何が神の罰だっていうのよ……ッ。罰を受けるべきは宝石商会のほうじゃないの⁉』

『そうよ‼　無理やりにここへやってきてっ！』

ここが忌み地になると告げられ、激しく狼狽《ろうばい》し、憎むべき対象を見つける人々。

彼女らの悲愴な表情を忘れることはできないし、その言葉も忘れることができない。

『商会が何かしたんじゃないの……ッ⁉　だって貴女達が来て、すぐにこんなことになるだなんて……！』

あの時だけは、わたしは胃の中のものを戻してしまいそうになった。

別にその言葉そのものに傷ついたからではない。

それが昔、ルステラにあの一派が吐いた言葉と似ていたからだ。

『ルステラが原因です。彼女が気になると言った場所でそれが起きるのではない。彼女が忌み嫌われるべき存在なのです』

今でもあの憎しみを忘れることはできない。

ルステラが忌み嫌われるべき存在のはずはない。

だって彼女は、赤くなったわたしの手を取って言ってくれたのだから。

『……これほどに真剣な貴女が、出来損ないのはずはありません』

ルステラはわたしを救い、守ってくれた。

(だからわたしは今日もルステラの力を、人を救う力にする……！)

わたしが改めて覚悟を決める頃には、そこは既に忌み地の中央だった。

ごぼごぼと忌まわしい音が聞こえるその地だが、少し様子がおかしい。

以前よりあたりが拓《ひら》けている気がしたのだ。

「ルステラ、このあたり何か――」

言いかけた時。

不意にルステラが振り向いた。

「あちらの中でお話を」

彼女が指さしたのは大きな木造のログハウス。

わたしはそれに首をかしげた。

「え、あんなのあったっけ？」

ルステラに連絡を受けた後、当然ここは商会の従業員たちと調査をした。

（その時はこんな建物無かったはず……）

珍しくルステラはわたしの質問には答えず、そのまま建物の中へと促す。

一体どういうつもりなんだろう。

（もしかしてこの中にエマリーナ達が？）

昔お世話になった女性達に攻撃的な視線を向けられると思うと、やっぱり足が重くなる。

けれどわたしは自分の決意に従う。

（……行こう）

そしてルステラが開いた扉の中に入った、のだけれど。

そこにはわたしの想像とはまったく違う世界が広がっていた。

「え！　な、なにこれ……!?」

わたしの視界に最初に入ったのは、もわもわと充満する湯気。

まるで湯浴み室のように室内は暖かく、湿気に満ちている。

そして次に目に飛び込んできたのは、取引先第一候補の責任者の奇人であった。

「あ、おかえり！　待ってたよ！」

待ってた……？

一体何の話をしているのか分からない。

部屋に入ればかつてお世話になった女性達がこちらを睨《にら》みつけ、なにか物さえ投げつけられるかと思っていたのに。

室内には彼しかいないし、そもそも蒸気でもくもくなのだ。

「え、あ……なに……？」

さっぱり意味が分からない。

が、彼はそんなわたしの反応が嬉しかったらしい。

男が見せるとは思えない、人懐っこそうな笑顔を浮かべる。

「見せたいものがあるんだ。こっち来てもらってもいいかな？」

おいでおいで、とやや楽しげに手招きをする彼。

「あ、え……うん……」

頭が真っ白になったまま、わたしは足を踏み出そうとして……正気に戻った。

「って！　い、いやいや！　ちょっと待って！」

明らかにしないといけないことは色々ある。

だが、まずは聞かなければならなかった。

「どうして君がここにいるの？　ここがどういう場所なのか分かってるの？」

どうにも常識に疎《うと》い彼のことだ。

この土地のことを理解していなくても不思議でない。

そう思ったわたしの予想はあっさり裏切られた。

「忌み地っていう場所なんだよね？　ルステラさんから色々教えてもらったよ」

同時にわたしは彼の口から、ルステラの名が出たことに驚いた。

「る、ルステラ……？」

ここまで先導してきたルステラを振り返る。

「……ごめんなさい、ジュリエ」

彼女は申し訳無さそうな表情をして、そのままわたしに近づく。

「けれど、私も貴女に見てほしい」

そっとわたしの背に触れるルステラ。

その優しげな雰囲気は、まるで首都を追われる前に戻ったかのようだ。

作っていた覚悟の置きどころに困るわたしに、彼は再び手招きする。

「まずは一回見てもらって、それから話したいんだ」

事態が飲み込めないわたしはルステラを見る。

すると彼女はこくりと頷いた。

「……わ、わかったから……」

わたしが頷く。

それを確認した彼は天井からぶら下がっていた紐を引っ張った。

「足元、気をつけてね」

屋根につけられた換気口が開いたのだろう。

するると室内にもくもくと充満していた湯気は消えていき、部屋の全貌が明らかになる。

そして視界に飛び込んできたのは――

「ちょ……なにこれ……っ!?」

――部屋の床に埋め込まれた浴槽だった。

美しい木材で作られたそれには、たっぷりと熱々のお湯が張られている。

「ジュリエが出張している間に完成したんだ」

わたしの驚いた顔がよっぽど気に入ったのか、彼は満面の笑みである。

が、こっちはとてもじゃないが笑えなかった。

「ちょ、何勝手にお風呂作ってんの!? 誰がここに作っていいって言ったのよ!?」

わたしは彼の理解不能な行動に怒りを覚える。

ここは忌み地であり、バンドンの女性達が辛い想いをする元凶となる場所なのだ。

「頭おかしいんじゃないのっ!? なに遊んでんのよ!」

やはり彼は男性なのだ。

自分さえ良ければそれでいい……そんな身勝手な彼らと同じだったのだ。

こんな男が秘密を守って女性側に立ってくれるだなんて信じた自分が情けない。

そう思うとともに、ルステラへの理不尽な怒りも湧いてしまう。

「ルステラッ! どうしてこいつを野放しにしたのっ!?」

言ってから後悔する。

が、彼女はわたしの質問には答えず、部屋の端へ視線を向けた。

「ジュリエ、あれを」

つられてそちらを見ると、そこには湯船に湯を送り込むような装置があった。

本院には男性用の風呂もある。

いまさらそんな装置珍しくない、と思ったのだけれど。

「なっ……な、な……っ」

わたしは言葉を失う。

それはその装置に、黒々とした液体が勢いよく流れ込んでいたからだ。

「あ、あれって……まさか……」

ルステラを本院から追いやり、今も各地で女性達の人生を閉ざす元凶。

何度もそれを目にしたわたしが、それを見紛うはずはない。

わたしは口をパクパクとさせながら、ルステラへ視線を向けた。

「ええ。神の涙です」

彼女にそれを肯定され、わたしは息を呑む。

そして改めてその装置へと目をやると、そこでは驚くべきことが起きていることが分かった。

「とうめい、に……してる……？」

ほとんど無意識にそう零《こぼ》すと、彼が大きく頷いたのが分かった。

「あれは黒い液体を濾過して透明にして、バンドンの水と混ぜあわせる装置なんだ。あの液体って凄く熱いから、あれでちょうど良い温度にするってわけ」

彼が指さした場所には木製の管がある。

わたしがそれに目を奪われているうちに、彼は続ける。

「そうやってできたお湯を使っているのが、このお風呂」

まだ試作品なんだけどね、と彼が言う。

そして風呂に満たされた湯に手を突っ込み微笑んだ。

「温度もいい感じ。肌に悪くないことも分かったし、これならきっと皆喜ぶと思う！　どうかな？」

わたしは声を出せなかった。

(彼は何を言ってるの……!?)

神の涙を透明にし、水と混ぜてお風呂にする。

確かにとんでもないことをしているとは思う。

けれど、正直言って意味が分からない。

「み、皆って……一体誰が、喜ぶっていうの……？　これに何の意味があるの……？」

そう絞り出したわたしに、彼は言う。

「実はバンドンを、このお風呂を目玉にした保養地にしようと思ってるんだ」

「ほ、よう、ち……？」

ろくに思考もできないまま繰り返すと、彼は大きく頷いて続けた。

「ここへ来れば、いつでも熱々のお風呂を楽しめる。俺はここをそんな娯楽地にしたい」

彼はそう言って、湯気でしおれた大きな紙を掲げる。

そこに大きく書いてあるのは、『バンドン温泉』という文字だった。

「仕事がお休みの時に、友達を誘って遊びに来られる場所。高級なお風呂にたっぷり浸かって、大自然の中でリフレ……ええと、さっぱり気持ちいい気分になる場所」

彼は大きな紙の上から顔を出し、真っ直ぐな瞳を見せる。

「バンドンを、女性達を楽しませる場所にしちゃうんだ」

そうすれば……と彼は続ける。

「ここの皆も出ていかないで済む。宝石商会の皆も悲しい気持ちにならなくて済む」

そして、彼はわたしの眼の前に来て言った。


「……ジュリエも、もう隠し事をしなくて済む」


「っ!!」

彼の顔を見て、わたしは驚きとともに悟った。

彼はわたしとルステラがこれまでやってきた事を含め、全てを知ったのだと。

その証拠に、ルステラは何も言わない。

「……夢物語じゃん……」

だからこそ、わたしは怒りを覚えた。

「確かにそうかもしれない。お風呂は高級だし、女性都市の皆は喜ぶかもしれない」

でも、問題はそこじゃないのだ。

彼は奇人で、変人で、そして……良い人だから分からないのだ。

「でも！　ここは忌み地！　その事実は変えられないし、外にバレた時点でここは終わりッ!!」

こみ上げるどす黒い気持ちが抑《おさ》えられなくなっていく。

「わかんないんでしょッ！　男の君には……ッ！　女がどれくらい忌み地で絶望するか！　どれくらい怒って、嘆いて、悲しむのかッ！」

世界に蔓延《はびこ》る偏見や価値観が覆《くつがえ》る日なんて来ない。

どれだけ素敵な発想があっても、きっとまた追い出されてしまうのだ。

ルステラがそうだったように……。

「わたしだって、もっといいやり方がないかって、ずっとずっと探してきた……ッ！　でも、駄目だったんだよ！」

どうなっても結局は忌み地であることに変わりはない。

透明にしたからといって、沢山人を呼べばいつかは探りを入れる人が出てくるだろう。

そしてその時が終わりの時だ。

「変わらないのッ！　忌み地は近づいちゃ駄目なんだ！　呪われるんだって！　馬鹿げた根拠のな

い話がずっと追いかけてくるんだからっ！　わたし達にできることは、忌み地をできるだけこっそり離れることだけなの！」

夢物語は夢なのだ、現実じゃない。

現実だったらいいなと願い、すがり、最後は振り落とされる。

「そんな人いる!?　忌み地と一緒に自滅しようなんて人、いる!?」

だからどうしようもなく憧れて、涙と絶望と一緒に消えていってしまうんだ。

わたしはもう二度と夢を見なくていいように、全力で吐き捨てようとして。

「そんな人、いるわけないじゃ――――ッ!?」

できなかった。

「見くびってもらっては困るのじゃッ!!」

リリムの怒号が小屋の中に響いたからだ。

そしてその声に反応してわたしが振り返ると、そこには女性がずらりと並んでいた。

「えっ……あ、貴女達……!?」

エマリーナを筆頭としたバンドンの女性達や宝石商会の従業員達。

決して大きくない小屋の中に、肩を怒らせた女性達が揃う。

そしてそこから一歩進み出たのはエマリーナだった。

「私達を馬鹿にしないで、ジュリエちゃん」

厳しい目つきの彼女は、そのままわたしに言う。

「私達はね。掘っ立て小屋に寝て、石木さえ碌に見つからない。そんな時からバンドンにいる」

彼女は少し目を伏せる。

そこには悔しさのようなものが強く滲《にじ》んでいた。

「負け犬だって馬鹿にされて。ひもじい思いをして。それでもここで生きていくって決めたの。そしてそういう覚悟をさせてくれたのは」

エマリーナはそこで一度言葉を区切り。

再び強い眼差しでわたしを見て、言った。

「ジュリエちゃん、貴女《あなた》よ」

わたしは息を呑み、何かを言う事はできなかった。

彼女の迫力が言葉を挟む隙を与えてくれなかったのだ。

「私が、私達が。自分達のために泣いてくれる人、必死になってくれる人を放っておく薄情で弱い女だなんて」

しん、と静まり返った小屋。

エマリーナはわたしが初めて見る表情をした。

「『線』を勝手に引かないでもらえるかしら？　『ムカつく』わ」

「!!」

不敵に唇を歪めるエマリーナ。

リリムやバンドンの女性達はもちろん、自分の部下として働いてくれていた従業員達までが強く熱い光をその眼差しに灯している。

わたしはその炎に身体中を焼かれるような感覚になった。

「おかしい……おかしいよ……みんな……」

涙が止まらない。

「そんな馬鹿なことしたら、とんでもないことになっちゃう……。みんなの人生、めちゃくちゃになっちゃうかもしれないんだよ……？」

彼女たちは自ら安全な道を捨てようというのだ。

このままこの地を去れば、それでいいはずなのに。

何故こんな向こう見ずな選択をするのだろう。

「みんな馬鹿だよ……大馬鹿だよ……っ……」

脚から力が抜けて、もう立っていられない。

そう思った時。

「ジュリエ……」

暖かいものがわたしの身体を支えてくれた。

「る、ルステラ……ひっく……っ」

昔、彼女がそうしてくれたように。

ルステラはわたしの背中に手を回し、優しくわたしを抱きしめてくれる。

「ここにいる皆さんは、貴女の人生がめちゃくちゃになってしまうのを嫌だと思ってくれる方々なのです」

想いの籠もった瞳を潤ませて、ルステラはゆっくりと室内を見渡すようにする。

わたしもつられてそうすると、リリムやエマリーナがしっかりと頷いていて。

「ぁ……」

最後に瞳に映ったのは彼だった。

「えと、得意満面で説明したこのお風呂なんだけどさ。実はほとんど皆が作ってくれたんだ。俺は、その中の石をちょろっと削っただけで」

彼はそう言って神の涙を透明にする設備を指さし、照れくさそうに笑う。

「だから正直烏滸《おこ》がましいとは思う。でも俺も、バンドンの皆と気持ちだけは一緒のつもり」

不敵でも勝ち気でもない。

「俺も仲間の一人だと思ってもらえると、すごく嬉しいな」

けれど素朴で、信頼できる笑みがそこにあった。

「ジュリエ」

わたしは再びぎゅっと抱きしめられる。

懐かしいルステラの香りが、わたしに今日までの様々なことを思い出させる。

「もし駄目だったとしても……。今度は一緒に」

ルステラが私の顔をその両手で優しく包む。

そしてぽろぽろと涙を流しながら言ってくれた。

「ムカつくって、言いましょう？」

彼女の微笑みはどこまでも暖かくて。

わたしは、ただ思わずルステラに抱きついてしまう。

「ばかっ……ルステラの……ばかぁ……っ……！」

そして、ただただ涙を流す。

「ええ。馬鹿です……っ……私達は……愚か者なのです……」

女性の涙を見るのはもう嫌だったのに。

彼女が流してくれる涙は嬉しくて堪《たま》らなかった。

「うっ……うぅっ、うわぁあんっ……！」

だから情けない嗚咽《おえつ》はどうしたって止めることはできなかった。

忌み地は近づくべきじゃない、そんな風評がどこかへ飛んでいくはずもない。

もちろん今もバンドンの皆に沢山お金をあげられる見込みもない。

なのに……。

(どうして、こんなに嬉しいんだろう)

次から次へと溢れる涙が、少しずつ収まってきても。

この胸のうちがぽかぽかとする感覚は消えていかない。

（そっか……わたしも馬鹿だったんだ）

改めてそんなことを思った時。

再び小屋の入り口が騒がしくなった。

「な、なに……ひっく……」

少し不安になってわたしが言う。

するとルステラは目尻を拭《ぬぐ》って笑みを浮かべた後、彼に声をかける。

「見つかったようですね」

彼もまた笑みを浮かべ、ルステラの言葉に頷く。

そして彼は言った。

「やっぱり、悪いことはするもんじゃないね」

その時はくすくすっと笑い合う二人を見て、首をかしげることしかできなかったけれど。

後にこの瞬間がバンドンの未来を決定づけた瞬間だったと知ることになった。


曇天のもと、下品なほど華美な客車がバンドンへと向かっていた。

この世界では貴重な馬によって引かれたそれは、荒野を抜けて林の中に入る。

しかし四頭立ての馬車は、さしたる悪路でもないにも関わらず、その速度は遅かった。

というのも、客車の中には、はち切れんばかりの巨漢が乗っていたからだ。

「まさか土地買収の立会人とはな！　がはは、哀れな媚《こ》び方よ」

巨漢の名はディーブ伯爵。

つるりとした頭部には汚い脂《あぶら》が浮かび、その貴族衣装はじっとりと汗で濡れている。

現代的に見れば不快極まりない様相であったが、同乗している執事は別の理由で表情を曇らせていた。

「ディーブ様。やはりここは引き返すべきでは……？」

向き合った執事の言葉に、ディーブは眉間に皺《しわ》を寄せた。

「アコン。まぁだオレに意見するのか？　お前が目立つなと言うから、わざわざ少人数にしてやったというのに」

ニュートより若く、黒髪をしっかりと蓄えた青年。

アコンと呼ばれた執事は主の不愉快そうな顔に気圧《けお》されつつも、どうにも収まらない胸騒ぎの理由を告げた。

「これは何かの罠ではありませんか？」

首都から出ることをめっぽう嫌がるディーブが、今回バンドンに向かうことになった理由。

それはアリストが産石地バンドンの所有を首都へ願い出て、その立会人としてディーブ伯を頼ったからだった。

「アリストなる者はディーブ様に対し長く恭順を示してきたわけではありません。それが急に立会人などと……」

男性には店だけでなく、地区を買い上げる権利がある。

アリストは微妙な立場とはいえ、その権利が無いわけではなかった。

ただし貴族位が無い者は、買い上げに際し貴族位を持つ者に立会人を頼まなければならない。

現地にて調印を行い、その後立会人に『立会料』という形で毎年金を納める必要があるのだ。

「がはは！　イル正道院で相当女に弄《もてあそ》ばれたのだろうな。そして理解したのだ、オレに逆らうと碌なことにならぬと。立会人の依頼こそがオレへの恭順ではないか」

立会人となる貴族にとって、首都から追い出された人間の土地買収も小銭稼ぎにはなる。

だからこそ、アリストであっても土地所有の申し出は認められたのだ。

そして、その立会人として依頼を受けたディーブは醜悪な笑みを浮かべた。

「立会料は端金《はしたがね》だろうが、あの出来損ないは女どもの言う事を聞かせる良い道具にはなりそうだ。正道院の女どもも奮起したらしく、今期の分はしっかり納めてきた。それはお前も知っているだろう？」

イル正道院に課せられた納付金の一部は、ディーブの懐にも入っている。

しかし彼が興味を持つのはその額のみで、イル正道院がいかなる変貌を遂げたのかについての知識は無かった。

加えて、アコンにはその情報を集められるほどの力は与えられていない。

もしこの二人が、イル正道院の新事業が成功して収益が上がり、納付が増えたのだと正確に掴めていれば、まだ未来は変わっていたかもしれない。

「ええ、その通りではありますが……」

「女どもは出来損ないでも群がれればいいのだ。オレのような本物の男には相手にされないと分かっているからな！　がはは！」

立会人の件は、本来ならディーブにとってはメリットしかない。

しかし今回問題なのは、その地がバンドンという場所であることだった。

「あの地には近く回収予定だった『アレ』がございます。もしアリストとやらがその存在に気づいていたとしたら……」

執事の言葉に、貴族はつまらなそうに鼻を鳴らした。

「馬鹿げた妄想だ。相当大規模に掘り返しでもせねば見つからん。オレの魔法で埋めたのだぞ？　よほどの人数で掘り返したとて『アレ』を見つけることなぞできん」

「ですが、魔法痕石を見つけている可能性はあります」

アコンはそう言うが、ディーブは口元を歪めるだけだ。

「あやつがそれに気づくと思うか？　オレの魔法痕石など見たこともないだろう」

彼の発言は正しく、アコンもそれに関しては同意するしかなかった。

とはいえ、男性一人が持つ魔法は一属性のみ。

しかもそれは首都の規則で明確にされているため、誰がどのような魔法を使うのかは大体知れ渡っている。

それが貴族ともなれば尚更《なおさら》だ。

（大地を変形させるほどの魔法を扱えるのは確かにディーブ様だけ。もしディーブ様の魔法痕石を知る者が地中からそれを見つければ、大規模な魔法を使ったことはすぐに知れてしまう……）

アコンにとってはそれが大きな憂慮点であった。

だからこそディーブが、魔法によって地面を掘り返した際、時折湧く黒い液体の存在を「忌み地」として利用するよう命令した際に、正道院を巻き込んで手はずを整えたのだ。

黒い水が湧いた地を忌み地と称し人を遠ざけ、その地にだけ『アレ』を埋められるようにと。

そうすれば『アレ』を見つけられることはなく、秘密は守られるはずだった。

（だが、そこに貴族が介入した場合は別だ……）

ディーブにしかできない芸当をした土の下に、多くの『アレ』が見つかる。

アコンとしては、そこまでならまだ何とか誤魔化しようがあると考えている。

しかし『アレ』には貴族と同程度の魔法の力があれば浮かび上がる、秘密の魔法印が刻まれているのだ。

そのことが明らかになってしまえば……。

「ディーブ様。今回の件、背後に貴族がいる可能性は考えられませんか？」

それこそがアコンが危惧《きぐ》する最悪のシナリオである。

「『アレ』を詰めた樽《たる》には魔法印が入っております。貴族と同程度の魔力があれば、それを明らかにし『アレ』とディーブ様の関連を突き止めてしまうかもしれません」

禁制の品を扱う裏取引というのは裏切りがつきものだ。

だからこそ貴族が手をかざさなければ浮き出ない秘密の魔法印は、皮肉にも禁制の品の信頼を証明する手立てとして使われているのである。

「現在『アレ』は首都から近い順に回収を進めています。もし今、秘密裏に忌み地を回っている貴族がいたとしたら、首都から最も遠いバンドンに目をつけている可能性もあります」

元々アコンはこの計画に反対だった。

確かに金銭は得られるが、あちこちに弱みを残し、得られる金銭以上の危険があったからだ。

しかしながら、欲と肉で肥え太った貴族は彼の進言を聞き入れることは無かった。

そしてそれは今もであった。

「あり得ん話だ。そもそも『アレ』の取引に関われれば、皆告発される危険があるのだぞ。誰が秘密の魔法印の情報を漏らすというのだ？」

今日もまた、青年の言葉は却下されていく。

「それは……」

執事はそこで口をつぐんだ。

誰もが情報を漏らす可能性がある、などという事実を主が受け入れるはずがないからだ。

（今も裏取引先をつなぎとめるのもやっとだというのに。ディーブ様は危機感が薄すぎる）

裏金すら出し渋る主に対し、不満を抱えている者達は多い。

しかしそれを進言しても殴られるだけ。

（ジュリエ宝石商会とやらが入った時点での対応も却下なされた。女性が告発などできぬからと。しかし今日の買収は、連中が裏で糸を引いている可能性もある……）

主への不信を濃くする執事は、それでもと進言を続けた。

背後にいる可能性の高い貴族の名だけでも伝えるべきだと考えたからだ。

「ペレ伯爵が首都を留守にしています。アリストなる者との関係もありますし、彼が背後にいた場合――」

アコンの言葉はそこで止まった。

ディーブが彼を手で制したからだ。

「お前は鼻の利かんやつだな」

そして肥え太った貴族は、薄く口元を歪める。

「むしろペレが視察とやらで首都を離れておる今こそ、好機ではないか」

「好機、と申しますと……？」

自分の意図を理解しない執事に、ディーブは大袈裟にため息をついてみせた。

「今回秘密裏にバンドンから『アレ』を回収し、ペレが首都へ戻った頃合いに乗じて流すのだ」

そうすれば、と貴族は黒い笑みを浮かべる。

頬に乗りすぎた肉が見苦しく歪んだ。

「誰もがペレを主犯と疑うに決まっているだろう？　そして『アレ』の密造は大罪。特にイコモチ公のお膝元のアルコル伯爵は処分の対象だろうな。まさか醸造用の魔法道具を盗まれているとは思うまい」

がはは！　と高い笑い声をあげ、ディーブは贅肉で張った膝を叩《たた》く。

「ペレとアルコル。公会議の席が二つも空くのだぞ！　これを好機と呼ばず、なんと呼ぶ。いよいよオレが権益を牛耳る日が来るのだ！」

国の行く末を決める公会議。

そこに出席できる貴族はこの国のトップであり、大貴族と言える。

その気になれば多くの益を貪《むさぼ》れる立場であり、そこに名を連ねるのはディーブの悲願なのだ。

「もう少しどっしり構えておけ。お前の主は次の大貴族なのだぞ？」

「ええ……」

「万が一あの出来損ないが『アレ』を見つけていたとて何もできまい。正道院に行かせてもよいし、街中で裸踊りなんてのもいいな！　がははは！」

本当にそうも上手くいくのだろうか。

（主を間違えてしまったのやもしれぬ……）

アコンの胸騒ぎが更に大きくなった時、馬車は止まった。


ディーブとアコン、そして御者であった男性が案内されたのは小さな木造の小屋だった。

「ご足労いただき、誠にありがとうございます。ディーブ様。アリストと申します」

そして小屋の中で深々と頭を下げ、貴賓を迎えたのはアリストだ。

そんな彼にディーブは下卑《げび》た笑い声をあげた。

「がははは！　自分の立場がよく分かっておるじゃないか！」

そしてむんずとアリストの髪を掴み、無理やりに顔を上げさせて舐《な》め回すように見た後。

「じっくり見るのは初めてだが……顔もまるで女だな！」

彼の顔に容赦なく唾を飛ばした。

「女の装束のほうが似合うのではないか？　魔法の力も無いのだ、天とやらに媚びてみたら良い」

「恐縮です」

「ぬははは！　素直は美徳だな！　なぁ、アコン！」

「ええ。おっしゃる通りかと」

アリストの従順な様子と、アコンの当たり障りのない返事はディーブをさらに機嫌良くさせた。

愉快そうに贅肉を揺らす彼は御者に目配せし、

「おい」

下品さが際立つ豪勢な椅子を持ってこさせる。

小屋の入り口から搬入できたのが不思議なほどの大きさのそれに、ディーブはどっかりと腰を下ろした。

「ちっ。思った以上に貧相な土地だな。この小屋も昨日、今日作ったというのか？」

「ディーブ様に女の使ったお部屋を使っていただくのは申し訳ないと思いまして……」

やや苛立つ貴族はアリストの回答を聞き、ふんと鼻を鳴らす。

彼にとってその態度や配慮は好ましかったからだ。

「思ったより礼を弁《わきま》えているようだ。イル正道院で、女に仕込まれたか？　がははは！」

ぴくっとアリストが小さく反応したが、そのことにディーブは気づいていない。

無論、彼がイル正道院での生活を思い出し、やや気恥ずかしくなっただけとは思いもしていないだろう。

「ディーブ様。あまりお時間を頂くのも恐縮なので、早速こちらのご確認をお願いいたします」

そんなアリストは上等な紙を取り出し、急ごしらえの木製机の上に差し出す。

ディーブは早速その書類に目を通し、

「ほう……」

満更でもない、という声をあげた後、アコンへと書類を渡す。

主よりも素早く内容を掴んだ執事は、その条件の良さに驚いていた。破格の立会料だ。

ぴくりと眉を上げた彼を見て、アリストが緊張した面持ちで口を開く。

「それで、どうか正道院などへは……」

ディーブは口元を歪め、椅子にふんぞり返る。

「くはは、分かりやすくて良い。イル正道院で随分勉強したようだな」

とはいえ、醜悪な貴族はまもなくここが忌み地として住めなくなることを知っている。

だからこそ、もう一つ下卑た条件を追加させようとした。

「今後、立会料が支払えなくなった場合は、お前はオレの指示に従って働いてもらう。いいな？」

つまり、ゆくゆくは彼をあちこちで男娼のように扱い、より多くの金銭を集めようという魂胆であった。

「足を運んだことを無駄にしたくはないのでな。それで良ければ調印してやっても良い」

ディーブの残酷な提案にアリストは頷き、アコンから差し戻された契約書にその旨を追記する。

が、その途中でディーブは部屋の隅にあった布に気づく。

「ん……？」

それはまるで何かを隠すようにかけられていたからだ。

「おい！　それはなんだ？　金目のものであれば、駄賃として渡せ」

強欲な提案をされたアリストは、申し訳なさそうな表情のまま、布をおもむろに剥《は》ぎ取る。

そこにはいくつもの木樽が積んであった。

「!!」

ディーブとアコンは揃って瞳を大きくする。

その樽こそが二人の言う『アレ』であったからだ。

「産石地を拡大するため女達に地面を掘り起こさせたところ出てきたのです。どれも液体が入っているようなのですが……このように得体の知れないものを開封するかどうか、まだ決めかねていたのです」

お見せするまでもないものです、と再び布をかけようとする彼。

しかしそれをディーブは慌てて止めた。

「ま、待て待て！　地中からそのようなものが出るとは興味深い。なぁ、アコン！」

焦りを隠せない主に対し、アコンは瞬時に冷静さを取り戻し、それらしい言葉を並べてみせる。

「ええ。その通りです。出土したとなれば、それは歴史的価値がある可能性も捨てきれません」

そしてそのままの流れで、アリストに対し回収を提案する。

「ディーブ様はそのようなものにも造詣がお有りだ。アリスト殿、それらの出土品は全てこちらで引き取らせて頂《いただ》く。また出土した場所も確認せねば。立会の場に不明な箇所があってはなりません」

ディーブは自らの執事の判断に満足そうに頷く。

「うむ。それが終わり次第、調印をしてやろう」

しかし執事自身は強烈に嫌な予感を感じていた。

（地面を掘り起こした、だと……!?　どれも黒い水に近い場所に埋められていたはず。この地の女がそれを恐れずに作業したということか!?）

彼の背中に冷たい汗が流れ始める。

（一体いくつ見つかった？　そして何故この部屋にそれが持ち込まれている？）

混乱を顔に出さないように執事が努めていた時、小屋に別の声が響いた。

「ディーブ伯。すまぬが、この樽について、私にも少々分けてもらっても良いか？」

声とともに姿を現したのは。

「ペレ、伯爵……っ！」

アコンは来訪者を知り、顔面蒼白となる。

自らが考えていた最悪のシナリオが的中したと直感したからだ。

「貴様、一体なぜここにいる」

しかし彼の主はそうは思わなかったらしい。

ただ政敵を睨《ね》めつけるのみだ。

「いやなに、野暮用でな」

敵対心を隠そうともしないディーブに、ペレは涼しげな顔で応じた。

「貴殿も知っての通り、私はイコモチ公の覚えがめでたくない。首都を追い出されたらどこに住むべきかとほうぼう視察しているのだ」

やれやれといった様子で首を振る大貴族。

ディーブはいつもどおりの彼の様子に、気を落ち着けた。

「お前の都合などどうでもよいわ。一体何をしに来た？　この出来損ないの様子でも見に来たのか？　それとも自然交配とやらの研究か？」

自身の不正行為を嗅ぎつけられたわけではない、そう考えたからだ。

が、それは誤りであった。

「ああまさに。研究も兼ねてはいるのだ。だから、地中から出たというこの樽がとても気になっていてな」

ペレはそう言って、樽に半分残っていた布を全て剥ぐ。

そしてポケットの中から透明な石を取り出した。

「この樽の近くから、この石が大量に見つかったらしいのだ。あまりに気になったので首都に送って調査したところ、貴殿の魔法痕石で間違いないとの回答を得た」

「……っ！」

「そして気になることはもう一つ」

ディーブに追い打ちをかけるように、ペレは樽の上に乗ったボロボロの木片を手に取る。

端にやや金具が残っている、ほとんどゴミとも言えるようなものだ。

しかし彼は、それに対し手のひらをかざした。

するとそこには魔法陣を小さくしたような、紫の印が浮かび上がる。

「バンドンから出土したこれらの樽にも、それからこの近辺で見つけた木片にも。両方とも妙な魔法印が刻まれていたのだ」

そう言いながら大貴族は木片を机の上に置いた。

その木片はペレがかつてアリストに見せたものであり、そしてその際にもそうだったように、木片には魔力に反応した印が明滅したままであった。

「これは貴族が品物の信頼を証明する魔法印だ。ディーブ伯。この印に見覚えはないか？」

彼はそう言いながら、積まれた樽の一つにも手をかざす。

するとそこにも同じ魔法印が明滅し始める。

アコンは身体が震え始めた。

（あぁ……もう、終わりだ……）

積み重ねた悪事は全て明るみに出るのだと、彼は確信したからだ。

しかしディーブはそうではなかった。

「……知らぬな」

その反応の違いは、自身の周囲を知っているかいないかの差であった。

「調査の結果。複数の業者がこの印は貴殿のもので、樽の中身は『密造酒』であると証言している」

「な……ッ……!?」

まさか自身の取引先が裏切るわけがない。

ディーブだけはそう思っていたのだ。

しかしそれは今、彼の目の前に掲示された書面によって証明されてしまう。

「密造酒製造及び流通の容疑で、貴殿には首都から捜査命令が出ている。酒を醸造して販売するのは、公会議の許可が本来必要だ。これは重罪だぞ、ディーブ」

ディーブは我が身に起きたことをようやく知る。

許可制の醸造魔道具を盗みだし、密造酒を売り捌《さば》くビジネスが終わりを迎えたのだと。

「ば、馬鹿な……っ……」

そして自身はまんまと罠にかかり、おびき出されたのだと。

「忌み地だのなんだのと言い、女性らを生産性のある土地から追い出したことも分かっている。女性らが生み出す金は我々首都にも回る金だ。その金を目減りさせている点においても、お前は公会議に楯突いたことになる」

公会議に楯突くこと。

それは男性を中心としたこの社会に反抗することであり、貴族が最も犯してはならない罪だ。

貴族位の返上だけでは済まされないことはディーブにも分かった。

「……さ、ん……さん……ッ……」

しかし、彼は自らの執事ほど頭の回転は良くなかった。

だからこそ、今ならまだ巻き返せると思ってしまったのだ。

樽を破壊し、同時にペレとアリストを始末してしまえば、と。

「許さぁあああんッ」

ディーブの両手が青く光る。

その光はやがて彼の全身へと伝播《でんぱ》し、小屋の床がメキメキと音を立てた。

彼は地面に働きかけ、柱状の巨岩を次々と出現させたのだ。

「ヒィッ!!」

声をあげたのは、御者として同行した男性だ。

ディーブの執事ですらない彼は、懸命に小屋の外へと逃げだす。

「死ねぇえええッ!!」

鬼の形相を浮かべるディーブ。

彼は柱として地下から呼び出した岩塊を、アリストとペレへ向け、突き刺すように動かす。

広くない部屋の中で行われたことだ。

それはすぐにでも彼らを叩き潰してしまうかに思われた。

「……ッ!?」

が、そうはならなかった。

無数の枝がドームのように二人の男性を覆い、岩の巨槍を強烈に締め上げたからである。

ディーブはとっさにその枝の出どころを目で追い、驚愕した。

「ッ!?　な、なんだこれは……ッ!?」

ディーブ達が足を踏み入れた木造の小屋、それこそが枝の出どころであった。

壁や床、天井に使われた木材が、まるで樹木として息を吹き返したかのように枝を茂らせていたのだ。

そしてそれらは超自然的な勢いで成長し、ペレとアリストを守り、岩の塊に巻き付いていた。

「くそっ……!!」

ディーブは更に魔法の出力を上げ、更なる岩塊を浮上させようとするが、何故か上手くいかない。

その理由はすぐに明らかになった。

「無駄だ、ディーブ。この小屋の床は今、根が張り巡らされているのでな。地中のものを動かすことなど、お前程度の力ではできようはずもない」

「なにッ……!?」

貴族がこれほど大規模に魔法を使い合うことなどまずない。

アコンは二人の魔法のぶつかりあいに慄《おのの》きつつ、ペレのそれについて思い出していた。

（ペレ伯爵は、木々を操る魔法の持ち主……！　そうか……バンドンに入った時点で、もう我々は……！）

ペレの持つ属性は『木』。

自身の影響下にある木々を操作し、自在に枝を操る魔法を使う。

木造の小屋、そしてバンドンという木々に囲まれた地は、彼にとって圧倒的に有利であった。

（公会議に所属する貴族とは……こういうものなのか……！）

奇人変人の類いだと陰口を叩かれているペレ伯爵。

にも関わらず……彼は公会議という絶大な影響力を持つ場所にいる。

その理由を今、アコンは痛いほど理解した。

（森の中で、いや木片がいくらかあるだけで、ペレ伯爵は恐ろしいほどの力を……！）

そしてその力は膝を震わせる執事の眼の前で証明された。

大地を操る、魔法規模でいえば右に出るものがいないはずの貴族が。

「ああッ!?　ぐぁあああああッ！！！」

あっという間に枝に巻き取られ拘束されたのだ。

「ぺ、ぺれ……ッ……き、きさまっ……」

顔以外、全てを枝に覆われた貴族が必死で抵抗を試みる。

しかし今のディーブは指の一本すら動かせない状態であった。

「かはっ……ぁあっ……」

そして喉に付きすぎた贅肉は、彼の呼吸すら困難にした。

ペレは白目をむいた貴族の顔を見つめつつ、静まり返った部屋に声を響かせる。

「イーズ」

「はっ」

すると気配さえ感じなかった執事が現れ、ペレに傅《かしず》いた。

「貴族用の馬車牢は？」

「既に準備できております」

「うむ。では詰め込むぞ」

「承知いたしました」

再び枝が動く。

気絶したままのディーブは部屋の外へと運ばれ、停車していた牢獄を思わせる馬車へと詰め込まれた。

そして、イーズと呼ばれた執事がその扉に鍵をかける。

あまりに円滑に行われた捕縛劇に、アコンはついに膝をついた。

（これで私も……終わりか……）

そんな彼にペレが近づく。

「……主を間違えたな」

的確にすぎる言葉。

本来そんな場合ではないとは分かりつつも、アコンは脱力した苦笑を浮かべてしまった。

「まこと、仰《おっしゃ》る……通り、です……」

大罪を犯した身。

おそらく首都に連行された後、生きながらえることは無いだろう。

そんな彼と目線をあわせるように、ペレはしゃがみ込んだ。

「私を見た時、お前は真っ青になったな。だが……ディーブのように驚いてはいなかった」

「……っ……」

驚くアコンに、ペレは淡々とした様子で続ける。

「予想できていたのだな？　だが、ディーブは止まらなかった」

そこまで見通されているとは思わなかったが、アコンは力無く頷く他なかった。

とはいえ、もし今日バンドンへ来なかったとて運命は同じだっただろう、と彼は思う。

「聴取にはしっかりと協力せよ。ただその後は覚悟しておけ」

密造酒計画を止められなかった時。

自分の運命は決まったのだ。

そう思い再び項垂《うなだ》れるアコンだったが、大貴族は思わぬことを言った。

「うちは常に人手不足でな。忙しいが、まぁ死ぬよりはマシだろう」

「は……？」

「イーズ。こやつも馬車に詰めておけ。聴取を終わらせたら、この若者はお前に任せる」

目を白黒させ身体を硬直させるアコン。

そんな彼のもとへ、頭頂部が少し薄くなった中年の執事がやってくる。

「では、参りましょう」

「え、あ……？」

両脇を掴まれ、人形のように彼は連行されていく。

しかしその先はごく普通の馬車の中であった。

そしてその背中を見送り、息を吐いた者がいた。

「ふぅ……」

初対面の貴族を引き込む役となったアリストである。

貴族同士のぶつかりあいを予期していたとはいえ、想像以上の迫力に息を呑み、ほとんど言葉を発せないほどになっていたのだ。

色々と漏らしてしまわなかっただけでも、彼は偉業をなしたと言えるだろう。

「面倒な役を任せてすまなかった。私がいきなり出るわけにはいかなかったものでな」

「ううん、それは大丈夫。でもびっくりしたぁ……」

枝の生えていない木製の椅子にどさっと腰を落とし、再び大きく息をついたアリストに、ペレは微笑む。

「温泉とやら、私も興味が湧いた」

そして身体を翻し、ニヤリと口元を歪める。

「外遊訪問の候補地として大いに検討する。撤退はしてくれるなよ、アリスト」

「……うん！」

父の激励にアリストが気合を入れ直し、ペレが首都へ発《た》って数日後。

ジェント各地へ、公会議より二つの命令が届くこととなった。

『黒い水の出水現象のあった地を忌み地と呼ぶのは悪質なデマであり、正当な理由なく土地や人を忌避するのは犯罪者への加担とみなし、捕縛の対象となり得る』

『女性都市、正道院は忌み地の名誉回復、再開発に努《つと》めることを努力義務とする』

一人の男の欲望のために始まり、多くの女性を苦しめた悪習は、こうして終わりを告げたのである。

第六章　温泉地へようこそ！

『忌み地』の廃止と名誉回復を命じる首都令が発布されてから一週間。

試作温泉はいよいよ本格的な岩風呂製作へと移行し、宿泊客用の新しい料理の開発も始まっている。

バンドンの温泉地としての開業が着々と近づく中、一方の俺は夜の帳《とばり》が下りた部屋で畳にじかに座り、座敷机に向かっていた。

眼前にはバンドンの現在の経理や、今後の経営に必要な手続き用の書類の山。

「ここがこうなるから……ってあれ？　数字が……」

日中は各種作業の手伝いをして、夜はこうした書類と格闘する。

最近の俺はそんな毎日だが、特段書類処理の速度が上がったわけではない。

それでもじわじわと作業が進んでいっているのは、心強い協力者のおかげであった。

「違うって。そこはここの数字を入れて計算すんの」

協力者の名前はジュリエ。

毎晩俺の左隣に座り、自身も作業をこなしながら、俺の書類の不備を指摘してくれる。

書類作業の終わりが見えてきたのは間違いなく彼女のおかげだ。

「あ、そうだった！」

「前言ったやつと同じ。形式は違うけど、これもあのやり方していいやつだから」

あまり向上しない俺の書類作成能力に呆《あき》れたのか、それとも彼女自身が忙しくて疲れているのか。

かつての指導と比べると、最近の彼女の口調は随分穏やかなのはありがたい。

ただその一方で、ちょっと困っていることもある。

「あと、この下にはこっちの数字を入れる。そうすると後で見直す時に楽」

それは作業中のジュリエとの距離が近いこと……！

相変わらずの過激衣装だから、小柄な割にむっちりした太ももが押し付けられることもあるし、際どい下着だって見放題な状況なのだ。

それに……。

(日に日に距離が近くなってる気がする……！)

今日は彼女のツインテールが俺の肩に当たりっぱなし。

さらさらの金髪からは当然のようにいい匂いがしているし、さっきからドキドキしてしょうがない。

(うぅ……今日もすぐには眠れなそうだなぁ)

ガチガチになる息子を机の下に隠しながらそんなことを思う俺の耳に、意外な言葉が入ってきた。

「……ありがと」

「！」

驚いて彼女の顔を見る。

俺からジュリエに礼を言うというのはよくあることだが、その逆は俺の知る限り初めてのことだったからだ。

とはいえ、そんな反応は彼女に不満を抱かせてしまったらしい。

「ちょっと。何その反応」

はぁ、とため息をつくジュリエ。

彼女はしばしの沈黙の後、再び口を開いた。

「色々皆のためにやってくれたし、今もやってくれてるのに。わたし、ちゃんと君にお礼言ってなかったから」

「……！」

俺はその言葉に胸がいっぱいになる。

というのも、彼女が『皆』を心配していたと改めて分かったからだ。

つい頬《ほお》が緩んだ俺に、ジュリエは不服そうに目を細める。

「何その顔。ムカつく……」

そう言った彼女はぷいと顔を背け、部屋の窓へと視線をやった。

そこには星空とそれを映す湖が広がっている。

ジュリエはしばらくその景色を眺め、やがてぽつりと言葉を零《こぼ》した。

「あのさ。君はどうして女に良くするの？」

ワインレッドの瞳だけをこちらに向けて、彼女は言う。

「君が女にいい顔してるって分かったら、首都の男は絶対色々言ってくるじゃん。事実、正道院にも飛ばされたわけだし」

確かにそれは事実だった。

まぁ首都の男というか、ディーブ伯爵が色々ちょっかいを出してきたっていうのがより正確なんだけどね。

言葉無く苦笑を浮かべる俺に、ジュリエは更に続ける。

「ねぇ、どうして大人しくしていようって思わなかったの？　余計なことしなければ、こうしてバンドドンにも来る必要は無かったし、こんな深夜まで働くことも無かった」

心底不思議そうに、どうして、とジュリエはもう一度付け加えた。

その言葉に俺は彼女と同じように窓の外を見る。

（どうして……か）

前の世界とほとんど変わらないような星空。

それが俺に自然と前世での暮らしを思い出させた。

「俺さ。昔、もっと頑張っておけばよかったなって後悔していることがあるんだ」

「昔？　君が首都にいた頃？」

「あぁ……うん。まぁそうかな」

前世での話だなんて言ったら、ジュリエはどんな顔をするだろう。

少し興味はあったけれど、その話は引っ込めておく。

「あの時。もう少し頑張っていたら、ほんの少しでも足掻《あが》いていたらって」

前の人生の全てを否定したいわけじゃない。

けれど転生の際に自分を振り返って感じたあの鈍い感触を、俺はいつまでも忘れることはないだろう。

「もしそうできていたら。不幸じゃないけれど、幸福でもない。そういうぼんやりした時間はもっと減らせたんじゃないかなってさ」

幸運にも貰えた第二の人生なのだから、俺は変わりたい。

「今度はそう思いたくない。だからやれそうなことはできる限りやってみようって……それだけなんだ」

そこまで言った後、俺は頬が熱くなってしまう。

随分格好つけたような言い回しをしてしまったことに気がついて、気恥ずかしくて仕方なくなったからだ。

しかしジュリエの反応は意外なものだった。

「……それだけ、か」

普段の彼女からすると随分と語気が弱い。

いたいけな身体に似合いすぎたそれが少し心配になって俺が顔を向けると、彼女は伏し目がちの笑みを浮かべていた。

「凄いね。君は」

はぁ、と続くため息。

ジュリエはそのまま座敷机に片手で頬杖をついた。

「わたしはルステラを追い出した馬鹿どもが嫌いで、何とか当てつけてやろうってだけだった。忌《い》み地《ち》を隠しながら金を稼げば、アイツらより上にいられる気がしてさ」

でも、と彼女はもう一方の手で机の上をつまらなそうに撫でる。

「ただの復讐。しかも結局は何もできてなかった」

『完成』と書かれた箱に視線を放り込むジュリエ。

しかし俺はその横顔がどうにも納得いかなかった。

「そんなことない……ジュリエのほうが凄いに決まってる」

彼女は一度目の人生で徹底的に抗い、そして女性達に力強い背中を見せていたのだから。

「今バンドンを温泉地に変えようとしているのは、気安い男に心を流された人達じゃない。君に感謝して、君を悲しませたくないって思った人達だ」

ディーブ伯爵の密造酒を掘り起こせたのもそうした女性達の尽力あってこそ。

採石よりよっぽど広域にわたった掘削作業が、簡単なものだったはずがないのだ。

「ジュリエが懸命に女性を守ろうとしたから今の皆がいるんだ。ジュリエはぽっと出の俺なんかよりずっと凄い」

自信を持って俺が言い切ると、ジュリエは驚いたように身体を起こした後。

「……君ってやっぱり変」

そう言って、柔らかな笑みを見せた。

今まで見た中で一番自然で穏やかで素朴なそれは、まるで秋桜《コスモス》のようだ。

(可愛い……!)

その表情に思わず見惚《みと》れてしまう俺。

しかしジュリエの口から出た次の言葉は、そんな状況を一変させてしまった。

「……ずっと大きくしっぱなしだし……」

そう言って、ちらっと俺の下腹部へと視線を移した彼女に俺は驚愕《きょうがく》する。

彼女の言っていることは正しいが、今も屹立《きつりつ》した股間部は机で隠れているし、それを知る術《すべ》はないはずだったからである。

(どうして……!?)

そんな心の内は、きっとありありと顔に出ていたのだろう。

ジュリエは頬を真っ赤にしながら続けた。

「と、時々見えてたし」

「えっ!?」

「むしろ隠せてると思ってたわけ……?」

なんということだろうか。

俺の悲壮なマルチタスクは徒労に終わっていたらしい……。

衝撃の事実に言葉をなくす俺に、彼女からは当然罵倒が浴びせられるのだろうと思ったのだが。

その予想は完全に裏切られることになった。

「その。きょ、今日は足が疲れてるから」

ジュリエはそう言って座敷机を押しやったかと思うと。

「わっ!?」

不自然に持ち上がった俺のズボンの一部をぎゅっと握ってきたのである……!

「じゅ、ジュリエ……!?」

予想外で唐突な展開に戸惑う俺。

とはいえ、俺はその手を振り払うことはできなかった。

ジュリエのことは当然魅力的な女性だと思っていたし、嬉しくないわけが無かったからだ。

しかし身体のほうは驚きの感情に支配されていたらしい。

「……」

ぴたりと止まったまま沈黙してしまった俺に、ジュリエは赤い瞳をちらりと向けた。

「も、もしかして、前みたいに足のほうがいいの?」

荒療治というかなんというか。

想定外の質問によって、俺の身体は再起動する。

無論それは急いで首を横に振り、妙な誤解を解くためである。

「い、いやいや！　そういうわけじゃないけど！」

「じゃ……じゃあ、いいじゃん！　わたしがわざわざ手でしてあげるって言ってるんだから、黙って言うこと聞きなさい！」

誤解は解けたが、ジュリエの行動も再開。

彼女はやや強引に俺のズボンの腰元をぐいっと持ち上げてしまう。

「あっ、ちょっ」

すると今まで机とズボンで押さえつけられていた肉棒は、その空間から飛び出すようにして姿を現した。

お願いします！　と言わんばかりのその反応が、我ながら気恥ずかしくて仕方がない。

（なんと素直なことだろうか……）

一方それを目にしたジュリエはびくっと身体を震わせつつも、呆れたように零す。

「……っ……し、仕事中なのに。ほんっとしょーもないんだから……」

座った俺の前方にぐいと横から身体を入れ、股間にかしずくような体勢になるジュリエ。

言いながらも、彼女の利き手である左手は露出した俺の肉棒をしっかりと包み込んだ。

そしてあまり間隔をおかず、ジュリエはゆっくりとその左手を上下に動かし始める。

「……痛かったら言って……」

そのため彼女の表情は目に入らない代わりに、俺の視界は美しい金髪でほぼ埋められた。

（ジュリエの髪、やっぱりいい匂い……！）

ふわりと漂う甘い香りとともに、さらりとツインテールが優しく触れる。

髪を結っていることで露《あら》わになったうなじは、幼さを感じる身体を忘れてしまうほど色っぽい。

視界に入ったそんな光景だけでも十分興奮が煽られたのだけれど、ジュリエは更に俺を高まらせることを言った。

「あの……一応、ルステラに色々聞いたけど……これで、いいの……？」

想像だにしなかったいじらしい言葉と、こうした事態を想定してくれていたという嬉しい事実。

すべすべで少し冷たい指の感触と、こみ上げてくる気持ちが合わさって、今度は俺が身体を震わせる番だった。

「う、うん。気持ちいい……ぅっ……ふぅ……っ……」

優しい奉仕が心地よく、つい腰や肉棒自体も動いてしまう。

その度に彼女の手は少しだけ止まり様子を見るようにした後、改めて穏やかに行為を再開してくれる。

「……」

沈黙の中に感じる気遣いと、身体に当たるさらさらのツインテール。

少しずつ俺のほうに寄りかかってくる彼女の身体の感触。

堪《たま》らなくなった俺は、彼女の許可も得ずその身体に手を回してしまっていた。

「ちょ、ちょっと……！　んっ……」

ジュリエの背中越しに左腕を回し、まずは露出した太ももを触る。

すべすべの感触と見た目以上にむっちりとした肉感。

そして小さく抗議するだけで、決してそれを拒まない彼女の態度が堪らず、ついに先走りを漏らしてしまう。

「ぁ……」

ジュリエはそれに気づいたらしく小さく声を出すが、手淫は止まらない。

むしろ先走りによって滑りは増し、いつの間にか彼女の左手は玉袋を揉《も》み始め、竿は右手によって強く扱《しご》き上げられ始めていた。

「うぁ……ジュリエの手、気持ちいい……！」

本当なら高級宝飾品を作るのに使われるはずのジュリエの手。

それが俺の男性器を悦《よろこ》ばせるために使われている。

その事実に高ぶった俺は、とうとう彼女の服に手を入れ、控え目な乳房を思い切り揉みしだいてしまった。

「んっ♡……ちょっ……と……♡」

ジュリエがびくっと身体を跳ねさせ、同時に甘い吐息が漏れる。

けれど彼女は俺の手を払い除けることも、手淫を止めることもしなかった。

(良いってことだよね……！)

その様子に鼻息を荒くしながら、俺はますます大胆に彼女の胸を手のひらで堪能させてもらう。

「はぁっ……♡はぁ……っ……♡」

見た目とは裏腹にしっかりと備わった乳肉は瑞々《みずみず》しく、ぷりっとした張りで俺の手を押し返してくる。

確かに女性の色香と魅力を備えた乳房を好き放題すれば、当然ますます先走りも分泌されてしまう。

「ねばねば、漏らしすぎ……でしょ……んっ……はぁっ……」

「だって……ジュリエがすごいから……っ……」

「そっ、そんなこと言われても……困る……っ、はぁっ♡んっ♡」

抗議の声があがるが、彼女の身体と手淫が素晴らしいのがいけないのだ。

俺は抗弁の代わりにジュリエの胸の先端へと指をかけた。

「ぁんッ♡」

硬く凝《しこ》った乳首を弾《はじ》くと、彼女ははっきりと嬌声を上げる。

小柄で華奢《きゃしゃ》な身体付きを考慮したら、到底あげてはいけない声だ。

けれどだからこそ俺は火がついてしまった。

「ひゃ!?」

俺はもう一方の手もジュリエの胸元へ潜り込ませ、驚く彼女に構わず二つの乳首を責め立てる。

「ちょっ！　んっ♡やんっ♡あっ♡そこ触っていいなんて……っ♡あ、だめっ♡こらっ、ぁんっ♡」

いやらしく身体をくねらせ、牡《おす》の身体にツインテールをぶつける宝石商会の会長。

それは牝《めす》の色香を振りまき、男を誘うダンスそのものだ。

顔をこちらに向けていないからこそ見える項《うなじ》までもが、俺を高ぶらせた。

「あっ♡あっ♡あっ♡あはぁっ♡」

俺が乳首を責め立ててから彼女の手淫は止まっている。

その敏感さが愛おしく、更に指を激しく動かしたのだが。

ジュリエは負けず嫌いでもあったらしい。

「んっ♡ふぅっ♡ぶ、部下のくせに……生意気……ッ」

彼女は身体を震わせながらも、先ほどとは段違いの激しさで手淫を再開した。

裏筋を指の腹で責めながら、鈴口に手のひらを押し付けてぐりぐりと刺激する。

膣奥で感じるものとはまた違った衝突感が堪らなく気持ちいい……！

「くっ！　ううっ……！」

「き、気持ちいいんだ……っ……あっ♡ふ、ふふっ、このまま出しちゃえ……」

楽しげに肉棒を責めながら、ジュリエは更に続ける。

「君は、んっ、足でも出しちゃう変態さんなんだから……ほ、ほらっ早くだせ……っ♡」

罵倒っぽい言葉のはずなのに、その吐息はとても甘い。

そんな彼女の様子に筆舌に尽くしがたい気持ちがこみ上げてくる。

そして俺はその気持ちをぶつけるように、硬く凝《こご》ったジュリエの両乳首を摘み、ほじくり、弾いた。

「あっ!?　や、やめっ……♡あっ♡あっ♡だめっ♡だめっ♡」

強めの刺激にも反応を示す彼女の身体。

大きくなっていく嬌声とともに、ジュリエの手元はますます大胆になった。

細い指が肉棒に絡みついていやらしい音を立て、カリを執拗《しつよう》に責め立てられたところで、いよいよ限界がやってきてしまう。

「くっ……そんなにしたら……出る……！」

「はぁっ♡あぁっ♡だ、だせっ……♡だしちゃえ……ッ♡」

次第に獣欲に支配されていく中ではあったが、ジュリエの楽しげな声にはどこか一矢報いたいような気持ちがこみ上げる。

だから俺は、今までよりも少し強めに彼女の乳首をすりつぶし。

「ひぐッ♡うぅッ♡つ、つよすぎっ♡あうぅうッ♡」

ジュリエの色っぽい項《うなじ》に顔を埋め、彼女の甘い香りに浸りながら。

「だ、だめ……ッ♡だってぇっ……あ、ちくびッ♡い……クッ……♡♡♡」

「俺も……でる……ッ」

絶頂の反動で握りしめられた肉棒から、思い切り精を吐き出した。

——ビュルルルッ!!　ドビュッ!!　ビュッ!!　ビュウウウッ!!

自分でも驚くような勢いで、宙空に放たれる白濁液。

ジュリエの頭越しに机の上の書類の一部を汚してしまうのが分かったが、それでも始まった射精を止めることはできず、俺は快楽に身を任せてしまう。

「あっ……！」

ただ絶頂に腰を震わせるジュリエはそうではなかった。

焦ったように声を出し、俺の股間部へ顔を埋めたかと思うと。

「んむっ！」

その小さな口で、亀頭を頬張ってしまったのだ。

「くぁッ!?　じゅ、りえ……っ？」

温かい場所で包まれる快感と衝撃に俺は驚くが、それで射精が止まるはずもない。

俺の肉棒はジュリエの口内も容赦なく白濁液で満たしていく。

「んッ！　んんん……ッ……んくっ……んくっ……」

それればかりか彼女が精を飲み下してくれることが分かると、追い打ちをかけるかのようにもう一度射精をしてしまっていた。

——ドビュドビュッ！！！　ビュルッ!!　ビュルルルッ!!

「んむぅッ!?　んんっ……！　んくっ……んくっ……！」

けれどジュリエはその不意打ちも受け止め、ごくごくと喉を鳴らす。

「ちゅっ……んっ……ちゅぱ……っ……」

あまつさえ、時々優しく亀頭を撫でるように舌をつけてくれるのだ。

かつて俺の肉棒を足蹴にした女性の行動とは到底思えない。

だからこそその奉仕がもたらす悦びは大きく、ついつい正直な感想が漏れてしまう。

「ああ……ジュリエの口、すごく気持ちいい……」

ジュリエは俺のだらしない感想に返事はしなかった。

けれどたっぷりと俺を快楽に浸らせた後、俺の肉棒を解放してくれた。

「ぷあっ……♡はぁっ、はぁっ……」

しかし俺は、肉棒の熱が収まったわけではないことを感じていた。

下腹部に埋められた彼女の後頭部によって見えはしないが、それでも彼とは長い付き合いだ。

だからペニスがまだ硬度を保っていることだけは分かったのだ。

（ジュリエとしたい……！）

俺の欲望は単純だった。

けれど、肉棒が硬いままという状況はジュリエにとって好ましくないものだったらしい。

「……やっぱり、わたしじゃ駄目ってことじゃん……」

倒れ込ませていた身体を上げ左隣へと戻った彼女と久しぶりに目が合うと、美しいワインレッドの瞳は潤んでいた。

「えっ……？」

その様子に困惑する俺に、ジュリエは続ける。

「……聞いたもん。白いの出たのにこれってことは、満足できてないってことだって。つまり、君はわたしじゃ物足りないんでしょ……。おっぱいも小さいし、酷いことも言うから当然だろうけど
……」

一体何という勘違いだろうか。

俺はとんでもない誤解に衝撃を受けると共に、彼女がそれを残念がってくれていることが嬉しくて堪らなくなった。

だから俺は、欲望に忠実になることを躊躇《ためら》わなかった。

「ひゃッ!?　ちょ、ちょっと……何……!?」

羽のように軽い彼女を抱え上げ、そのまま布団へと直行する。

汚れてしまった書類は後回しだ。

「え、ど、どうしたの？　怒った……？」

困惑するジュリエをなるべく優しく寝かせ、残った理性を振り絞って言葉を出す。

「全然怒ってない。でもそんなこと言われたら、俺もう我慢できない……！」

「へ？」

ジュリエが珍しく間抜けな声を出す。

でも興奮しきった俺に、詳しい説明ができるほど余裕なんて無い。

だから俺は乱暴にも、ぐいっとジュリエの小さすぎるパンティを横にずらすことで意思を伝えてしまった。

「……!!」

先ほどの絶頂で、すっかりずぶ濡れになっているジュリエの花びら。

俺は言葉の持ち合わせがないまま、そこへパンパンに張った亀頭を押し付けた。

牝の口からくちゅっという音をさせた彼女は、大きな瞳を何度も瞬かせた後、みるみるうちに頬を染めていく。

「こ、こんなぺったんこで、嫌味しか言えない女にも発情するなんて……ほんっと変態じゃん……」

お馴染みの皮肉をこぼしつつも、彼女は逃げ出す様子一つ見せなかった。

パンティも直さないばかりか自ら股を広げていく。

「そっ、そんな変態さんは取引先として、信用できないから……。今から、追加の試験……出す」

そしてしっかりと女性器を俺に晒した後、彼女は顔を背けた。

「ふ、踏まれても出しちゃうような、アリストくんの硬いので。わたしを先にイカせられたら……合——」

美少女上司の言葉は最後まで続かなかった。

甘美な試験内容に、俺はもう我慢の限界だったからだ。

「か、く……ッ……あああぁッ♡♡♡」

ジュリエの嬌声とともに、みちみちと俺の肉棒によって蜜壺が拓《ひら》かれていく。

誰も入ったことのない場所であることを証明する関門を破りつつ、俺は美少女上司を力強く抱きしめた。

「んむっ!? ……ちゅっ……ぇろっ……♡」

ぷるんとした唇に口づけをすると、ジュリエは腰を反らしながら俺へと絡みついてきた。

細い両腕は俺の背中へ回り、硬く凝った乳首と薄めだが柔らかな乳肉が押し付けられる。

無論、絡みつくのはそうしたものだけではない。

（くぉ……すっごい……！）

彼女の下腹部にある、狭く熱い蜜壺もであった。

ぎゅうっと肉棒を抱きしめるように締め付け、同時にたっぷりと愛液をまぶしていく。

しばらく互いの身体を感じあいながらキスを終えると、美少女上司の暇になった唇からお小言が始まった。

「はぁっ♡はぁっ♡は、はなしをさいごまで、きかないと――」

しかし部下の俺は、そんなもの聞いていられない。

何故なら強固な意見を持っていたからだ。

「ジュリエが可愛いから無理……っ！」

「あっ♡つ、つよいッ♡ばかっ♡いきなりつよくするのはだめっ♡だってぇっ♡」

無論、異議申し立ても受け付けるつもりはない。

優秀な部下は時に先回りして納得させることも必要なのだ。

間違いだらけであろう勝手な判断を元に、俺はジュリエの乳首に吸い付いた。

「ちゅううっ！」

「あっ♡吸うのだめっ♡それはっ、減点にっ♡するからっ♡あっ♡だめだめっ♡」

彼女の身体にある器官のうち、俺の提案に駄目だと言っているのはきっと口だけだ。

何故ならジュリエの腰はがくがくと上下へ躍り、早くもその最奥を俺の鈴口へ擦りつけてきているし、いつも放り出している魅力的な脚は俺の腰を挟んだまま離さない。

「あッ♡ゔッ♡お、おぐッ♡つきすぎ……ッ♡」

「ジュリエが離してくれないから……っ……そのせいだから……！」

「そっ♡そんなこと、ない……ッ♡ありすとくんがっ♡らんぼうなだけ……ッ♡」

ぴゅっと愛液を吹きながら言われても、まったく説得力は無かった。

だから俺は、更に奥へ奥へと肉棒を叩きつける。

「んッ♡あっ♡あああっ♡かたいのっ♡おしつけすぎッ♡こんな乱暴なのじゃ、わ、わたし、イカな――」

明らかな強がりが可愛らしくて、だからこそ俺は乳首に再び吸い付いて膣壁をえぐる。

「いぎぃッ♡♡♡らめらめぇッ♡♡」

途端にぎゅうっと膣壁が締まり、噴水のように愛液が吹き出した。

がくがくと痙攣《けいれん》する彼女の身体を見れば、絶頂したのは明らかだし、強めのセックスが好きなのも瞭然だ。

「合格……？」

けれど俺の愛すべき上司はとても頑固だった。

「はぁっ……はぁっ……♡い、イッれないもん……♡とりひき、ちゅうし……っ……♡」

なんて身勝手でいじらしいことか。

俺はますます彼女の魅力の虜《とりこ》になって、少し乱暴なセックスを続けていく。

「こんなに出して……イッてないなんて……嘘でしょっ！　ジュリエっ！」

「イッれ、ないっ♡あ、ありすとくんの、へんたいち×ぽにイカされたりなんかっ♡あっ♡し、しないもんっ♡」

ジュリエが必死に否定すればするほど、俺の腰は激しいピストン運動を繰り出すようになる。

ぱんっぱんっと音を立て、小柄な女性の身体を何度も反り返らせる性交。

「あゔッ♡ち、ち×ぽっ♡だめなとこまできてるッ♡ひ、ひどすぎっ♡～～～～ッ♡♡♡」

「ほら、また出てるよっ！　ジュリエっ！」

「だ、だしてないッ♡かんちがいっ♡ばかっ♡ああぁっ♡ねじこんじゃら、めッ♡あ……ッ♡♡♡」

とても初体験の女性を相手にやるものじゃないとは思うけれど、明らかに悦ぶジュリエを前にしたら、どうしたってやってしまうのだ。

「あっ♡ああっ♡ふかすぎっ♡ごりごりっ♡ごりごりずるいっ♡ばかぁっ♡」

「はぁっ……はぁっ……！　だって、ジュリエの膣中《なか》、気持ち良すぎて……やめらんない……っ！」

「あっ♡へ、へんたいっ♡へんたいぃッ♡ばかっ♡ああぁっ♡ちくびもだめって言ってるのにぃッ♡」

彼女の膣壁が締まり始め、小刻みに震えだした。

それはジュリエの絶頂が近いことを示していることは既に分かっている。

「ほら……イッて……！　ジュリエっ！　気持ちよくなって……！」

「気持ちよくなんれ……っ♡ならないッ……からっ♡部下のち×ぽでなんてっ♡イカない……ッあ♡」

それでも頑固な上司を説得するため。

今度は彼女の乳首を思い切りつまみ上げながら、肉棒で膣中をめちゃくちゃにしていく。

「イッれ、ないっ♡い、イッれ……あっ♡い、イクッ♡イクッ♡」

するとついに、ジュリエの口から絶頂を告げる言葉が漏れ出した。

あられもない顔をしながら布団の端を握りしめて喘ぐ様子に、もはや嘘はない。

「はあっ！　はあっ！　ジュリエ……ッ！」

「い、イクッ♡イクイクッ♡ちくびいくッ♡ま×こイグッ♡イグイグッ♡むりぃいッ♡♡♡」

いよいよブリッジのように身体を反らせるジュリエ。

「はぁっ……♡はぁっ……♡い、イッちゃっら……♡ありすとくんにイカされちゃった……っ……♡」

焦点の定まらない瞳で、ようやく自らの絶頂を認める試験官。

けれど合格だけが性交の終わりではない。

試験が終われば、いよいよ性欲に溺れる時間なのだ。

だから俺は無言のままジュリエの両脚の膝裏を押さえつけ、そのつま先を布団へと着地させる。

「ぁ……アリストくん……ほ、本気……？」

正常位からお尻を上げ、天井に肛門を見せつけるかのような体勢だ。

無論、結合部もそこから溢れる愛液も、今の彼女には丸見えだろう。

だからこその言葉だったと思うが、俺はもう止まる気はなく、中腰のままジュリエの蜜壺の最奥へとピストンを再開する。

「あッ♡おッ♡も、もうイッたからぁっ♡こ、こんなのらめぇっ♡ぱんぱん、ゆるしてぇッ♡」

「ゆるさないッ！　嘘つきにはおしおきだよ……っ！」

あんなに男を煽ったのだ。

俺はジュリエに牡として証明をしなきゃいけない。

「ご、ごめんなひゃいっ♡わらひがわるいこ、でしたぁっ♡だからっ♡わたしのよわいま×こ、ずぶずぶやめてぇっ♡つよいち×ぽされたらっ♡へんになるからぁッ♡」

「そんな可愛い顔したってだめ……っ！　ジュリエの身体、好き放題させてくれないと許さないから……っ！」

「う、うそっ♡わ、わたひかわいくないもんっ♡うそつきでっ♡ぺったんこらもんっ♡ありすとくんのっ♡このみじゃないもん……っ♡」

そして分かってもらわなければいけないのだ。

彼女が魅力的な女性だから、俺が夢中になっちゃってるんだって。

「そんなことないッ……！　ジュリエとなら毎日だってセックスできるよ……ッ！」

「あッ♡こ、こんなのまいにちされたらっ♡くるっちゃうよぉッ♡ありすとくんのち×ぽ馬鹿になっちゃうッ♡」

「っ！　……なら、今からそうする……ッ！　いっぱい射精《だ》して……逃さないからっ！」

なんと身勝手な宣言か。

しかしジュリエの膣壁はそれを歓迎するかのように締まる。

同時に彼女自身からは、半ば叫び声のような嬌声があがった。

「ら、らしてぇっ♡わらひのま×こっ♡すきほうだいしてっ♡くださいっ♡してぇッ♡」

「出すよ……ッ！　ジュリエ、イクよ……ッ！」

「ありしゅとくんっ♡しゅきっ♡しゅきぃっ♡ずっとそばにいてぇっ♡いつでもつかってぇッ♡」

ジュリエの蕩《とろ》けきった声が、脳天を直撃する。

そしてそれは、なんとかせき止めていた性の濁流を解放してしまうのに十分だった。

「ジュリエッ……！」

——ビュルルルッ!!　ビュクビュクッ!!　ドビュルルッ!!

迸る精が蜜壺を蹂躙《じゅうりん》すると、同時にジュリエの身体も脈打つ。

「いぎゅううぅッ♡♡ありすとくぅんッ♡♡♡すきぃッ♡♡」

押さえつけられているというのに、彼女の魅惑の身体は何度も跳ね上がり、その度に自ら子宮口を俺の鈴口へと当ててくる。

もっともっとと精をねだるかのような動きは、処女を散らしたばかりの美少女が見せるにはあまりに淫靡《いんび》。

俺はたまらず彼女の脚を押さえていた手を離し。

「ジュリエっ……！」

今度はジュリエを強く抱きしめながら、改めて射精をする。

――ドブドブッ!! ビュクッ!! ビュルッ!! ビュルルッ!!

「んはぁッ♡♡♡またきてるぅっ♡♡♡いぐッ♡イグぅうっ♡♡♡」

身体の全てを密着させながら、俺と彼女はその後も何度かの絶頂を共に過ごす。

やがて落ち着いたのは、ジュリエの膣中《なか》からおびただしい量の淫液が溢れ出した頃だった。

「ちゅっ……ちゅぱっ……♡えろっ……んむっ……♡」

ゆったりとしたキスを終えて。

互いの顔を見合った時、そのあまりの様子にどちらともなく俺たちは笑ってしまった。

「汗だく……じゃん……ふふっ」

「あはは……。でも、ジュリエもだよ？」

額に張り付いた前髪や、服が乱れ放り出されたままの乳房。

いつも身なりを整えているジュリエからすると、随分とだらしない。

（でも……この姿を見られてるのが嬉しい……！）

ニマニマと頬を緩めた俺に、ジュリエは口を開く。

「……あ、あのね、アリストくん」

今までとは違う呼び方をしてくれる彼女。

上司でもなく仕事相手でもなく、一人の美少女としてのジュリエがそこにいた。

「わたしが可愛いってほんと……？」

「もちろん」

即答した俺に、彼女は泣き笑いのような表情になる。

そして、しばしの逡巡《しゅんじゅん》の後。

「アリストくんも、すっごくカッコいい、よ……？」

今日一番嬉しい言葉を返してくれた。

至近距離で言ってもらえた言葉に当然どきんっと俺の胸は高鳴る。

ただ、俺が反応を示したのは胸だけじゃなくて。

彼女に挿入《はい》ったままの肉棒もであった。

「あ……やっぱりカッコよくないかも……」

「ご、ごめん……」

あっという間に前言撤回されたことで、今度は俺が苦笑する。

でもそんな俺に、ジュリエはもう一度素敵な秋桜を見せてくれた。

「アリストくんの馬鹿♡嘘に決まってるじゃん……♡だからかっこいいち×ぽで、嘘つきにおしおき……シて♡」

汚れた書類の修正は翌日に持ち越されたけれど。

「あっ♡あっ♡ああっ♡ありすとくんっ♡すきっ♡すきぃっ♡」

「俺もだよ……！　ジュリエっ……ああっ、また出るッ……！」

「きてッ♡きてぇええッ♡♡♡」

その日はとっても気持ちいい残業がまだまだ続いたのだった。


雲ひとつない快晴の朝。

ついに温泉付き宿泊地として開業したプリウォートの玄関口では、スケスケの和装に身を包んだ女性達が丁寧なお辞儀をしていた。

「「「ご利用ありがとうございました」」」

そのお辞儀に見送られるのは、朝食を終えた宿泊客達だ。

「温泉、すごく良かったです！」

「また絶対来ます！　予約できれば、ですけど！」

「私は休みも勝ち取らないと……」

それぞれの事情を口々に語りつつ、女性客らは笑顔を残して歩きだす。

そんな彼女らの後ろでは、ウィメへと戻る馬車が他の宿泊客を乗せて次々と出発していた。

「キュ～～」

「キュ、キュゥウッ！」

馬車を引く丸うさぎ達が可愛らしく挨拶をしながら去っていくと、満杯だった停車場は数台を残して空になる。

そしてウィメを目指す最後の馬車が林の中に見えなくなったところで、見送りの女性らはふぅと息をついた。

「いやはや……凄い数のお客さんだったね」

誰ともなく零した言葉をきっかけに、彼女らの雑談が花開いた。

「ほんとにね。停車場が一杯になるなんて思ってもみなかった」

「エマリーナさん。もう少し停車場大きくしたほうがいいかもしれませんね」

そのうちの一人が『女将《おかみ》』として宿泊地を切り盛りするエマリーナへ話を向ける。

「ええ。今リリム達と相談しているわ。馬車の出入り口の下草も邪魔にならないように……と思ったのだけれど。ふふ、そっちは心配なさそうね」

エマリーナは停車場からウィメへと延《の》びていく道にちらりと目をやって、くすっと笑う。

彼女の言葉に、他の女性らも同じようにした。

「確かに」

「馬車が代わりにやってくれていますね」

停車場の下草刈り。

それは、かつてのバンドンではとても馴染み深い仕事であった。

しかし温泉地として開業してわずか二週間で、女性達がその仕事をこなすことは無くなった。

何故なら宿泊客を乗せた大量の馬車がひっきりなしに行き来するために、そもそも草が生い茂る猶予がなくなったからである。

「そういえばエマリーナさん、予約は向こう半年満杯なんでしたっけ？」

「ええ、昨日で一旦打ち切りにさせてもらったわ」

エマリーナがそう言って女性らに頷《うなず》くと、自然と拍手が巻き起こった。

同時に彼女らはバンドンの変貌に喜びの声をあげる。

「バンドンがこんなに人で一杯になる日が来るなんてねぇ」

「まさか下草刈りがいらなくなるなんて思わなかった」

「ほんとね。少し前の自分に言っても、絶対信じないと思う」

やがて彼女らの話題は、この変革をもたらした人物へと移った。

「それもこれもアリスト様のおかげですね」

「あの御方は私達の暮らしをほんとよく見てると思う。お風呂に女を入れてあげようなんて、普通の男性じゃ絶対思いつかないもん」

忌むべき黒い水を自らが開発した石フィルターによって濾過し、女性らからすると贅沢の代名詞とも言える『風呂』を作るという発想。

誰もが想像できなかったその概念を、下着のデザイン画を大量に作ったことで向上した画力によって表現して女性達に提示し、更に自ら率先して労働力となってその実現に尽力。

短期間で図面製作技術まで身に付けたアリストを見て、

『いやいや！　俺はただ絵を描いて、雑用を手伝っただけだって！』

などという本人の談に納得する女性などいまや一人もいなかった。

「それにご招待旅行だっけ？　あれも良かったよね」

「うんうん！　流石《さすが》だなぁって思った」

開業にあたり、混乱を避けるためアリストの存在や彼のバンドンへの関与は秘匿された。

一方でバンドンが忌み地であったことは公表されている。

その方針は、イルゼによって提案されたものであった。

『名誉回復の名目で領主として大手を振って手厚い支援ができますし、各所の注目も集められますわ。男性を集客に用いたという批判も躱《かわ》せるかと』

こうして大きな後ろ盾を得ることになったバンドンは、アリストの提案と領主勢力の全面的な後押しの下《もと》、開業に先駆け『ご招待旅行』と称してバンドン体験会を開催。

その対象になったのは、ウィメにおいて流行の発信者として影響力を持つ女性らだ。

そしてその施策が呼び水となり、結果として異世界初の温泉地は今最も人気を集める場所へと変貌したのである。

「第一商店街の大店の店長さん、大体来てたもん。流石は商業ギルド長のお声掛けって感じ」

「あとあと『氷の院長』さんまで来たよね。あれはびっくりした……」

「でも思ったより優しかったし、お風呂入ってふにゃふにゃになってるの可愛くなかった？」

「「あれは可愛かった！」」

女性らの会話は姦《かしま》しく弾《はず》むが、エマリーナが続けた言葉がそれらをさっと静かにした。

「じゃあ皆。アリスト様に感謝して、お仕事に励みましょう」

それは私語の時間を終え仕事に戻る合図でもあった。

しかし女性達に訪れた沈黙はそれだけが理由ではなかった。

その証拠に、口を閉ざした女性らは一斉にそわそわとし始める。

「……あの、アリスト様といえば………」

「え、エマリーナさん。例のお話、本当ですか……？」

「その、『水の儀式』の『神子《かみこ》』をやっていただけるって……」

期待と不安が入り混じった表情を浮かべる女性達。

そんな彼女らにエマリーナは頬を染め、ゆっくりと頷いてみせた。

「……ええ」

「「「……ッ……」」」

女性らはその言葉に一斉に息を呑み、奇妙で落ち着かない沈黙が周囲を支配する。

しかしそれを改めてエマリーナが切り裂いた。

「では、戻りましょうか……♡」

女性達はその言葉をきっかけに、浮わついた歩調でプリウォートへと戻っていくのだった。


真昼を少し過ぎた頃。

完成したばかりの温泉に併設された脱衣所には、多くの従業員女性が詰めかけていた。

全ての宿泊客が帰った今は、元々従業員が温泉を好きに使ってよい時間だからだ。

とはいえ、今日の脱衣所はいくつかの点で奇妙であった。

「「「……」」」

まず第一の奇妙な点は、集った女性達は一様に服を着たまま、室内のある場所へ向かって一直線に並んでいることだ。

室内に服を入れるための棚は無数にあるにも関わらず、列をなした彼女らは一切脱衣を始める様子がないのだ。

そして第二の点は、その列の開始点にいるのが男性のアリストであるということだ。

（……アリストさまだ……）

（や、やっぱりかっこいい……）

自身に向けられた熱い視線に対し、一方のアリストは所在なく視線を彷徨《さまよ》わせる。

（女性の脱衣所に立たされるっていうのは、想像以上に妙な感覚というか……）

そんな彼の隣に立つのはエマリーナだ。

ほとんどお尻を丸出しにする過激な和装に身を包んだ彼女は、アリストに寄り添いながら声をかけた。

「アリスト様、始めてもよろしいでしょうか？」

女性達のひそひそ声はぴたりと止み、誰もが彼の返事を待つ。

空気が止まったような沈黙の中、アリストはややぎこちなく頷いた。

「は、はい。俺は、大丈夫です……！」

彼はそう言いながら作業着のズボンのポケットを探り、木製の水筒のようなものを取り出し、それをエマリーナへと手渡した。

豊かな胸の前でそれを受け取った彼女は、列をなした女性達へ穏やかに告げる。

「それでは今から『水の儀式』を開始します」

その言葉を聞いて、列の先頭にいた女性が一歩前へと進み出た。

緊張に震える彼女の声が響く。

「おっ、おねがひ、しましゅ……っ……」

そしていよいよ脱衣所内の奇妙さは頂点へと達した。

「えっと……それじゃあ、失礼します、ね……」

頬を染めたアリストはそう言うと、おもむろに彼女の服を脱がせ始めたのである。

「……っ♡」

女性はその行為に小さく身体を震わせたが、直立の姿勢のまま一切の抵抗を示さなかった。

やがて彼の手の動きによって、ツンと上向きの乳房や、一切毛のない割れ目が衆人環視の中で明らかになる。

無論、彼女を裸にしていったアリストの視線も否応なくそれらを辿っていく。

現代世界なら嫌悪感を覚えてもおかしくない状況だが、異世界で生きる彼女を支配したのはそれではなかった。

（あぁ……アリスト様が、私の身体を見てくださってる……♡）

彼女の胸を一杯にしたのは『アリストに裸を見てもらえる』という奇跡に対する悦びだ。

その証拠に乳首は分かりやすく勃起し、その内ももにはいくつもの透明な筋が下りていく。

「ぁっ……♡はっ……♡」

頬を上気させ、隠しきれない性的な悦びを表現する女性。

しかしアリストの行為に反応をしたのは何も彼女だけではない。

列に並ぶ女性達も自身の番を想像しその股ぐらを潤ませていたのだ。

（っ……♡）

（……本当に、脱がせていただけるんだ……♡）

明らかな期待と性の光が灯る女性達の瞳。

熱い視線を注がれるアリストに、エマリーナは受け取った木製の水筒を開け、そっと中身を彼の手のひらへと注ぐ。

それは花の香りを纏《まと》う、粘性の高い透明な液体だった。

そしてアリストはそれをぎこちなく手のひらで擦り合わせた後。

「じゃ、じゃあ……」

そのまま露わになった女性の乳房へと塗り付け始めた。

「あはぁんッ♡」

男性に生の乳房を触られ、ついに大きな声で喘ぐ彼女。

しかし女性の嬌声はそれだけでは済まなかった。

アリストの手のひらはぬるぬるとした液体をまといながら、彼女の乳房をめちゃくちゃにしていったからだ。

「んぁっ♡あああっ♡あっ♡あっ♡」

硬く凝《しこ》った乳首は彼の手のひらで何度もこすられ、張りのある乳房は何度もその形を変える。

「はぁっ♡はぁっ♡あっ♡あ、ありすと、さまっ♡はぁっ♡ああっ♡」

ぬめった液体にまみれたことで妖艶に光りだす乳肉が、幾度目かの鷲掴《わしづか》みの犠牲になった後。

滑りよく動くアリストの指が、彼女のそそり立った乳首を摘んだ。

「ぁあっ!?」

驚きの声をあげる女性。

しかしそれは次の瞬間、激しい牝の叫びへと変わる。

彼の指が主張を絶やさなかった乳首を思い切り擦りあげたからである。

「あぅっ♡んぁあああっ♡♡♡」

びちゃびちゃっという音とともに、つま先立ちになった女性の太ももが不規則に震える。

奇妙な沈黙と、肩を大きく上下させる女性の吐息が、しばらく脱衣所を支配した。

「はぁっ……♡はぁっ……♡はぁっ……♡」

そして彼女の熱い吐息が収まった頃を見計らい、その肩にそっと触れたのはエマリーナだ。

「じゃあ、お風呂へ入ってお祈りを。足元に気をつけて」

「は、はぁい……♡」

優しい微笑みに女性はこくこくと頷いた後、恍惚《こうこつ》とした表情でアリストを見る。

そして緩んだ口元をそのままに、彼へ御礼を述べた。

「洗礼、ありがとう、ございました……♡水神様へお祈りにいきます……っ……♡」

アリストは温泉へと消えていく彼女を見送りながら、改めて思っていた。

(これが商売繁盛の儀式って、異世界はやっぱりすごいよ……)

『神子《かみこ》』という役割を担当する人物に服を脱がせてもらい、商売に関連する水をその肌に浴びる。

水の儀式と呼ばれるこの催しは、この世界では一般的に行われる験担《げんかつ》ぎの儀式であった。

女性の服を脱がす神子は、商売の責任者あるいは従業員の推薦によって選ばれるのが通例だ。

となれば、女性達の推薦先は一つに絞られるのは明らかであった。

(まさか俺になっちゃうとは……いや、役得なのかもだけど!)

彼としてはエマリーナやジュリエが適任なのではと意見したのだが、その意見が受理されることはなかった。

彼女らにとってアリストの貢献度は明らかだったし、女性らの下心がこの機会を逃そうとしなかったからだ。

『そ、そうじゃな！　うんうん！』

『アリスト様、バンドンのために是非……♡』

それに水の儀式は各地で微妙に作法が違い、バンドンでは脱衣後は特製のローションで乳房をマッサージされることまでが含まれていたのである。

もはや女性らがアリストを神子に推さない理由など、どこにも存在しなかった。

無論、この作法を下心とともに捉えていたのはアリストも同じである。

(女性を脱がせて、ローションで揉みしだいていいなんて、最高すぎるよ!)

普段は一緒に働く女性らを自らの手で裸にし、その乳肉を好き放題できるのだ。

彼が喜ばない理由もまた存在しない。

ただ一方でアリストは自身を律そうとはしていた。

(い、いかん! これは験担ぎの大切な儀式だ。だから性欲に呑まれたら神様に失礼なわけで……)

加えて、ジュリエとルステラは現在ウィメへ出張中だ。

この件で良い思いをしてしまうのは、どこか後ろめたさを感じていた。

だから彼はあくまで儀式としてやりきるべきだ、という感情が大きかったのである。

けれど……。

「「「「……」」」」

彼の眼前には今、裸体を喜んで献上しようという女性達が列をなしている。

そして神子の補助を担当するエマリーナは、彼に次なるご馳走を提供しようとするのだ。

「アリスト様。次の娘をお願いしてもよろしいですか?」

もはやアリストは自分の股間の膨らみを隠す余裕すら無かった。

彼はごくごく当たり前に性欲旺盛で、とても健康な男性なのだから。

「……じゃあ、次の方どうぞ……っ！」

鼻息荒く次の贄《にえ》を求めるアリスト。

そして女性達もまた喜んで自らの裸体を捧げていく。

人間らしく、誰一人不幸にならない儀式がいよいよ始まったのだ。

「んぁッ♡あはぁっ♡お、おちち、いくッ♡♡♡」

「いぐっ……♡ッ♡♡♡」

そこらはローションが踊る水音と、次々とあがる女性の嬌声に支配された。

アリストの手が乳房を這い回り、淫靡の園には絶頂の花が咲き乱れる。

「……ッ♡……っ♡……ぉッ♡♡♡」

「あっ♡ちく……っ、びぃ♡こすれて……ぇっ♡♡♡」

儀式を受けた女性らは温泉でローションと蜜を落とし、自分の部屋へと戻っていくのが規則だ。

だから女性らはその規則に従い、身体の水気を取ると足早に脱衣所を抜けていく。

(((は、早く帰って……アリスト様でシたい……♡)))

無論、部屋に戻った女性らは自主的な『儀式』を欠かさなかった。

アリストの不自然に盛り上がったズボンや、先走りで濡れたその先端が彼女らの目に焼き付いていたからである。

「あっ、アリスト様……失礼、します……！」

やがて最後の女性が温泉で身を清め、脱衣所から出ていく。

しかしそれを見送ったアリストは頷くので精一杯だった。

(もう頭おかしくなりそう……っ……!)

かつてないほどに勃起した肉棒は、今や服を突き破らんばかりだ。

アリストの補助を務めたエマリーナにもそれはずっと目に入っていたし、彼女の股ぐらも儀式の途中から洪水状態であった。

しかしながら、彼女はなんとか涼しい顔を取り繕う。

「儀式はこれで終了です。アリスト様、本当にお疲れ様でした」

「はぁ……はぁ……お、おつかれさま……です……」

血走った目を隠せず、それでもなんとか理性的な振る舞いをしようとするアリスト。

そんな彼の様子に胸を高鳴らせつつ、エマリーナは言う。

「アリスト様も、温泉へお入りになられては?」

彼女は敢えて彼の肉棒には触れずに続けた。

その態度を見て、アリストはエマリーナに自らの欲望をぶつけることを堪える。

彼女は乗り気でないのだ、と思ったからだ。

「う、うん。そうだね……」

アリストは下腹部の熱をこらえつつ、温泉で気を紛らわそうと考えた。

そんな彼にエマリーナは女将らしい気遣いを見せる。

「では、その前に新しいお手洗いをご案内しますね。アリスト様にも使っていただいて、感想をお聞かせ願えれば担当者が喜びますし」

彼女の言葉に、アリストは疑問を覚えた。

そもそも脱衣所には当然お手洗いはついていたはずだし、増築するという報告も受けていなかったからだ。

（想像以上にお客さんが来たから足りてなかったのかな……？）

アリストが首を傾けると、がらりと脱衣所の扉が開いた。

音を立てたのは温泉側でなくプリウォート側からの扉だ。

そして入ってきたのは……。

「……アリストさま、お疲れ様……なのじゃ♡」

耳まで真っ赤なリリムであった。

アリストはそんな彼女の登場に、大きな声をあげてしまう。

「り、リリム!?　その格好……！」

何故なら彼女は既に全裸であったからだ。

たわわに実った肉弾を揺らしながら、リリムはアリストの前へとやってくる。

そして彼に意味深な視線を送った後。

「……」

黙ったままアリストに背を向けた。

（何を……？）

未だ戸惑いの渦中にあるアリストの前で、背中を向けたリリムは中腰になる。

そのまま彼女は太ももをガニ股に広げ、自らの両手で尻肉を左右へと開いてみせた。

可愛らしい美少女が、まるで排泄行為をするかのような品のない姿を男に晒したのだ。

「んは……ぁ……♡」

リリムはそうしながら甘い声を出し、更に尻をアリスト側へと突き出す。

すると更に尻肉は左右へと開き、ぬちゃっという音とともに、溢れかえった愛液が床へと滴り落ちた。

「……っ……！」

あまりの淫靡な様子に言葉を失うアリスト。

リリムは羞恥とアリストに全てを見られる快楽に身体を震わせ、牡に媚びる牝の声を出した。

「こっ、この穴が……新しい『お手洗い』なのじゃ……♡」

彼女の言葉に、アリストは手に持っていたローションの容器を取り落とす。

それを拾おうとして失敗し、彼の手のひらは容器に残っていたローション塗《まみ》れになった。

エマリーナはそれでも身体を硬直させたままのアリストに言う。

「アリストさま……♡私達はアリスト様がムラムラしたら、いつでも使えるお便所なのです♡」

ですから、と美人女将はアリストの後ろに回り、一気に彼のズボンを下ろしきった。

「ぁっ！」

びんっと存在を主張する牡の象徴がいよいよその姿を現す。

エマリーナはそれをうっとりと見つめつつ、衣服の全てを脱ぎ去った。

「どうか遠慮なさらないで……♡」

バンドンの女性らはアリストへ大きな信頼と尊敬を寄せている。

しかしながら、それでも一点だけ不満があった。

それはアリストが女性を慮《おもんばか》るあまり、我慢をしてしまうことだ。

彼女らにとってそれは嬉しくも哀しいことだった。

「私達で大きくしてくださっているのなら。どうかいつでもどこでも、お便所になさってください♡私達の穴は、どれもアリスト様のものなのですから……♡」

アリストは熟れた全裸を晒す美女の言葉を聞いて、ようやく気づく。

(変に我慢しちゃ駄目だったんだ……！)

自らの我慢は場合によっては女性の尊厳を傷つけてしまうのだ。

それほどに彼女らは自分を求めてくれている。

いつでもどこでも使ってくださいと言ってしまうほどに、アリストから襲いかかってほしかったのだと。

「わ、妾《わらわ》の穴、一生懸命お便所するのじゃ……じゃから……」

尻を向ける美少女の表情にやや不安げな色が浮かんだのが、その証拠だ。

だからアリストはローションに濡れた手のひらをリリムの乳房へぶつけ、今までで一番強引に彼女を貫いた。

「んおっ♡ぉほぉっ♡♡♡」

バックで叩きつけるように貫かれ、脱衣所にはリリムの濁った嬌声が響く。

それは彼女の深い官能を示していたが、アリストはそれに浸る時間を彼女に用意しなかった。

「ふーっ!! ふーっ!!」

粘性の高い液体によって滑りが良くなった乳肉を逃さないよう、果実を思い切り握りつぶしたからだ。

逃げ場をなくした乳肉がアリストの指を包み込み、同じく出口を見失った快楽がリリムの中で暴走する。

「ぉおんっ♡♡♡」

挿入から数秒で彼女は二度目の絶頂へと達した。

自らの意思とは無関係に跳ね回るリリムの身体。

(しゅ、しゅご……っ♡♡♡)

彼女の視界は一瞬で白飛びしようとする。

が、力強い牡はリリムに意識を失わせる暇すら与えなかった。

ここからが本番だとばかりに、いよいよ激しいピストンが始まったのだ。

「ふーっ!! ふーっ!! ふーっ!!」

「あッ♡あッ♡おッ♡ん おッ♡」

リリムの膣中《なか》には、まるで嵐が到来したかのようであった。

ぱんっぱんっという音が鳴る度に、彼女の最奥には暴力的に亀頭が押し付けられる。

（つよいっ♡つよいっ♡ぱんぱんっ♡つよいッ♡）

はじめは抵抗を見せたリリムの膣壁は、硬く張らせた彼のカリによって掻き分けられ、大量の愛液とともに肉棒を撫で回すのみ。

肉棒にひれ伏し、牡自身が思い切り精を吐き出せる土壌を整えることに一生懸命であった。

だがひれ伏したのはリリムの膣だけではない。

「ほ、ほじくりッ♡ほじほじっ♡あッ♡ぬるぬるほじほじっ♡だめっ♡」

乱暴にいじくり回される乳首もであった。

「リリムは……ぜんぶ……っ……俺のだからねっ！　はぁっ！　はぁっ！」

そして所有権を主張してもらえること。

それがリリムにとって堪らなく嬉しく、大きな快楽の源となった。

そんな彼女に今、一際深く彼の肉棒が刺さる。

「いッ♡あッ♡いぐッ♡いぐッ♡♡♡いぐぅッ♡♡♡」

三度目の絶頂がリリムを襲った。

彼女の脚がぶるぶると震えた時、彼女の足は床を捉えきれなくなった。

（あっ……!?）

自らがだらしなく吹いた愛液が、彼女の足を滑らせようとしたのだ。

が、リリムが床へ崩れ落ちることは無かった。

「ふ……っ！」

アリストが彼女の両太ももを裏側から持ち上げ、背面駅弁の体位へと移ったからだ。

ただそれはリリムが転倒してしまうことを防いだが、同時にアリストの肉棒をより深く彼女に突き立てることにも繋がった。

「おほぉッ♡♡♡」

下劣な声をあげ、上からも下からも涎《よだれ》を垂らす美少女。

そこには快活に動き、温泉地の発展に尽力した女性の面影はない。

小柄ゆえに牡に軽々と持ち上げられ、まるで物のように上下させられる牝がいるだけであった。

「はぁっ、はぁっ！　いっぱい、使っちゃうから……ッ!!」

リリムの耳に入るアリストの声。

後ろからあられもない姿勢で持ち上げられた状態で告げられた言葉は、彼女の希望が叶ったことを意味していた。

「おッ♡ん おッ♡おほぉッ♡♡♡」

肉棒でほじくられる度に、リリムはまるで小便をするかのように愛液を吹く。

便所にいかなくてはならないのは彼女のほうだろう。

しかしその様子に、アリストは大きな興奮を覚えていた。

（ああ、使ってる感じする……ッ！）

足の先の感覚がぼやけ始め、亀頭がさらに膨らむ。

濡れそぼった膣壁は自らの使用用途をより忠実にこなそうと、そんな肉棒へと全力でむしゃぶりつき始めた。

「くぉ……っ！　ああっ……！」

膣壁の逆襲に呻くアリスト。

そんな彼の下半身へさらなる責めが加わった。

「あっ!?　えっ!?」

未経験の感覚に彼は戸惑ったが、それが一体なんなのかアリストの脳はすぐに答えを出した。

「じゅるるッ！　ぢゅっ！　ぴちゃぴちゃッ！」

それは彼の下半身に後ろからまとわり付いたエマリーナが、彼の肛門を舐《な》め回したものによる快感であったのだ。

獣欲の勢いも一度は初めての快楽に戸惑い、アリストの攻め気と射精欲をやや立ち止まらせる。

「あっ！　あうっ!!　え、エマリーナ……さん……ッ……!!」

その間も続く、自らの尻肉の間に深く顔を突っ込まれ、思い切り舐めしゃぶられる感覚。

熱い吐息が、普段は絶対に触られないような場所にまで吹きかけられ、アリストの腰は跳ね上がった。

しかしその動きは、抱え上げたリリムの蜜壺をほじくることと同等である。

「あゔッ♡んぉおっ♡あ、ありしゅとさまっ♡おほぉッ♡」

「くはぁッ……！」

亀頭に襲いかかる、発情仕切った子宮口の求愛。

ざわざわとうごめく膣壁の歓迎。

「じゅぞッ♡ぇろぇろッ♡ちゅぱっ♡ちゅううううっ♡」

そして美人女将の肛門への激しい舌技。

既知と未知の快楽に挟まれて、彼の獣欲は再び昇り始めた。

「ふーッ!!　ふーッ!!　リリムッ!!　リリムッ!!」

そしてそれに合わせるように、さらなる攻勢が迫った。

彼の尻穴を舐めしゃぶるエマリーナが、ついにその中へ舌を侵入させはじめたのだ。

「ぇろっ♡ぇろっ♡じゅっ♡ぢゅううっ♡」

女性に尻穴を舐められるという人生で初めての快感と、何度経験しても堪らない蜜壺の快感。

自分の全てを肯定されもてはやされる充実感は、アリストの肉棒を更に硬くしていく。

(ああっ！気持ちいいっ!!　どっちも気持ちいいッ!!)

ぱんっぱんっぱんっぱんっぱんっ!!

射精欲によって、いよいよ獣に堕ちた牡のピストンが始まった。

「おッ♡ゔッ♡あッ♡ひぎッ♡あうッ♡」

リリムの脳は快感で塗りつぶされ、その瞳は天を向く。

「ふーっ♡じゅっ♡ちゅぱっ♡ぇろっ♡ふーっ♡んふーっ♡ぢゅっ♡ぢゅっ♡」

もう一匹の牝もご馳走に夢中になった。

ピストンで暴れるアリストの尻にしがみつき、むしゃぶりつく。

そんなエマリーナの片手は自らの秘部へと伸び、舌でアリストを味わいながら、思い切りそこをほじくりだす。

「も、もう出るッ！　リリムの膣中《なか》に出すよっ……！」

そして獣達の交尾はいよいよ終わりを告げる。

二人の牝を夢中にさせる王が、その力強さを植え付ける準備が整ったからだ。

「おッ♡お、おべんじょっ♡にッ♡してっ♡くださいッ♡なのッ♡じゃっ♡おッ♡ほぉッ♡」

「ぢゅッ♡ぢゅううっ♡ぇろぇろッ♡ぴちゃぴちゃッ♡」

言葉と舌で、王に最後の奉仕がなされ。

「あああ……出るッ!!」

王が王たる所以《ゆえん》を、濡れそぼった牝穴へと放出した。

――ビュルルルッ！！！　ビュルッ！！！　ビュルルルッ！！！！

極上の便所へ欲望の排泄が始まる。

「んおッ♡♡♡おッ♡♡♡んほぉおッ♡♡♡」

熱い牡の支配に膣中を蹂躙されたリリムは、排泄するような体勢にされたまま、激しく絶頂する。

獣のような喘ぎ声は、脱衣所の外にも響き渡った。

そしてそれと同時にエマリーナにも快楽の波が訪れる。

「～～～～～～ッ♡♡♡」

彼女は自らの指で膣中をほじくることで絶頂を迎えたのだ。

しかしそれはいつもの自慰とは比べ物にならない快楽を彼女へと植え付ける。

アリストを味わいながらのそれは、堪らない充実感をエマリーナにもたらしたからだ。

「ぷあっ……♡あっ……♡で、でちゃうっ♡♡♡」

その証拠に彼女はがくがくと腰を震わせ、普段のオナニーでは出ないはずの愛液を吹く。

そしてそれは、リリムも同じであった。

「あゔッ♡ありすと、さまッ♡♡♡ご、ごめんなさい……あッ♡おつゆッ♡あぁ……ッ♡」

再び小便かのような愛液が、彼女の膣から吹き出す。

男に抱えられたリリムが、なすすべもなく汁を排泄《はいせつ》してしまう様子は更にアリストを高めた。

(すけべすぎ……ッ……!)

彼も同じく排泄をする。

温かく気持ちよい穴に白濁液を放ったのだ。

——ビュルルルッ!!　ビュクビュクッ!!　ドビュルルルッ!!

「んぁあああッ♡♡♡い、いま、らめなのじゃぁああッ♡♡♡」

脱衣所には再び絶叫が響き渡り、愛液と精液が混ざり合う淫靡な光景が繰り広げられた。

そして……王の排泄が終わる頃。

自ら望んで便器を担当した美少女は彼の腕の中で半分ほど意識を放り出していた。

「はぁっ……♡はぁっ……♡はぁ……♡」

ぴくっぴくっと断続的に身体を震わせるリリム。

彼女は大きく開いた股ぐらから、ぼたぼたと白濁液を零していく。

肩で息をするアリストは、そんな彼女をゆっくりと降ろし、脱衣所の中にある椅子へと運ぶ。

「はぅ……♡ありすと、さまぁ……♡」

その行為に感謝を示そうとするリリムだが、彼女の身体には一切力が入らないらしい。

今の彼女はぶぴゅっというやらしい音とともに、膣中《なか》から白濁液を吹き出すだけだ。

そんなリリムに、アリストは敢えて品のない宣言をする。

「えっと……。ま、また使うからね！　リリム」

戸惑いながらの言葉は正解であった。

その証拠に、リリムは心底幸福そうにふにゃりと笑う。

「はぁい……なの、じゃぁ……♡」

しかしながら彼女の笑みは、この淫乱の儀式の終わりを告げる合図ではなかった。

彼の視界には、もじもじと太ももを擦り合わせる美女が映ったからだ。

「あ、アリスト様……その……」

さきほどまで彼の肛門にしゃぶりついていたエマリーナ。

それが彼女にとって甘美なご馳走であったからこそ、美女は口ごもる。

アリストはそんな彼女に対し、ゆっくりと近づき。

「あの……エマリーナさんも、使って、いい……？」

言い慣れない言葉を使いながら、自らのそそり勃《た》った牡を彼女の尻肉に擦りつける。

淫らな液が美しく肉感的な柔肉を汚した。

「……ええ、もちろんです♡」

エマリーナは歓喜に震えつつ、彼にその魅力的な尻を突き出す。

「こちらのお便所も……ぜひ、お試しくださいませ……♡」

そしてたっぷりとした尻肉を左右へと広げ、濡れそぼった牝穴を見せつけるのであった。


脱衣所で素晴らしい儀式を終えてから数日後。

美しい夕焼けが沈みゆくバンドンで、俺はプリウォートの温泉に身体を沈めていた。

「あ〜〜、やっぱり温泉って気持ちいい……」

東屋を思わせる見事な木造屋根に水漏れ一つない木製水道、そしてリリムを始めとした石に精通した女性達による絶妙な岩配置の湯船。

バンドン女性達の木工技術と産石技術の見事な融合は何度見ても素晴らしい。

『完成なのじゃぁあああッ!!』

――わぁあああッ!!

最終チェックを終えた俺が頷いた時、バンドンに響き渡ったリリムの声と、幾多の女性達の拍手喝采は今でも俺の耳に残っている。

皆の努力が結集し形となったあの瞬間を、俺は一生忘れないだろう。

「ふはぁ～～～」

熱めに調整されたお湯がじんわりと俺の身体を包んでいく。

日中に客室へ新しい家具を配置する作業を手伝ったので、特に肩と腰に染み渡る感じがする。

今日は久しぶりの休館日だ。

宿泊客を一切取らないこの日に、のんびりと温泉を使わせてもらえるのはここで働く人間の役得と言えるだろう。

「よっと……」

しばらく身体を温めた後、俺は湯船の縁へと腰をかけた。

秋の風が火照《ほて》った身体に心地よい。

「いやはや、絶景かな」

美しい紅葉と夕焼けに、凪《な》いだ湖面。

露天の岩風呂から見える景色は素晴らしく、今更ながら予約が取れない人気保養地になったのは当然だったのかもしれない、などと俺は思う。

「プリウォートの増築が必要になったりして……ってそれはやめといたほうがいいか。皆の負担が増えるだけだしな」

夕焼けを眺めながら、そんな独り言をこぼすと。

驚いたことにそれに返事が返ってきた。

「十中八九、そうなると思います」

「えっ!?」

急いで振り返ると、湯けむりの中から現れたのはルステラさんであった。

長い白髪をお団子状に纏《まと》め、タオル一枚で美しい身体を隠した彼女は、脱衣所から一直線にこちらへとやってくる。

「お、お疲れ様です、アリストさん」

「お、お疲れ様です。ルステラさん……」

慌てて膝の上にタオルを載せて局部を隠した俺は、改めて視界に入ったルステラさんの姿に生唾を呑んだ。

というのも、彼女が巻いたタオルの幅がなさすぎるのだ。

(上も下も見えちゃいそうなんだけど!)

上からは乳首が零れそうだし。

下は少し屈んだだけで、ルステラさんの大事なところを眺めることができちゃうだろう。

(いや、立ってても見え……ってそうじゃなくって)

魅力的な姿に翻弄《ほんろう》されながらも、俺は本題へと頭を戻す。

プリウォートの宿泊客に男性がいるはずもないため、この岩風呂に男湯と女湯の区別はない。

そのため俺の入浴は時間制で、女性達とかちあわないようにしてもらっているはずだった。

だから俺もしっかり時間を確認してきたつもりだったのだけれど。

「あの……ルステラさん。俺、時間を間違えたり……?」

ルステラさんはあまりに自然に登場したのだ。

不安になった俺が恐る恐る確認すると、その心配は杞憂《きゆう》だったことが分かった。

「いえ、今日で合っていますよ。時間も大丈夫です」

時間にも予定にもきっちりしている彼女が言うのだ、きっと間違いはない。

聞きたいことはありつつも、少しほっとしたのも束の間。

ルステラさんは次なる驚きを用意していた。

「ですから。今日はお背中を流させていただこうかと……♡」

「ちょ、えぇッ!?」

しかし驚きは彼女の発言だけでは済まなかった。

というのも、湯けむりの奥からもう一人別の女性が現れたからだ。

やはり短い丈のタオルを身に着け、頬を真っ赤にしている彼女を見て俺はまた衝撃を受ける。

「じゅ、ジュリエ……!?」

現れたのはツインテールはそのままに、ややうらめしげに俺とルステラさんに視線を投げるジュリエだったのだ。

「わ、わたしはルステラの付き添いっていうか……なんていうか……」

華奢な身体をもじもじとさせるジュリエ。

彼女のタオル一枚姿は、ルステラさんとはまた別の魅力……というか危険性にあふれていた。

成人済みとは思えない体型の女性が、上も下もギリギリなのだ。

見てはいけないものを見てしまっている感覚がすごい……。

「その……そう！　一人じゃ暇だろうから、は、話し相手になってあげようかなって」

しかし当人にはやっぱりその自覚がないんだろう。

男性に対する一級の兵器と化したジュリエは、無防備な格好のまま、俺の隣へと腰掛けた。

そして不安げにワインレッドの瞳を揺らす。

「駄目……？」

まったく駄目じゃない、駄目なわけがない。

俺は彼女のいじらしさに撃ち抜かれつつ、ぶんぶんと首を横に振る。

その様子にジュリエははにかみ、ルステラさんはくすくすと微笑んだ。

そして――

「では、ジュリエ。始めましょうか♡」

「……う、うん♡」

――二人は同時にタオルを脱ぎ去った。

「っ……!!」

たっぷりと実った豊満な実と、控えめだけれど瑞々しい双球。

食べ頃と言わんばかりのむっちりとした美尻と、独占欲を掻き立てる未熟な色香に溢れた小尻。

出会った頃よりはるかに魅力的な表情を浮かべた美女と美少女は、あっさりとそれらを披露したのである。

「わ、ちょ……っ……」

そして俺が目を白黒させているうちに。

まずはルステラさんの『お背中を流す』という行為が始まった。

「失礼します……んっ♡」

色っぽい声とともに始まったのは、俺の知っている『お背中を流す』というものではなく。

いつの間にか用意されていた石鹸を谷間で泡だてた後、その豊かなおっぱいを俺の背へ擦りつけるという極上のサービスであった……。

「んッ……♡はぁ……♡」

色っぽい吐息が俺の耳にかかり、ルステラさんの大きな果実が背中の上で弾けるのが分かる。

「いかが、ですか……んっ♡はぁっ……♡」

タオルより柔らかく、スポンジより温かい乳房がぬるぬると背中を駆け抜ける。

そしてそうされる度に、彼女の乳首が既に硬くなっていることも分かった。

ルステラさんほどの美女が悦んでこうしたことをしてくれているのだ。

俺の返事なんて決まっていた。

「さ、最高……です……っ……」

だらしない顔が湯に映っているのは分かる。

でも、こんな素敵なことをされてまともな表情を保ってなどいられるはずもないのだ。

「ふふ♪それは良かったです……♡」

ルステラさんは囁《ささや》くように言って、俺の背中の真ん中から首に向かって豊満な果実を擦りつけ始めた。

深い谷間の間に首が挟まり、時折硬く凝った彼女の乳首が耳の裏を掠《かす》めていく。

「あっ……はぁ……っ……♡」

まるで頭をパイズリされているかのような心地よさと淫猥《いんわい》さ。

膝にかけていたタオルには、もはや隠しようのない柱が立っている。

そしてその柱にジュリエとルステラさんが気づかないはずはなく……。

「ふふ♡ジュリエ、そちらはお願いしますね……♡」

「……わ、分かってるってば……」

ちらりと親友の淫靡な奉仕を見たジュリエは、その手を俺のタオルの下へと滑り込ませた。

「じゃあ、するね……」

「うん……ぁっ……はぁ……っ……ジュリエ……」

俺はもう彼女らの好意と行為に抗《あらが》うことはしない。

遠慮は女性達に哀しい思いをさせてしまうことがあることも分かったので、最近はしっかり甘えさせていただくことにしている。

「ふふっ。アリストさん、だらしないお顔してらっしゃいますよ」

ルステラさんの言葉に、俺は改めて気恥ずかしくなる。

「だって、ルステラさんのおっぱい、すごく気持ちいいから……」

言い訳をする俺の頬に今度はルステラさんの手のひらが添えられた。

そして彼女の色っぽい唇が優しく重ねられる。

「アリストさん……ちゅっ♡んむっ♡ちゅぱっ……♡」

背中に乳肉を押し当てられながらのキス。

愛情たっぷりの言葉や、湿った吐息がますます俺の肉棒を硬くしていく。

しかしそこへ、不服を述べる声が入った。

「ちょ、ちょっとルステラ。おっぱいもして、キスもって欲張りすぎ……！」

声の主はジュリエだ。

彼女はタオルの中で、俺の竿を激しく扱き上げながら唇を尖らせる。

俺は少し申し訳ないような、それでいてすごく嬉しい気分になったのだが、一方のルステラさんはどこ吹く風であった。

「いいえ。欲張りではありません♡ジュリエが自分からしないのが悪いのです♡」

「は、はぁっ……!?」

「アリストさんの唇は、ちゅっ♡早いもの勝ちです……ちゅぱっ……♡」

前は絶対に聞けなかったルステラさんの甘い声。

それが俺の脳をぐずぐずに溶かし、気づけば彼女とたっぷり唾液を交換してしまう。

しかし、そうしているうちにジュリエは実力行使へと出た。

「ぷはっ、ちょっ……ジュリエ、そんなにされたら……ッ……！」

「ルステラとちゅーするアリストくんのよわチ×ポ、すぐに射精させちゃうんだから……♡」

ついこの前に初体験したばかりとは思えない上達っぷりの手淫が、俺の肉棒を襲う。

思わず身体を反らせて喘ぐと、今度はルステラさんがジュリエに対して牽制に出た。

「いけませんよ、ジュリエ。よわチ×ポだなんて」

そう言って俺の首筋に口づけをして、ねっとりとそこへ舌を這わせる。

彼女はその唇を開いて、衝撃の言葉を放った。

「アリストさんのお部屋に泊まった日より前から、アリストくんっ、アリストくんっと毎晩甘い声をあげていたじゃないですか」

「ひぁっ!? ふえっ！？！？」

素っ頓狂な声をあげるジュリエ。

そんな彼女の様子から、ルステラさんの言葉が本当だと分かってしまう。

俺はその事実が心の底から嬉しくて、ますます興奮が高まった。

「ジュリエったら、ずぼずぼしてもらいたくて仕方がなかったのでしょう？」

「な、ななな、なんのことかわかんない……っ！」

「プリウォートは壁が薄いのです♪ふふっ♪」

「わ、忘れてったら!! ルステラのすけべっ!!」

全身を真っ赤にして、可愛らしくぷいっと顔を背けるジュリエ。

しかしそうしながらも彼女は俺への手淫をやめることはない。

そして唐突に、ジュリエの愛撫の全貌が明らかになった。

くすくすと笑うルステラさんが、俺のタオルをはらりと取り去ってしまったからだ。

「そんなにいやらしく手を動かして。ジュリエのほうがよっぽどスケベじゃないですか♡」

そこでは玉袋を揉みほぐし、カリカリと亀頭を刺激し。

時折鈴口を優しくほじくるような動きを見せる、ジュリエの淫靡な手淫が展開されていた。

「そ、そんなことないし……！　おっぱい擦りつけるルステラのほうがスケベだもん……」

ルステラさんに抗議するジュリエ。

しかし俺は二人の微笑ましくもいやらしいやり取りに集中できなかった。

（とても気持ちはよかったけれど、まさかここまで色々なことをしてくれていたなんて……）

唐突に手淫の全貌を目にしたことで、途端に快感が押し寄せてきていたのだ。

「あっ……はぁっ……あっ……あっ……！」

それはまるで今までどこかに溜め込まれていた性感が、一気に睾丸回りへと殺到したかのよう。

射精の予感が急激に迫り、俺の腰は情けなく前に出る。

「あっ♡アリストくん、出る？　出ちゃうの？　せーし出る？」

見た目は圧倒的に年下のジュリエに甘やかされるように言われ、俺はもう堪らなくなった。

「で、出そうッ……!!」

そこが温泉であることとかはあっという間に頭から吹き飛んでしまい、俺は獣欲のままに腰を突き出す。

そしていよいよ精が飛び出そうとした瞬間。

「はむっ♡」

いつかそうであったように、ジュリエは俺の肉棒を咥《くわ》えてくれる。

「じゅぞぞッ♡じゅるるるッ♡」

股ぐらへ顔を突っ込んでくれた彼女により鈴口へと舌をねじ込まれながら、竿を激しく扱きあげられ。

「ジュリエ……ああっ……！」

俺は吸い取られるかのように精を吐き出した。

――ビュルルルッ!!　ドビュッ!!　ビュッ!!　ビュウウウッ!!

その心地よさに、ついジュリエの頭を押さえつけてしまう。

「んふぅっ!?」

喉奥に直接精をかけてしまったのだろう、驚いたような声をあげるジュリエ。

「ご、ごめ……っ」

急いで手を離したが、彼女の口が浅い咥え込みに変わることは無かった。

「んんッ♡んくっ……♡んくっ……♡」

ジュリエはそのまま、俺の精液を喉を鳴らして飲み下していってくれる。

そんな彼女に、俺の背中越しにルステラさんが笑い声をあげた。

「まぁ……ジュリエったらいやらしい♡」

彼女はそうしながらも、俺の背中にいやらしく乳房を擦りつけていく。

ぬるぬると滑り形を変えるルステラさんのおっぱいは、ジュリエの口内で射精を終えた肉棒の硬度を維持するには十分だった。

そんな牡の象徴をジュリエは柔らかい口内から解放する。

「ぷは……っ♡」

そしてじとっとした目を俺に向けた。

「もうっ。急に奥まで突っ込んだらびっくりするじゃん」

「ごめん……」

俺は謝るが、彼女の反応は少しだけ意外なものだった。

やや頬を染めた後、もごもごと言ったのだ。

「……べ、別に駄目って言ってないし……」

視線を逸《そ》らしながら言う彼女に胸をぎゅっと掴まれたような気持ちになっていると、俺の右腕にルステラさんの豊かな乳房が当てられた。

「ふふっ♡」

彼女の肉の谷間が俺の腕を挟み込み、するすると下へと移動したかと思うと。

今度はその手が、俺の竿へとかかった。

そしてルステラさんはゆったりと肉棒を扱きながら、楽しげな声を出す。

「羨ましいんですね、ジュリエは♪」

その意味するところが分からず、俺はジュリエの顔を見ようとする。

が、彼女は俺の視線が追いつきそうになると、明後日《あさって》の方向へと顔を向けてしまった。

そんなジュリエに対し、ルステラさんはくっくっと笑う。

「アリストさん。私達がいない間に『水の儀式』をしましたよね？」

「!!」

俺はバツが悪い気分にならざるを得ない。

下心満点で楽しんでしまったし、最後は女性二人と脱衣所で思い切り性交に励んでしまった。

商売繁盛をまともに祈っていたかと言われると大変微妙だからである……。

「うん……」

そのため、俺の返事はなんとも情けないものになってしまった。

だが、そんな俺にルステラさんは微笑む。

「皆さん喜んでいらっしゃいましたよ。リリムもエマリーナも満足げでしたし」

「そう……？」

彼女はゆるい手淫を続けながら、俺に頷き……そして珍しい表情になった。

それは真面目に仕事をこなす時とは別の、少しいたずらっぽいものだ。

「聞きましたよ？　お便所だって言って、とっても激しくなさったとか♡」

どうやら情事の内容は漏れてしまっていたらしい。

（あれだけやってしまえば、声はいくらでも聞こえちゃってただろうしね……）

少し反省する俺に、ルステラさんは微笑んだ。

「ふふっ♪別に責めたりはしていませんから。ですけれど……」

と、そこでルステラさんの視線はジュリエへと向かう。

「……ジュリエもお便所にしてほしい、と♡」

俺が彼女の言葉に目を見開くのと、ジュリエが立ち上がるのはほとんど同時だった。

「な、何言ってんのルステラ……っ！」

ばしゃっと温泉の湯を散らしながら、彼女は否定する。

「お便所なんて下品なのは……わ、わたしの好みじゃないし……！」

両拳を握り、ぷるぷると震えるジュリエ。

生まれたままの姿で頬を染める彼女はとても扇情的だ。

彼女の口から『お便所』という単語が出たことも、どうにも倒錯的で俺はついつい肉棒を硬くしてしまう。

「あっ♡アリストさんは、お下品なのがお好きみたいですね？　ふふっ♡」

それはすぐにルステラさんにバレてしまい、俺は頬が熱くなった。

（美少女の単語だけで興奮してしまうなんて、いよいよ変態じゃないか……）

ジュリエにまた言われてしまうな、と思ったのだが。

意外なことに、当の本人からでたのは別の言葉だった。

「……お下品なこと、好きなの……？」

濡れたタオルで自らの口を隠しながら、ちらちらと俺を見やるジュリエ。

俺はその様子にぴくぴくと肉棒を動かしてしまう。

そして今度は、そのことがジュリエにも分かったらしい。

「……す、好きなんだ……」

ぽつりとそう言うと、彼女は湯に足を入れ、ざぶざぶと歩いて俺の前へとやってきた。

そしてこちらへ尻を向け、かつてリリムがそうしたように尻肉を左右へと開く。

「こ、こういうこと……でしょ……」

中腰の下品な姿勢は、あまりにあの時とそっくりだ。

おそらく彼女は水の儀式であったことをよく聞いたのだろう。

そして俺が好きだと分かり、それを真似てくれたのだ。

(なんて可愛いんだ……！)

ともすれば女児を思わせる未熟で華奢な背筋。

けれど、股間に咲いた花は男を誘うための涎を垂らしていた。

「まだ硬いみたいだし……今日は、これでしてあげても、いいけど……」

あくまで上位であろうとするちぐはぐさに、牡の象徴は先走りを漏らしはじめる。

本当は今すぐにでも挿入したかったが、それでも俺は一つだけ聞きたかった。

「あの……ジュリエは、どういうのが好き？」

ぴくんっとジュリエの背中が震える。

彼女はこちらには顔を向けずに言った。

「……す、好きとか、ないから……」

ジュリエは太ももの浅いところまで浸かっているだけだ。

耳まで赤くなっているのは温泉のせいではないだろう。

そんな彼女を見た彼女の一番の親友は、耳打ちとしてはあまりに大きな声で情報をくれた。

「髪の毛を引っ張られるのが好きみたいです♡」

「えっ……!?」

俺が反応するのと、ジュリエの足元でばしゃっと湯が騒ぐのは同時だった。

そして、ジュリエが零した声はその湯の音でかき消されそうなほど小さかった。

「……そ、そんなこと、ないし……」

俺はそんな彼女の様子に胸を高鳴らせつつ、同時に一つの事に気づいた。

それはルステラさんとジュリエの髪型の違いだ。

ルステラさんはお風呂用にまとめているが、彼女はいつも通りのツインテールなのだ。

風呂に入るにはやや長すぎるはずなのに……。

「……ジュリエっ……！」

俺は思わず立ち上がり、ジュリエの金髪ツインテールを引く。

「あっ!!　ちょっと……っ！」

彼女は突然の俺の行動に驚いた声は出す。

が、俺の手を振り払うことはないし、抗議の声もとても甘い。

「な、何勘違いしてるの……っ……へ、へんたい……っ♡」

いつの間にか星空になった空の下、少し湯に濡れたジュリエが身体をよじる。

愛液を垂らしながら左右に振られる小尻は俺の行動が正解であることを証明していた。

だから俺は長いツインテールをくるりと拳に巻くようにして掴み、彼女自身を俺へと押し付けるような形で、鉄のように硬くなった肉棒を挿入した。

「やっ♡あっ♡そ、そんな乱暴な……っ♡」

ぞりぞりと膣壁をカリが掻き分け、やがて蜜壺の行き止まりへと亀頭が到達する。

膣壁とは違う感触が鈴口へ当たった途端、ジュリエはその背を反らせた。

「あぅッ♡」

月夜の中で輝く白く華奢な身体。

脆《もろ》さを感じるはずなのに、俺の下腹部とぶつかった尻肉は妙な肉感を持っている。

まるで男に突かれるためにそこだけ急いで成長したようなその様に興奮し、俺は彼女の金の手綱を握りながらその奥を小突き始めた。

「あっ♡こっ♡こらぁっ♡ひ、引っ張るなぁっ♡」

ジュリエは抗議はするが、しかし彼女の身体はまったく逆の動きをしていた。

「んっ♡はぁっ♡あっ♡そ、そこ、こづいちゃっ♡あっ♡」

その両手は俺の太ももへと添えられ、俺が手綱を引っ張らなくとも彼女のほうから腰をぶつけてきている。

それにぎゅっとツインテールを握るだけで。

「んぁんッ♡」

そのお返しとばかりにきゅっと膣壁を締めてくるのだ。

そしてその時はじゅわりとたっぷり愛液を溢れさせるのも忘れていない。

(ジュリエ……わかりやす過ぎ……!)

いじらしい女体の反応が俺の男心を刺激し、それはすぐに腰の速さへと還元された。

「あっ♡あっ♡あっ♡か、髪の毛っ♡いたいっ♡いたいったらぁっ♡」

嬌声をあげながら、ばしゃっばしゃっと湯を撥《は》ねさせるジュリエ。

こんなにも可愛らしく、説得力のない抗議があっただろうか。

だから俺の腰も手も力は一切緩まなかった。

「はぁっ……ジュリエっ……ジュリエっ！」

「な、なにこうふんっ♡してるのぉっ♡へ、へんたいっ♡へんたいっ♡あっ♡あっ♡」

びくびくと身体を反らせるジュリエの膣中《なか》の、もっと奥へ入り込みたい。

そんな欲求に従っていた俺の背中に、温かく柔らかいものが押し付けられた。

「ふふっ♡もっと責めてあげてくださいい♡んっ……ふぅっ……♡」

それはルステラさんの乳肉であった。

そして彼女ははじめの頃よりも更に激しく上下にそれを擦りつけつつ、今度は俺の乳首へと指を伸ばす。

「あっ、ルステラさん……っ……」

コリコリと両乳首を刺激され、身体を震わせる俺。

しかしルステラさんの責めはそれだけでは終わらなかった。

彼女はその唇で、俺の耳を食べてしまったのだ。

「えろっ♡ぴちゃっぴちゃっ♡ぴちゃっ♡」

「うあっ！ふぁっ……！」

いやらしい音と舌が耳を這いずる感触が、俺の脳をどろどろに溶かし始める。

快感に攫《さら》われてしまわないように、ツインテールを握る手の力はますます強くなった。

その結果、ジュリエを強く自分へ引き付けることになり、今まで侵略していなかった部分へと亀頭が入り込む。

「ゔッ♡あああんッ♡♡♡」

ぴんっと足を伸ばし、ぶるぶると震えるジュリエ。

変態だと俺を罵りながらも、その俺の力と肉棒で絶頂している彼女を見て、俺は乱暴な性欲に目覚めてしまった。

「ジュリエっ……！　ジュリエっ……！　はぁっ！　はぁっ！」

「あッ♡だめっ♡い、イッでるっ♡いま、イッてるからぁっ♡♡♡」

太ももを震わせながら、いやいやと身体を左右に振るジュリエ。

今の俺には、それが嗜虐性を煽る仕草に見えて仕方がなかった。

「髪の毛っ……引っ張られてっ、イっちゃったんでしょっ……！」

「そ、そんなことっ♡ない、もんっ♡あ、ありすとくんと違うもんっ♡」

「ほら、今ぎゅってなったよ……っ！　こうやって引っ張られるの好きなんでしょ……っ！」

「別にっ♡すきじゃないもんっ♡お、おち×ちんがっ♡おくにっ♡くる、だけだもんっ♡」

ジュリエが強がるほどに、俺の中の愛しさは増していく一方だ。

そして同時に彼女の口から素直な言葉が聞きたくて仕方がなくなる。

俺は更に強くジュリエの髪を引っ張り、彼女の身体を浮かせるほどに突き上げた。

「んおッ♡あぐぅッ♡♡あッ♡それらめぇッ♡♡♡」

じょろろっという音とともに、彼女の股間から滝のように愛液が吹いた。

が、水音はそれだけではない。

「ちゅぱっ♡ぢゅぢゅっ♡ふーっ♡ぇろっ♡はぁっ♡ちゅっ♡ちゅううううっ♡」

ルステラさんの愛撫も激しくなっていた。

無論、乳首への責めも止むことはない。

「はぁっ♡はぁっ♡ちゅっ♡ありすとさん……っ♡私でも、気持ちよく……なってくださいっ♡」

同時に少女が我儘《わがまま》を言う時のような声色で、ルステラさんが言ってくる。

普段は一歩下がっている彼女のその必死さが俺の胸を掴み、いやらしい愛撫の音はますます俺の興奮を煽った。

だからこそ俺はルステラさんも貪《むさぼ》りたくなり、ジュリエのツインテールを手元で一つにまとめて右手で引っ張る。

「おぉぉっ♡」

そしていつものジュリエからは考えられない声を聞きながら、ルステラさんの身体を左隣へと乱暴に抱きしめ直し。

「ひゃっ!?」

驚きの声をあげるルステラさんの尻肉を掻き分け、濡れそぼった秘肉をほじくった。

「あ、おま×……こっ♡き、急は駄目っ……ですっ♡」

豊満な身体をよじる彼女。

しかし強欲な俺は、極上の女性を逃がすつもりなんてない。

だから更に奥へと指を進めながら、同時にジュリエへ身体をぶつけた。

「んおッ♡んッ♡あッ♡や、やだっ♡そ、そんなに奥きたらっ♡」

「嫌じゃないんでしょっ！　ジュリエっ！　ほらっ！」

「お、おぐぅッ♡♡♡やらやらぁっ♡♡♡」

再び絶頂するジュリエ。

ぎゅうっと締まった膣壁にやられ、いよいよ俺も堪えられなくなった。

ピストンは女性の中へ精を放つためのものへと変わっていく。

「あっ♡またかたくっ♡なったよぉっ♡ありすとくんのぉっ♡」

一段高くなるジュリエの声。

そんな彼女に腰を打ち付けながら、うわ言のように語りかける。

「気持ちいい？　ジュリエのこと、気持ちよくできてる……ッ？」

「ほぉっ♡♡　おッ♡♡♡」

彼女は再び絶頂した。

蠕動《ぜんどう》する膣壁によって肉棒は彼女の穴のより奥へと誘われ、子宮口によって鈴口が貪られる。

「ふーっ♡ちゅっ♡ぇろぇろっ♡ぢゅぱっ♡は……あっ♡おま×こっ♡はげし……ッ♡」

ルステラさんの耳舐めと相まって、それは両刃の剣ともいえる責めだ。

だが、その捨て身の作戦は見事な成果をあげた。

「はぁっ♡あっ♡き、きもち……いい……っ♡あッ♡アリストくんに、ひっぱられたら、きもちいいのぉッ♡」

「……ジュリエ……ッ……！」

ついに彼女の口から、快感を認める言葉が出たのだ。

そしてそこからは、三人ともが心を裸にした。

「ああっ！　ジュリエの膣中《なか》……すごくいいよっ……！」

「うっ♡うれひっ♡も、もっとひっぱってぇっ♡わ、わたしのこと、らんぼうにしてぇっ♡」

「ちゅぱっ♡アリストさんっ♡ま、ま×こらめ♡その上のとこ、ほじっちゃっ♡あっ♡」

星空に本音を響かせて、快楽を交換し、混ぜ合わせ、ぶつけ合う。

いやらしい水音をたっぷりと響かせて、淫らな液を撒き散らして。

肉の湯に溺れ、狂う三人はいよいよその終わりへと突き進んだ。

「ありすとくんっ♡あり、すとくぅんっ♡もうらめっ♡ま×こ、すごいのきちゃうっ♡」

「ちゅぱっ♡アリストさんっ♡イッてっ♡ジュリエのなかに、たっぷり出してっ♡あっ♡あっ♡ありすとさんのゆびでっ♡おま×こ、いくっ♡お汁、でるっ♡」

亀頭には子宮口、そして耳にはルステラさんの唇がむしゃぶりつく。

「あぁっ……出るっ……イクっ……！」

抗えない衝動が身体を駆け抜け、俺自身の身体も快楽で反り返った。

「イグッ♡ああイグッ♡ありすとくんにっ♡ひっぱられてっ♡いぐッ♡♡」

「おま×こっ♡ほじられてっ♡イくっ♡ありすとさんのゆびでっ♡おま×こいぐっ♡♡♡」

そして、二人の美しい女性の声を聞きながら。

俺は金の手綱を思い切り引き寄せて、

「おんッ♡♡♡」

濁った嬌声をあげるジュリエの中へ、自分の欲望を放った。

——ビュルルルッ!!　ビュクッ!!　ドビュルルルッ！！！

「んほぉッ♡♡ おッ♡♡ほぉッ♡♡♡」

湯と愛液を撒き散らし、ジュリエが激しく絶頂する。

同時に、俺の腕の中でルステラさんも震えていた。

「ふ、ふか……イッ♡♡♡あ、ありすとっ♡さっ♡そ、そんなおくにゆびきたらっ♡あ、イクイクイクッ♡♡♡」

女性二人の源泉から熱い蜜が溢れ出す。

親友同士の膣中《なか》は同じように締まり、牝としての独占欲を俺に存分に示してくれた。

そのいじらしさと快感は、俺を一度の射精では終わらせてくれなかった。

「くぅッ……ああ……また、出るっ!」

——ドビュルルッ!!　ビュクッ!!　ビュルルルルッ!!

再び迸る白濁液はジュリエの膣中を蹂躙し。

同時に射精の衝動で全身に入った力によって、俺の指は再びルステラさんの奥をほじくった。

「んほぉおおッ♡♡♡　おッ♡　お……ッ♡♡♡」

「あゔッ♡ありすとさっ♡だめぇッ♡♡♡」

快楽の激流に三人で身を任せ、互いの絶頂を交換する。

ただ滝のような激流はいつまでもその勢いを保つわけではない。

それは滝壺へと落ち、だんだんと緩やかになり、まもなく小川のせせらぎとなった。

「はぁっ……♡はぁっ……♡す、すごすぎ……だよ……っ♡ありすとくん……っ♡」

「い、いっぱいお汁が出て、しまい、ました……っ♡ありすとさんが、ほじくるから……あっ♡」

俺が貪った女性二人は、ふにゃりとした微笑みを浮かべてくれる。

まだ少し残る絶頂の余韻に浮かされたその表情はとても美しく、まさに女神の微笑みと言って過言ではないだろう。

「じゃあルステラ、交替……ね♡」

「ええ♡」

ただ……二柱の女神は、人よりも欲深かったし。

「まだ入浴時間は終わっていませんから♡」

「アリストくんのおち×ぽだって、まだカッコいいまま、だよ……♡」

俺のような凡人を虜にするなんて、朝飯前だったのだ。

「あッ♡あッ♡じゅ、ジュリエッ♡みないでっ♡また、でるッ♡からぁッ♡」

「出しちゃえっ出しちゃえっ！　ルステラのすけべっ！」

「あぁッ♡んぁあぁッ♡でるでるッ♡おしる、でるぅうッ♡♡」

「俺も……いくッ！」

「おんッ♡♡♡あぢゅいッ♡♡♡おしゃせいッ♡♡♡いぐッ♡♡♡」

女神による性の宴は温泉で続いた後。

引き続き俺の寝室でも催され、女神達は夜遅くまでたっぷりといやらしい涙を流してくれることになった。


わたしはプリウォートの離れとして造られた研磨作業室から外へ出て、空に昇ったばかりの陽を浴びた。

「うぅん……っ……！」

バンドンを拠点としながらも、ジュリエ宝石商会はプリウォートの施設の一部を借りて作業をしているだけだったから、彼の一言でこうした場所を作ってもらえたことはとても嬉しい。

(ついつい徹夜しちゃった。まぁ……いっか。今日はアリストくん、ウィメだし)

昨日の秋雨は遅くまで降っていたらしい。

そのせいか今日のバンドンの空気は、いつも以上に爽やかだ。

徹夜明けの身体を伸ばしていると、聞き慣れた声がかかった。

「おはようございます、ジュリエ」

そこにはなにやら荷物を持ったルステラがいた。

そんな彼女はこのバンドンに産石協会の拠点を作り、ほとんど居着いてしまった。

温泉を気に入ったのか、それとも彼を気に入ったのか。

(どっちも、だよね。きっと)

もちろんバンドンの皆は喜んでいたし、わたしだって嬉しい。

照れくさいからあまり言わないけれど。

「ふわぁ……おはよ」

つい出てしまったあくび混じりに返事をすると、ルステラはくすっと笑う。

わたしはそれを見て、朝から幸せな気分になった。

親友がこうして無防備に笑ってくれることは、わたしにとって叶わない夢の一つだと思っていたからだ。

「ん？」

と、にわかにプリウォート《本館》のほうが騒がしくなった。

離れとはいうものの、作業場も付属施設みたいなもの。

結局は目と鼻の先だ。

温泉に入りやすいから、近いほうがいいって我儘を言ったのはわたしだけれど。

「そろそろ宿泊客のお帰りの時間みたいですね」

「みたいね。もう少しゆっくりしていけばいいのに」

「昨日の雨がありますから。陽が出ているうちにウィメまで行くのであれば、この時間にならざるを得ないのでしょう」

「あぁ、それはそうかも」

湖に落ちる紅い葉。

秋の深まるバンドンで増えたのはそれだけじゃない。

「ありがとうございました！」

「お料理も温泉も凄く良かったです！　絶対また来ます！」

旅行客の弾けるような笑顔、そしてそれを見送る女性達の誇らしげな笑顔。

どちらも今、バンドンで最も増加中のものだ。

「ふふ♪またのお越し、お待ちしております」

「また来てくれなのじゃ！」

エマリーナやリリム、そして接客担当がお辞儀をすると馬車はゆっくりと出発していった。

その後、見送りの女性達はいそいそと本館の中へ。

夕方にまたやってくるであろう客を出迎える準備をするためだ。

「あのさルステラ。エマリーナは分かるんだけど、リリムは何でいるの？　採石組でしょ？」

「体力が有り余ってるようですね。あれで日中の採石作業に問題はないですし、驚くばかりです」

きっとバンドンをよく言ってもらえるのが嬉しいんでしょうね、とルステラ。

彼女はそこまで言って、そうでした、と手持ちの袋の中へ手を入れた。

そうしてわたしの前に何枚かの厚紙を差し出す。

「署名をお願いします、だそうです」

「ま、また……？」

驚くべきか、それとも呆れるべきか。

わたしは真っ白なそれを見て、なんとも言えない気持ちになる。

「ねぇ、ほんとにこんなの欲しがる人いるの？　ただわたしが名前書いただけでしょ……？」

宝飾師ジュリエの記名入りの色紙。

バンドンに旅行でやってきてくれる女性達の中には、そんなものを欲しがる人がいるらしい。

初めに話を聞いた時は驚いたし、今もまったく腑に落ちていない。

「あのさ。わたし『強欲ジュリエ』だよ？　人柄は最悪って評判だったじゃん」

「そうでしたね。ふふっ♪」

ルステラは心底楽しそうに笑った後、改めてわたしに厚紙を突き出した。

「欲しがる人が絶えないからこうして依頼が来るのです。もう少し貴女《あなた》が人前に出れば、私からではなく欲しがる方御本人の顔を見ることもできますが」

「別に顔なんか見たくないよ……。わたし、本当は作業場に籠もってるほうが好きだし」

「『握手してください』とか『応援してます』と言われていた際、貴女は顔真っ赤でしたからね」

「あ、あれは！　皆が手のひら返し過ぎだなって怒ってたの……！」

「あの日は一日中ご機嫌だったと聞きましたけれど？」

「だ、誰がそんなこと言ってたの!?」

「さぁ。どなただったか失念してしまいました」

口を閉じるルステラは楽しげだ。

どうやら我が商会に彼女と通じている裏切り者がいるらしい……。

もっとこの話題について聞きたかったたが、ルステラはさらりと話を変えた。

「新しい作業場ができて、今こそ装飾品作りに精を出したいのはわかりますが。夜を徹しての作業はあまり感心しませんね」

「商会の子達は日中に作業するから。だから見本品は朝一番に見せてあげたいじゃん」

「なら、もう少し種類を絞ってみては？」

「それは彼に言ってよ。やれバンドン用の土産だの、下着用の飾り石だの、宮殿向けの石だの……あれもこれも発注してくるんだから……」

「では少し断ったらいいのです。別にそれで怒ったりするような御方じゃないでしょう？　アリストさんは」

ルステラの意見はとても真っ当だ。

「彼の案件は、皆も凄くやる気なの。絵も上手で作らせたいものも良く伝わってくるし、どれも商品としてはいい案だし当然だけどさ……」

もちろんわたしの意見だって真っ当……なんだけれど。

ルステラがすっかりわたしの内心を見抜いているのは明白だった。

だから気まずくて顔を背けたのに。

「やる気があるのはジュリエもでしょう？」

彼女はわざわざわたしの前に回りこんで微笑んだ。

「……ルステラさ、最近性格悪くなったよね」

「もともとあまり良くないという自覚はあります」

けろりと言ってのけるルステラと顔を見合わせて、わたし達は二人して笑ってしまった。

しばらくそうした後、二人して紅い葉を受け止める湖を見やる。

「……夢みたいだね、ルステラ。この世から忌み地が無くなるなんて」

「……ええ」

秋風が吹き、木々が残した葉が揺れる。

さわさわとした音が通りすぎ、プリウォートから美味しそうな香りも流れてきた。

「ジュリエ」

風が止むのとほぼ同時に、ルステラはわたしのほうを向く。

「最近私は、貴女が昔話してくれた不思議な夢の話を思い出すのです。女性と男性が同じくらいいて、そして同じ部屋で語りあい、同じ部屋で過ごす。そんな不思議な世界を見た、という話を」

わたしは少し驚いた。

今も時折見てはいる夢だけれど、それを彼女に話したのはもう随分前のことだったのだから。

「その不思議な世界からアリストさんはやってきた。もしそう言われても納得してしまうかもしれない。そんな滑稽なことを最近考えてしまうのです」

くすくす、と笑うルステラ。

わたしはその言葉に共感したけれど、少し違うとも思った。

「彼がもしその不思議な世界の住人だったとしても。きっと奇人変人だと思うよ」

出会ったばかりの人間に寄り添い、我がことのように一緒になって走ってくれる。

そんな人、どんな世界にだってそうそういるもんじゃないはずだもの。

「きっと苦労ばかり背負い込んでさ、でもそれを苦労とも思ってなくて。見てるほうはやきもきさせられる」

「今のジュリエと同じように？」

「そ、そんなんじゃないもん……！」

意地悪なルステラを軽く睨んだ後、わたしはもう一度湖を見た。

「そんなんじゃないけど……」

繰り返し見る妙に鮮明な夢が何なのか。

それは今でも分からないし、いつか分かる日がくるのかも分からない。

ただ、一つだけ確かなことはある。

「アリストくんのおかげで。わたし達は昨日より良い世界にいる……そんな気はする」

きっと、彼は認めないけど。

でもそんな彼がいてくれるから、背中で示してくれるから。

わたしは明日を楽しみに思うようになれたのだ。

「私も、そんな気がしてなりません」

ルステラがふわりと微笑んだ。

その表情こそが、その証拠だってわたしが思った時。

プリウォートの前に、地味な馬車がやってきた。

それを見て、わたしは飛び上がる。

「えっ!?　あ、あれ!?　明日のお昼じゃなかったっけ？」

あっという間に落ち着きを無くしたわたし。

けれどルステラは対照的に落ち着いた様子だ。

「いえ、予定どおりかと」

「や、やばっ……！　ルステラ、わたし目の下、隈《くま》になってない？」

ルステラはふるふると首を横に振ってくれるが、それでも不安は消えない。

「服！　服は変じゃない……？」

「いつもの服じゃないですか」

「そ、そうだけど！　どうしよう……湯浴みもしてないっ！」

「それは今からでは間に合いませんね。諦めましょう」

わたしはそこでルステラの様子に気づく。

整った身支度に余裕のある佇まい。

けれどその中にどこか、期待感のようなものが見え隠れしているのだ。

「……ルステラ。もしかして湯浴みしてきた……？」

「さて。なんのことでしょうか」

「ずるいッ！　……ってよく見たら、上着も新品じゃん！」

「いえ、少し正道院の方に手を入れていただいただけです。胸の下側がもう少し出るようにと。アリスト様はそのほうがお好きだからと♡」

「ぐぎぎ……！」

ルステラの周到さと自分の迂闊さに悔しさがこみ上げる。

でもそんな感情も、

「っと……。あ、ジュリエ、ルステラさん。おはよう！　例の件だけど――」

馬車から降りた彼の笑顔がすべて無かったことにしてしまう。

徹夜明けだとか、髪の毛がボサボサだとか。

「ふふっ、本当にしようがないんですから♪」

ルステラが後ろでニヤニヤしているとか。

気づけばわたしはそんなことを全部放り出して、駆け出していて。

「おかえり、アリストくんッ！」

「ちょっ、ジュリエ!?　ぐえっ!?」

彼の胸に飛び込んでいたのだった――。

オヴィが迫る！
『強欲ジュリエ』の秘密

バンドンから正道院へ飾り石の納品が始まり、
オヴィは新規ブラジャーを開発中。
ジュリエやルステラと相談を重ねる中、
オヴィの興味は彼女たちの衣装に向いて…!?

……ルステラさん。
ジュリエの服は珍しい形をしているけれど、
ああいうのが首都の流行なの？

いえ、本人が作っています。
秘密も多かったですし、必要以上に
『金持ち』に見せて近寄り難くしたと
言っていましたから。

……そうなんだ。
庶民的な布地を使っているのに
高級感があるのは凄いと思う。

ジュリエも私も元は院生で庶民ですから。
しかし会う機会が増えたとはいえ、
オヴィさんは流石によく見ていますね。

……胸元の構造が珍しくて
印象に残ったから。
平たい胸に合わせた形状とか、
平たい胸を活かした布地の節約とか、
平たい胸が今後成長しないことを
予測した――

…1発殴っていい？

あとがき

この度は『左遷先は女性都市！H』をお手にとっていただき、誠にありがとうございます！

未熟な作者ではございますが、本シリーズは『お仕事や学業などで忙しい毎日からひととき離れ、疲れた心を休ませていただける物語』を日指し執筆をしております。

その上で今作は、ウェブ版とは別の角度からヒロイン達の健気でエッチな活躍と、辺境でのハーレムを楽しんでいただこうと執筆をいたしました。お読みいただきいかがでしたでしょうか？

本作が少しでも皆様の心の休息になっていたのなら、これほど幸せなことはありません。

またこの場をお借りして、イラストのアジシオ先生や編集者様をはじめ、本作の出版に関わってくださった全ての皆様に御礼を申し上げます。

そして最後に『ノクターンノベルズ』で本作を応援してくださった皆様、そして本作をお手にとって頂いたあなたに心よりの御礼を申し上げ、あとがきに代えさせていただきます。

二〇二二年十二月　一夜　澄

●本作は小説投稿サイト「ノクターンノベルズ」（https://noc.syosetu.com）にて連載中の『左遷先は女性都市！　～美女達と送るいちゃラブハーレム都市生活～』を修正・加筆し、改題したものです。

Variant Novels

左遷先は女性都市！H　～辺境のお宿でいちゃラブハーレム～

2023年1月27日初版第一刷発行

著者……………………………　一夜澄
イラスト………………………　アジシオ
装丁……………………5gas Design Studio

発行人………………………………………後藤明信
発行所………………………………株式会社竹書房
〒102-0075　東京都千代田区三番町8－1
三番町東急ビル6F
email:info@takeshobo.co.jp
竹書房ホームページ　http://www.takeshobo.co.jp
印刷所………………………………共同印刷株式会社

天使をイカせてアイテムゲット!!
絶頂《イキ》ガチャでダンジョン攻略!
コミック版
作画／桐野いつき
原作／ほーち　キャラクター原案／一ノ瀬ランド
Webコミックガンマぷらすにて
好評連載中!

侵入者をエロ洗脳して仲間にしよう！
俺と肉便器たちのイチャラブ迷宮生活♥
外道転移者のハーレムダンジョン製作記 1
定価：本体1,100円＋税
著作／たけのこ　イラスト／ちり